人民共和國文化與文學叢書

十 二 編

李 怡 主編

第 6 冊

中國現代文學學術形態（上）

黎 保 榮 主編

花木蘭文化事業有限公司

國家圖書館出版品預行編目資料

中國現代文學學術形態（上）／黎保榮 主編 -- 初版 -- 新北
市：花木蘭文化事業有限公司，2024〔民113〕
目 2+144 面；19×26 公分
（人民共和國文化與文學叢書 十二編；第6冊）
ISBN 978-626-344-858-2（精裝）
1.CST：中國文學史 2.CST：中國當代文學
820.8   113009400

特邀編委（以姓氏筆畫為序）：

吳義勤　孟繁華　張　檸
張志忠　張清華　陳思和
陳曉明　程光煒　劉福春
（臺灣）宋如珊
（日本）岩佐昌暲
（新西蘭）王一燕
（澳大利亞）鄭　怡

ISBN-978-626-344-858-2

9 786263 448582

人民共和國文化與文學叢書
十二編　第六冊　　　　　　　ISBN：978-626-344-858-2

中國現代文學學術形態（上）

主　　編　黎保榮
企　　劃　四川大學中國詩歌研究院
總 編 輯　杜潔祥
副總編輯　楊嘉樂
編輯主任　許郁翎
編　　輯　潘玟靜、蔡正宣　美術編輯　陳逸婷
出　　版　花木蘭文化事業有限公司
發 行 人　高小娟
聯絡地址　235 新北市中和區中安街七二號十一三樓
　　　　　電話：02-2923-1455 ／傳真：02-2923-1452
網　　址　http://www.huamulan.tw 信箱 service@huamulans.com
印　　刷　普羅文化出版廣告事業
初　　版　2024 年 9 月
定　　價　十二編 10 冊（精裝）新台幣 28,000 元　　版權所有 • 請勿翻印

中國現代文學學術形態（上）

黎保榮 主編

作者簡介

黎保榮，男，70後，漢族，廣東肇慶人，文學博士、博士後，現任肇慶學院文學院教授，碩導，肇慶市文藝評論家協會主席，多個國家級學會的會員或理事，主攻中國現當代文學研究。曾獲中國文聯第三屆「啄木鳥杯」中國文藝評論年度優秀作品獎、廣東省魯迅文藝獎、廣東省師德先進個人、肇慶市第三批高層次人才（B類）、肇慶市社科優秀成果獎一等獎、肇慶學院教學名師獎、肇慶學院科研十佳等獎勵。曾出版《「啟蒙」民國的「暴力」叫喊》《影響中國現代文學的三個關鍵詞》《史實與史識：中國現代文學史料研究管窺》《一位大學老師的答問日誌》等著作四部，主編《民國廣東與中國現代文學》《中國現代文學學術形態》《肇慶文藝評論選》。曾在《文學評論》《中國現代文學研究叢刊》等重要學術刊物發表論文數十篇，多篇被《新華文摘》《人大複印資料》等重要文摘、年鑒轉載或收錄。

提　　要

　　中國現代文學學術史，主要是從歷史線索來探討，較少研究其學術形態。本書將中國現代文學學術形態，分為思想者、開拓者、運動者、君子型等身份形態，以及跨界者、治史者、批評家、顛覆者等思維形態。就思維形態而言，治史者對應於文學研究的史料層面，批評家對應於文學研究的文本層面，跨界者對應於文學研究的學科互動層面，而顛覆者和「身份形態」中的運動者則對應於文學研究的觀念、理論層面，只不過顛覆者更尖銳，而運動者則更有影響，形成了一種不大不小的學術運動或思潮，故此，將運動者視為一種身份，即引領思潮的人物身份。而就身份形態而言，開拓者是就學科或領域的開拓者身份來說，思想者主要是就學者的異質性身份來說，君子型是就學者的品格來說。當然，所謂「身份形態」「思維形態」的區分只是相對的，並不絕對，偶有參雜。本書認為中國現代文學學術，一方面取得了較大的成就，具有較大的貢獻，另一方面也存在著不少值得反思之處，如史料錯訛、強制闡釋、缺乏「介入」現實的精神、論調重複，諸如此類都值得反思。這種「集成敗於一身」的特徵，既是學術特徵，也是歷史特徵。

文學「地方性」問題的發展——《人民共和國文化與文學叢書·十二編》代序

李　怡

　　文化發展與文學發展的「地方性」話題自古皆然，至今更成為自我凸顯的一種有效的方式，老話題中不斷醞釀出新的動向。近年來持續討論的「新東北文學」與「新南方寫作」就是兩大當代文學批評的熱點。在這裡，本文無意直接加入對「南北文學」的這場討論，倒是覺得可以通過梳理一下這批評新動向的來龍去脈，對由來已久的「地方性」的資源價值再作反思。

一

　　「新東北文學」與「新南方寫作」並不是一種既有的文學史建構工程的全新章節，也就是說，到目前為止，它們都還不是業已成熟的文學傳統的當然的構成，而屬於當下文學發展與批評活動中的一種「潮起潮落」的現象，它們的創作者、闡述者主要都是活躍於文學現場的 80 後一代。這在很大的程度上決定了問題的鮮活性、時代性與理想性，當然，也為我們的進一步追問留下了空間。

　　「新東北文學」是最近四、五年間在東北文學與東北文藝的某種浪潮的基礎上形成的概念。上世紀 30 年代在抗戰文學潮流中出現過「東北作家群」，新時期的東北雖然才俊迭出，但要麼另有旗幟，如名屬「先鋒」的馬原、洪峰、刁斗，要麼鍾情白山黑水卻難成群體陣勢，如遲子建。至新世紀第一個十年行將結束之際，終於在電影、音樂、曲藝和某些文學中湧現出了具有地方個性的新動向，這讓壓抑已久的東北文藝家點燃了希望，「東北文藝復興」與「新東

北作家群」接踵提出。2019 年 11 月 30 日，東北網絡歌手董寶石在《吐槽大會》上，以調侃的方式提出「東北文藝復興」的口號，在媒體發酵中，又連續出現了「東北文藝復興三傑」「東北野生文藝」「東北民間哲學家」等等概念，雖然這些主要由樂隊、脫口秀演員、短視頻博主等為主角的聲音在很大程度上沒有超出自娛自樂的範圍，但卻是呼應了 2003 年國家提出「振興東北老工業基地」戰略，也將一些東北學者「振興東北文化」的願望體現在了大眾文化的層面上。〔註1〕2020 年初，黃平發表《「新東北作家群」論綱》，以「雙雪濤、班宇、鄭執等一批近年來出現的東北青年作家」為中心，鄭重提出了新東北文學作為群體現象的現實。〔註2〕此後，「新東北作家群」「東北文學復興四傑」與「新東北文學」等概念便在批評界傳播開來，成為各種文學批評、學術座談會討論的主題，也引發了不同的意見。

　　「新南方寫作」，在一開始只是針對某些嶺南作家作品的批評概念，後來隨著範圍不斷擴大，而成為了一個各方關注的文學現象的指稱。2018 年 5 月 27 日在廣東東莞（松山湖）文學創作基地舉行的一個文學活動上，評論家楊慶祥與作家林森、陳崇正、朱山坡等的對話涉及到了「在南方寫作」的問題，林森、陳崇正、朱山坡同時就讀於北京師範大學與魯迅文學院聯辦的文學創作方向研究生班，據說他們也討論過「新南方寫作」作為一種批評概念的意義。當年 11 月 30 日至 12 月 2 日，由《花城》雜誌與潮州市作協、韓山師範學院合辦的「花城筆會暨第三屆韓愈文學月活動」，在廣東潮州舉辦。11 月 30 日文學沙龍的主題之一是「當代文學格局中的地方性寫作」。陳崇正、朱山坡、林森、王威廉與楊慶祥等作家、批評家、編輯聚首，熱烈討論了「新南方寫作」這個概念的學術可能性。11 月 9 日，陳培浩在《文藝報》上發表文章《新南方寫作的可能性——陳崇正的小說之旅》，「希望借助『新南方寫作』這個概念來彰顯陳崇正寫作中的獨特想像力來源」，「新南方寫作」一說正式見諸主流媒體。而與之同時，楊慶祥也在積極籌備相關的學術討論，他的思路也從嶺南延伸到了更遠的地方：「大約是在 2018 年前後，我開始思考『新南方寫作』這個概念。觸發我思考的第一個機緣是當時我閱讀到了一些海外作家的作品，主要

〔註1〕2004 至 2012 年間，東北學者邴正、張福貴、逢增玉、谷曼、吉國秀等都撰文論述過「振興東北文化」的可能，刊發於《社會科學戰線》《社會科學輯刊》《長白學刊》《遼寧大學學報》等期刊上。
〔註2〕黃平：《「新東北作家群」論綱》，《吉林大學社會科學學報》2020 年第 1 期。

是黃錦樹。」〔註3〕

　　從「南方」的角度來定義文學現象當然不是始於此時，只不過，因為江蘇浙江一代的文學歷來發達，「江南文學」幾乎就被視作「南方文學」的當然代表，今天，「『新南方寫作』是指跟以往以江南作家群為對象的『南方寫作』相對的寫作現象，這個概念既希望使廣大南方以南的寫作被照亮和看見。」〔註4〕換句話說，「新南方」指的不是新的今天的南方，而是「南方之南」的還不曾進入人們視野的那些「南方」。更準確地說，這個概念的提出，原本是提醒一種隨著經濟和文化的發展，而日益重要的「南方之南」的文學存在現象，即在將蘇童、格非、葉兆言等江南區域作家的視作傳統意義的「南方寫作」，而將嶺南等在改革開放時代湧現的區域文學寫作名之為「新南方寫作」。楊慶祥發表於《南方文壇》2021 年 3 期上的《新南方寫作：主體、版圖與漢語書寫的主權》是到目前為止最完整、影響也最大的文章，它和黃平的《「新東北作家群」論綱》遙相呼應，成為新時代中國當代文學「地方性」建構的南北綱要。按照楊慶祥的劃定，「將新南方寫作的地理範圍界定為中國的廣東、廣西、海南、福建、香港、澳門、臺灣等地區以及馬來西亞、新加坡、泰國等東南亞國家。」〔註5〕這已經從陸地伸向了海洋，從中國擴展至了域外，臺灣學者王德威有具體的建議，他認為相關的文學批評可以跨越「閩粵桂瓊作家的點評」範圍：「許假以時日，能有更多發現？如張貴興、李永平的南洋風景，吳明益、夏曼‧藍波安的地理、海洋書寫，董啟章、黃碧雲的維多利亞港風雲，極有特色，可作為研究的起點。」〔註6〕也有學者進一步論述了「世界南方」的可能性：「在地域上以兩廣、福建、海南等中國南方沿海省份為主體，同時延伸至臺港澳地區、東南亞的華語文化圈，並不斷向更為廣闊的『世界南方』拓展。」〔註7〕

　　當然，也有學者提出了橫向拓展的設想，即將過去那些身處南方卻不屬於

〔註3〕楊慶祥：《新南方寫作：主體、版圖與漢語書寫的主權》，《南方文壇》2021 年 3 期。

〔註4〕陳培浩：《「新南方寫作」及其可能性》，《韓山師範學院學報》2020 年 4 期。

〔註5〕楊慶祥：《新南方寫作：主體、版圖與漢語書寫的主權》，《南方文壇》2021 年 3 期。

〔註6〕王德威：《寫在南方之南：潮汐、板塊、走廊、風土》，《南方文壇》2023 年 1 期。

〔註7〕盧楨：《行走的詩學與新南方寫作的域外生成》，《南方文壇》2023 年 6 期。

典型南方——江南之外的區域文學現象也一併納入：「從空間上看，以往南方文學主要是江南文學，現在談新南方文學，囊括了廣東、福建、廣西、四川、雲南、海南、江西、貴州等等文化上的邊地，具有更大的空間覆蓋性，因而也有更多文化經驗異質性。」〔註8〕

　　如今，「新東北文學」與「新南方寫作」的論述和探討早已經超出了本地域發聲的層面，發展成了一種全國性的乃至在一定程度上影響著國際漢學界與華文創作圈的文學動向、批評動向。《文史哲》雜誌與《中華讀書報》聯袂開展的 2022 年度「中國人文學術十大熱點」評選活動中，新「南」「北」寫作的興起成為文學類唯一入選話題。

二

　　中國文學有南北之議或者說各區域地理的概念，這已經是我們源遠流長的傳統，《詩經》與《楚辭》的差異早就為人們所注目，「辭約而旨豐」的《詩經》，「耀豔而深華」的《楚辭》，都為劉勰所辨明，〔註9〕唐代魏徵在《隋書・文學傳序》的討論已經出現了「南北」、「江左」、「河朔」等重要的文學地方視野：「江左宮商發越，貴於清綺；河朔詞義貞剛，重乎氣質。氣質則理勝其詞，清綺則文過其意。理深者便於時用，文華者宜於詠歌，此其南北詞人得失之大較也。」〔註10〕《漢書》《隋書》闢有「地理志」，專門概括各地山川形勝、風土人情，是中國文化與中國文學地方性論述的集中表達。近現代以後，引入西方的文學地理學、空間理論，使之論述更上層樓，文學的區域研究、地域考察不斷結出重要的果實。在新時代的今天，東北與南方問題的再度提出，很令人想起一百年前，在中國文學從古典至近現代的歷史轉換之中，一批學者也讓中國文學的南北論隆重出場，即是對文學發展史實的陳述，也包含了自我辨認、清理的思想根脈以激發文化的活力之義，那麼，這一百年以後的議題，都有著什麼樣的思想意義，是不是亦有同樣的歷史效應呢？

　　對中國現當代文學進行系統的「地方性」的觀察和總結是在 1990 年代中期，嚴家炎先生主編的《二十世紀中國文學與區域文化》叢書於 1995 年開始由湖南教育出版社陸續推出，這是新中國成立後、當然也是百年來第一次系統

〔註 8〕陳培浩：《「新南方寫作」及其可能性》，《韓山師範學院學報》2020 年 4 期。
〔註 9〕分別見《文心雕龍・宗經》、《文心雕龍・辨騷》，范文瀾《文心雕龍注》22、47 頁，人民文學出版社 1958 年。
〔註10〕《隋書》卷76，中華書局 1973 年版第六冊 1730 頁。

梳理總結中國新文學發展與地方文化內在關係，是文學地方經驗與地方路徑的全面展示和挖掘。值得一提的，這些中國文學的地方性研究幾乎都是各個地方的學者來完成的，絕大多數是當地籍貫的學者，極少數籍貫不在當地卻是生活多年或者已經就是第二故鄉。

著作名	作　者	籍　　貫
黑土文化與東北作家群	逄增玉	出生於吉林
江南士風與江蘇文學	費振鍾	出生於江蘇
都市漩流中的海派小說	吳福輝	出生於浙江，在上海度過童年
現代四川文學的巴蜀文化闡釋	李怡	出生於重慶
山藥蛋派與三晉文化	朱曉進	出生於江蘇，從事相關研究
齊魯文化與山東新文學	魏建、賈振勇	出生於山東
雪域文化與西藏文學	馬麗華	生於山東，在藏工作 27 年
「S 會館」與五四新文學的起源	彭曉豐	在杭州讀書和任教
	舒建華	出生於浙江，在杭州讀書和工作
秦地小說與「三秦文化」	李繼凱	出生於江蘇，在陝西讀書和工作
湖南鄉土文學與湘楚文化	劉洪濤	出生於河南，從事相關研究

以上簡表可以看出，《二十世紀中國文學與區域文化》叢書的作者，除了朱曉進、劉洪濤因為前期分別從事山藥蛋派與沈從文研究而參加了相關叢書外，其他所有的學者都可以說具有深刻的「本鄉本土」淵源，他們的研究在很大程度上來源於對「本土文化」的一種自我感受，學術的表達也具有自我開掘、自我說明的鮮明的意圖。在新時期中國現當代文學的實績還有待全面總結和彰顯的時候，這種「地方性」的開掘和展示幾乎也可以說是必然的，他們解釋的是「走向世界」的文學主流敘事所需要的細節，也是對「中國文學」主體敘述所難以顧及的地方內容的放大呈現，除了「地方性」的學者或者對「地方」有特別研究的基礎，似乎也難以熟悉這些特定地域的被遮蔽的陌生的內容。

不過，這樣一來，也為我們提出了一個新的問題：除了對主流文學細節的補充與完善，「地方」究竟還有沒有可能凸顯自己的發現？而且這種發現最後的意義又不僅僅屬於「地方」，而是指向對整個文學格局的再認識？在這個意義上，我認為《二十世紀中國文學與區域文化》叢書的工作屬於中國文學地方性研究的第一階段，它的重要意義就在於為我們展示了百年來中國文學發展的無比豐富的地方性，這些地方性的存在從根本上說就是中國新文學發生發

展的基礎，也是它的歷史實績，因為有了不同地方的文學成果，我們百年文學的建構才是充實的和多樣化的。當然，在大量紮實的奠基性的工作之外，這一階段的努力基本上還沒有展開新的追問，即這些「地方性」的文學有沒有貢獻出一種獨特又具有整體性指向的可能？《二十世紀中國文學與區域文化》叢書對各區域文學的解剖、分析新見迭出，不過似乎都沒有刻意挖掘那些地方性文學創作中蘊含的導向未來文學發展的律動和線索，沒有放大性地揭示「當下地方」中暗藏的「通達中國」、「激活世界」的機緣。

　　《二十世紀中國文學與區域文化》叢書出版至今，二十年的時間過去了，中國學者對文學地方性問題的研究依然在持續推進中。這種推進表現在三個方面，首先是一系列相關理論的引進和運用，例如文化地理學（Cultural geography）、列斐伏爾（Henri.Lefebvre）的空間生產理論（Theory of space production），段義孚的「空間與地方」（Space and Place）、愛德華‧雷爾夫（Edward Relph）「地方與無地方性」（Place and Placelessness）、詹明信（Fredric Jameson）的超空間概念（hyperspace）、多琳‧馬西（DoreenMassey）的「全球地方感」（A Global sense of place）等等，使得我們的學術視野更為深邃，從過去的感性總結上升到更為理性的概括與分析；其次是對地方性考察邁向更為廣闊的領域，除了對中國現當代文學創作現象的分析，也進一步擴展到了古代文學領域，使之結合中外文學的比較，在世界文學的視野中考察更大範圍中的文學地方性問題，「文學地理學」的充分闡發和廣泛運用就是在我們的中國古代文學研究中進行的；其三是對中國新文學的考察、研究也開始超越了主流思想的「補充」這一層面，努力通過對「地方」獨特文化資源的再發現重新定義現代，洞見中國現代性的自我生成路徑。「地方路徑」概念的提出、闡發和討論可以被看作是這一努力的理論性嘗試，而陳方競教授 1999 年出版的《魯迅與浙東文化》則是學術超越的較早的成果。

　　作為一位浙江籍的學者，陳方競教授致力於魯迅與浙江文化關係的闡發並不奇怪，這十分符合 1990 年代中國文學地方性研究的動向，從總體上說還是屬於「二十世紀中國文學與區域文化研究」的脈絡。但是，陳方競教授卻以自己細膩的梳理和深入的思考展示了地方性研究的新的可能，從而實現了對同一時期的學術模式的某種超越。《魯迅與浙東文化》不是在魯迅的文學中尋找時人關於「浙東文化」常識性概括，從而迅速地總結出魯迅文學中的浙東「基因」或「元素」，最終證明一個不受人質疑卻也並不令人興奮的事實：魯迅的

確屬於浙東文化。這樣的地方性闡發僅僅是對文學史「常識」的一次側面的印證，它本身沒有提出什麼新的問題，或者說根本就沒有能夠發現新問題，因此對學術思想的啟發和推動也十分有限。陳方競教授卻是將對浙東文化傳統的發現與對魯迅內在精神特質的挖掘緊密結合，他不是企圖對盡人皆知的常識展開別樣材料的印證，而是在重新發現魯迅思想構成的意義上挖掘出了被人們所忽視的「浙東文化」的存在，無論是對於魯迅還是對於浙東文化傳統，這裡的發現都是深刻的，也可以說是創造性的，例如著作對魯迅所「復活」的浙東地緣血緣傳統的論述就始終在多層面多維度中展開，不斷作出個體性的比較和時間性追蹤，從而呈現了這種地方性傳統延續承襲的複雜和變異，而所謂文化傳統的影響也從來就不可能是本質化的、理所當然的，它們都得在歷史的轉換中被重新選擇，所以，「發現」傳統絕非易事，「繼承」文化需要付出：

> 魯迅作為破落戶子弟，反叛於他「熟識的本階級」，這樣，血緣性地緣文化在他身上的「復活」又並非是順其自然的。顯然，這裡還存在一個主體意識的「認同」過程，由「認同」而「復活」。〔註11〕

> 魯迅與瞿秋白同為士大夫家族子弟，血緣性的地緣文化，他們身上都表現出某種根深蒂固的「名士氣」。但瞿秋白的「名士氣」表現為「潔身自好」；魯迅則不同，他仰慕浙東先賢而表現出近於「魏晉名士」憤世嫉俗的硬氣與骨氣。〔註12〕

> ……周作人又不得不正視他與乃兄魯迅之間互有濡染又涇渭分明的不同文風……周作人的文風不無「深刻」但更顯「飄逸」，魯迅的文風則是，不無「飄逸」但更顯「深刻」。〔註13〕

這樣的魯迅精神也就是一種前所未有的「再發現」，也可以說是對中國新文學內在精神的創造性提煉，而由此被闡發的「浙東文化」，也就不再屬於歷史的陳跡，它理所當然就是中國現代性的參與者、激發者，這裡的魯迅和浙東既來自浙東，蜿蜒生長在地方性的土壤裏，但又最終超越了具體鄉土的狹隘性，與更為廣大的世界性，和更為深刻的人類性溝通關聯在了一起，從而賦予未來中國文學的發展以啟發。

今天的「新東北文學」與「新南方寫作」，從創作到批評也都呈現了中國

〔註11〕陳方競：《魯迅與浙東文化》58 頁，吉林大學出版社 1999 年。
〔註12〕陳方競：《魯迅與浙東文化》59 頁，吉林大學出版社 1999 年。
〔註13〕陳方競：《魯迅與浙東文化》44、45 頁，吉林大學出版社 1999 年。

文學地方性意識的一種深化。

作為創作現象的「新東北文學」與「新南方寫作」已經超過了地方彰顯的意圖，寫作和作家本人的跨區域性向我們表明，地方本身已經不是他們集中表達的內容，超出地方的更深的關切可能是他們更有意包含的主題。有人統計過，這些活躍的「新東北」與「新南方」作家未必都固守在東北和南方，故鄉也並非就是他們唯一關注的焦點，文學的故土更不等於就是現實的刻繪。「被視為東北文藝復興文學代表的「鐵西三劍客」——雙雪濤、班宇、鄭執他們其實是在北京書寫東北」「廣西籍作家林白，她的長居地是武漢和北京，她的寫作很多時候與故鄉和區域並不直接相關。但《北流》卻無疑動用了故鄉的精神文化資源，濃厚的地方性敘事、野氣橫生的方言敘事為人所津津樂道。與林白相近的還有霍香結。桂林人氏，走遍中國，定居京城近二十年的霍香結近年以《靈的編年史》《銅座全集》頗受矚目。霍香結無疑是自覺將「地方性知識」導入當代文學的作家。〔註14〕書寫「新東北」的班宇在南昌市青苑書店書友會上說過：「我覺得我現在寫的東北，其實並不是 90 年代真實存在的那種東北」，他還表示，「即便今天經濟情況不再一樣，但精神困境也許一樣，所以會有感同身受。讀者和我不是尋找記憶，而是對照當下處境」〔註15〕雙雪濤則稱「豔粉街是我虛構的場域」〔註16〕「新南方」的東西表示要拒絕「根據地」般的原鄉、尋根公式，〔註17〕梁曉陽十五年間輾轉於廣西和新疆，沒有新疆這個北方異域的參照也無所謂獨特的廣西，他的長篇小說《出塞書》的主人公梁小羊因為一次次的出塞，才得以從本土的空間中掙脫而出。「新南方」作家朱山坡說得好：「我們只是在南方，寫南方，經營南方，但我們的格局和目標絕對不僅僅是南方。過去不少作家沉迷於地方性寫作，挖掘地方奇特的風土人情，聳人聽聞的怪人怪事。這是偽鄉土寫作。這不是寫作的目的，也不是文學的目的。寫作必然在世界中發生，在世界中進行，在世界中完成，在世界中獲得意義。一個有志向有雄心的作家必須面向世界，是世界性的寫作。」朱山坡自己不僅書寫了「米莊」和「蛋鎮」這樣的南方小鎮，他其實已經走出了國境，荒涼的

〔註14〕陳培浩：《「新南方寫作」與當代漢語寫作的語言危機》，《南方文壇》2023 年 2 期。

〔註15〕班宇：《我不太理解很多人一想到東北就難受》，《城市畫報》，2020 年 7 月 9 日。

〔註16〕雙雪濤：《豔粉街在我心裏是很潔白的》，《三聯生活週刊》，2019 年第 4 期。

〔註17〕東西：《南方「新」起來了》，《南方文壇》2021 年第 3 期。

非洲，索馬里、薩赫勒、尼日爾，在不同文化中探究人性的幽微。「在世界中寫作，為世界而寫，關心的是全人類，為全世界提供有價值的內容和獨特的個人體驗。這才是新南方寫作的意義和使命。」〔註18〕

批評也是如此。與1990年代的地方性文學研究不同，參與「新東北文學」與「新南方寫作」研討的批評家相當部分已經不再是「地方的代言人」，「新東北文學」與「新南方寫作」的問題引起的普遍參與的熱忱。黃平是東北人，但長期求學、生活、工作在上海，楊慶祥是安徽人，長期求學、生活、工作在北京，「新南方」只是他遠眺的方向。遠在美國的漢學家王德威原籍福建，生長於臺北，工作於美國哈佛大學，他密切地關注了我們的討論，不僅關切著「新南方」的體驗，更對遙遠的東北充滿興趣，甚至繼續跳出新東北／新南方的二元架構，繼續就「大西北」發聲，激活更多的文學「地方性」話題。〔註19〕這恰恰說明，「新東北」與「新南方」都不再是地方對主流文化發展的一種補充和完善，它們本身的問題已經足以引發全局性的思考。正如黃平對「新東北文學」的一個判斷：「這將不僅僅是『東北文學』的變化，而是從東北開始的文學的變化。」〔註20〕「這批作家不能被簡單理解為東北文學，他們的寫作不是地方的，而是隱藏在地方性懷舊中的階級鄉愁。」〔註21〕「新南方寫作」的提出者也將「以對文明轉型的預判把握『新南方』將為中國當代文學創造的前所未有的『可能性』。」〔註22〕或者云「潛藏其中的由地域詩學向文化詩學、未來詩學的演變，使新南方寫作在世界時空中獲得了新的意義。」〔註23〕曾攀認為，新南方寫作「儘管發軔於地方性書寫，卻具備一種跨區域、跨文化意義上的世界品格」〔註24〕楊慶祥在南方精神的發掘中提出反離散論的問題，「南方的主體在哪裏？它為什麼需要被確認？具體到文學寫作的層面，它是要依附於某種主義或者風格嗎？如果南方主動拒絕這種依附性，那就需要一個新的

〔註18〕朱山坡：《新南方寫作是一種異樣的景觀》，《南方文壇》2021年3期。

〔註19〕參見王德威《文學東北與中國現代性——「東北學」研究芻議》（《小說評論》2021年1期）、《寫在南方之南：潮汐、板塊、走廊、風土》（《南方文壇》2023年1期）及《現代歷史　西北文學》（《大西北文學與文化》2020年第1期）。

〔註20〕行超：《黃平：讓我們破「牆」而出——「新東北文學」現象及其期待》，《文藝報》2023年6月26日第3版。

〔註21〕黃平：《從東北到宇宙，最後回到情感》，《南方文壇》2020年3期。

〔註22〕陳培浩：《「新南方寫作」及其可能性》，《韓山師範學院學報》2020年4期。

〔註23〕盧楨：《行走的詩學與新南方寫作的域外生成》，《南方文壇》2023年6期。

〔註24〕曾攀：《新南方寫作：經驗、問題與文本》，《廣州文藝》2022年1期。

南方的主體。」〔註25〕

　　與某些地方文學倡導者的「自戀」式地方彰顯有異，「新東北」與「新南方」的論述者都在跳出自設主題的束縛，在更大的框架中建構對中國文學的整體認知，也不無反省，例如黃平就曾以「新東北寫作」為參照，對照性地來討論「新南方寫作」。他認為兩者創作表現的差異有五：第一點是邊界，「新東北寫作」的地域邊界很清晰，但「新南方」指的是哪個「南方」，邊界還不夠清晰，不僅僅是地理意義上的邊界，同一個區域內部也不夠清晰，所以楊慶祥等評論家還在繼續區別「在南方寫作」和「新南方寫作」；第二點是題材，「新東北寫作」普遍以下崗為重要背景，但「新南方寫作」並不共享相近的題材；第三點是形式，「新東北寫作」往往採用「子一代」與「父一代」雙線敘事的結構展開，以此承載兩個時代的對話，但「新南方寫作」在敘述形式上更為繁複多樣；第四點是語言，「新東北寫作」的語言立足於東北話，但「新南方寫作」內部包含著多種甚至彼此無法交流的方言，比如兩廣粵語與福建方言的差異，而且多位作家的寫作沒有任何方言色彩；第五點是傳播，「新東北寫作」依賴於市場出版、新聞報導、社交媒體、短視頻以及影視改編，「新南方寫作」整體上還不夠「破圈」。故而，在思潮的意義上，「新東北寫作」比較清晰，「新南方寫作」還有些模糊〔註26〕。

　　這樣的反省無疑將推動中國文學地方意識的發展。

三

　　從 1990 年代中國文學研究地方視野的系統展現到今天文學批評中南北話題的深化發展，我們可以見出中國文學創作地方意識的興起和自覺，也可以梳理出學術思想日趨成熟的一種態勢。不過，嚴格說來，學術發展和文學創作一樣，歸根結底並不是一種進化式的躍遷，而是在不同的歷史時期盡力表達最獨特感受，或者努力解決這一階段的思想文化問題。它們最終的價值取決於感受的不可替代性或提出問題、解釋問題的深度。在這個意義上，今天我們面對中國文學地方性問題的學術態度又不能與古代中國的「地理志」簡單類比，無法因為數十年前區域研究的簡易而滿懷自信，譯介自西方的各種「空間」理論好

〔註25〕楊慶祥：《新南方寫作：主體、版圖與漢語書寫的主權》，《南方文壇》2021 年 3 期。

〔註26〕行超：《黃平：讓我們破「牆」而出──「新東北文學」現象及其期待》，《文藝報》2023 年 6 月 26 日第 3 版。

像更不能回答我們自己的問題，歸根到底，今天的地方性討論和未來的其他文學討論一樣，都還得通過本時代我們批評的有效性來加以檢驗。

於是，透過當前中國文學批評對「南北」問題的關注，我們都有責任來繼續探討和提高理論的效力。我覺得，這種理論的效力至少還可以體現在兩個方面，一是它捕捉文學現象獨特性的能力，即相關的概念和闡釋是不是切中了相關文學現象的核心和根本，可否在於相似現象的區隔中透視其中最獨有的精神秘密；二是它參與思想文化建設的能力，也就是通過文學批評的理論問題，能否昇華出一種更大的思想文化的啟示。

當代文學的「南北」命名及討論顯然是對文學創作的一種有價值的捕捉和發現。例如「新東北文學」由「下崗」主題而重述文學的「階級」主題，進而引發關於「復興現實主義」的猜想，「新南方寫作」由「一路向南」的版圖的擴展而生出「重構華文文學世界」的可能，即打破長久以來的漢語寫作的國境線，甚至挑戰「華語語系文學」所暗含的文化牴牾……這都是一些令人激動的文學批評的未來前景。不過，平心而論，這樣的前景在目前尚不是觸手可及，我們依然必須面對更為複雜的創作現實：寫作的活力總是體現為不斷變化，這些「狡黠」的媒介時代的精靈並不願意乖乖就範，事實上，「新東北」的幾位作家本來就置身在比過去紙質出版時代更為複雜的傳播環境之中，他們並不甘於受制於某一「古典」的程序，語言和行動上脫離「被定義」，在逃逸批評家指稱的道路上自由而行，同樣是這個時代文學「思潮」的重要特點。正如有評論指出：「這樣立意宏大的批評路徑似乎並未和小說家的自我指認之間達成順滑的對接，在闡釋者一方試圖將「新東北作家群」的寫作圈定在預設的階級話語框架，從而完成對其文學價值的確認之際，創作者一方卻往往不甘於被外界給定的標籤所束縛，不斷尋找著「逃逸」的出口。」〔註27〕在命名的爭論當中，也有以「新東北作家群」人數有限，不足以匹敵歷史上有過的「東北作家群」而頗多質疑，其實，對於一個新興的文學現象，關鍵的問題還不在人數的多寡，而在於它所包含的問題的不可代替性。如果「新東北作家群」揭示的創作問題前所未有，數個作家也值得認真考察。這裡可以深入探究的東西其實不少——無論他們對弱勢群體命運的披露是不是可以歸結為「左翼思想」，也無論「現實主義」的概括還是否恰當，我們都不能否認其中所存在的深刻的左翼

〔註27〕常青：《「新東北作家群」：多元視野中的文學個案新探》，《華夏文化論壇》第二十八輯。

思想背景，還有那種曾經沉淪了的現實批判的追求，當然，就像新時代的中國不會再現 1930 年代的左翼文學與批判現實主義一樣，一種綜合性的全新的底層關懷混雜於新媒介文化的形態正在蓬勃生長，可能是我們既有的文學思潮難以概括的，也亟待我們的批評家認真勘察，準確命名，我們不僅需要流派的命名，也需要藝術形態的命名，一種跨越左／右、主流／邊緣、雅／俗的融媒介式的藝術概括？

「新南方」的跨境向南是鼓舞人心的學術前景。當林森、陳崇正、朱山坡與張貴興、李永平、吳明益、夏曼・藍波安、董啟章、黃碧雲與黃錦樹都被置放在「南方」的大背景上予以呈現，我們當可以洞悉多少新鮮的景致！不過，在這裡，迫切需要我們思索的可能還在於，當大陸中國的寫作者真的不再「回望」北方，一意南行之時，這種勇往直前的豪邁是否可以類同那些「下南洋」的華人？而黃錦樹回望魯迅的《傷逝》，又有怎樣的心態的距離？林森的《海裏岸上》寫卸甲歸田的一代船長老蘇，「他已經很久沒有機會到海上去了」「一九五〇年之後，老蘇剛剛上船不久，那時基本不去南沙，而隨著船在西沙和中沙捕撈作業。二十多年以後，響應國家戰略的需要，他踏上了前往南沙的征途」，所過之地，木牌上寫下大紅油漆文字：「中國領土不可侵犯。」字裏行間，更傳達了激昂的民族情懷：「我們一個小漁村，這些年就有多少人葬身在這片海裏？我們從這片海裏找吃食，也把那麼多人還給了這片海，那麼多祖宗的魂兒，都游蕩在水裏，這片海不是我們的，是誰的？」〔註28〕在這裡，個人的情感深深地滲透了我們源遠流長的家國意識，一路向南的行旅中清晰迴蕩著來自「北方」的責任和囑託，它和其他的「南方情懷」是否已經消弭了界線？我想，「新南方寫作」的邊界劃定，還可以有更多的追問。

文學的「南北」之論從來都超出了文學批評本身，指向一種更大的思想文化目標。一百年前的 20 世紀之初，中國知識界也有過一次影響深遠的「南北論」，其代表人物包括梁啟超、章太炎、劉師培、王國維等等，他們各具風采的論述開啟了現代中國從南北地理視野入手解釋中國文學、語言及文化的理論時代。梁啟超《中國地理大勢論》、王國維《屈子文學之精神》、章太炎《方言》及劉師培《南北文學不同論》，就是當時傳誦一時的名篇。《中國地理大勢論》從政治、文學、風俗與兵事四個方面入手，論述中國南北文化的差異與互動關係，其目標在於探究歷史上「調和南北之功」，從文化融合的方向上推動

〔註28〕林森：《海裏岸上》，《人民文學》2018 年第 9 期。

社會的發展，他對現代文明的讚賞即導源於此「今日輪船鐵路之力，且將使東西五洲合一爐而共治之矣，而更何區區南北之足云也」。〔註29〕而南北之「合」則是與民族之「合」相契合，所謂「合漢合滿合蒙、合回合苗合藏，組成一大民族，提全球三分有一之人類，以高掌遠跖於五大陸之上」。〔註30〕一句話，南北文化之合與民族文化之合是中國的歷史大趨勢，是中國走向強盛的必由之路。在《屈子文學之精神》中，王國維將情感、想像等西學文學概念引入對中國南北文學的評述，建立了一種嶄新的以情感表達為中心的現代意義的文學觀念。章太炎與劉師培各種劃分南北的標準並不相同，對南北的推崇也剛好相反，但是卻都將他們所崇尚的南北文化當作復興民族生氣的根基。「對於章太炎和劉師培，『南北論』都不是純粹知識性的理論構想，而是在舊學新知中不斷調試以回應時代變局的積極嘗試。如何在現代民族國家的敘事結構內重新凝聚起中華文化的根脈，是章、劉最關鍵的問題意識。」〔註31〕總之，一百年前的文學「南北論」，具有宏大的問題意識和文化理想，其意義遠遠超出了對具體文學現象的是非優劣的辨析，最後都昇華為一種社會文化重建的目標。

世易時移，今天的文學問題當然不可能是清末民初的重複，然而，在一個傳播手段和交流策略逐漸凌駕於內容之上的時期，在許多貌似顯赫的聲浪都可能流於暫時的「話術」的氛圍中，我們也有必要維持一定的理性的堅持，否則就可能如人們的擔憂：「『新南方寫作』作為一種建構意義大於實際影響力的文學現象，它未來的命運是被短暫地討論後就如秋風掃落葉般被人遺忘，還是承擔起豐富當下文學實踐現場這一使命？」〔註32〕而「新東北文學」的前景也可能在戲謔的玩笑中被後人所調侃：「2035年，80後東北作家群體將成為我國文學批評界的重要研究對象，相關學者教授層出不窮，成績斐然。與此同時，瀋陽被聯合國教科文組織命名為文學之都，東北振興，從文學開始。〔註33〕

文學的地方性追求歸根到底並不真正指向地方，而是人自己。漢學家王德

〔註29〕 梁啟超：《中國地理大勢論》，《飲冰室合集》第四冊（文集之十），中華書局2015年第945頁。
〔註30〕 梁啟超：《政治學大家伯倫知理之學說》，《飲冰室合集》第五冊（文集之十三），中華書局2015年第1194頁。
〔註31〕 吳寒：《空間與秩序——章太炎、劉師培「南北論」之比較》，《文學評論》2023年2期。
〔註32〕 何心爰：《地方性、媒介屬性、實感經驗——理解新南方寫作的三條路徑》，《創作評譚》2022年5期。
〔註33〕 班宇：《未來文學預言》，張悅然主編：《鯉‧時間膠囊》，九州出版社2018年。

威來到西安，面對原本與他無甚關係的大西北，也不禁發出了這樣的感歎：

　　當我們行走在土地之上，千百年的歷史就在我們的腳下，只能
體會自己的渺小卑微。當土地上的人在思想、信仰、利益之間你爭
我奪，土地之下的一切提醒我們生而有涯，蒼茫深邃的大地承載著
看不見的一切。這是海德格爾式的思考。如此無限無垠的大地，它
名叫「西北」。我們對於西北文學、歷史的理解和深切反省，從這裡
開始。」〔註34〕

這其實應該就是一切地方性話題的開始。

〔註34〕王德威：《現代歷史　西北文學》，《大西北文學與文化》2020 年第 1 期。

目

次

緒　論

　　一般而言，中國現代文學發展史、思潮史、流派史、文體史，大體上研究的還是「中國現代文學」，並非「中國現代文學學科（學術）」，並非「研究之研究」。

　　客觀而言，帶有「研究之研究」或學科史性質的中國現代文學研究，例如就 1980 年代以來出版的整體的中國現代文學批評史、學術史而言，具代表性的並不太多。八九十年代大概有王永生主編的《中國現代文學理論批評史》（貴州人民出版社 1986 年版）、溫儒敏的《中國現代文學批評史》（北京大學出版社 1993 年版）、黃修己的《中國新文學史編纂史》（北京大學出版社 1995 年版）、劉鋒傑的《中國現代六大批評家》（安徽文藝出版社 1995 年版）、許道明的《中國現代文學批評史》（江蘇文藝出版社 1995 年版）、斯洛伐克學者瑪立安·高利克的《中國現代文學批評發生史（1917～1930）》（社會科學文獻出版社 1997 年版）、朱德發的《主體思維與文學史觀》（山東教育出版社 1997 年版）、陳平原的《中國現代學術之建立》（北京大學出版社 1998 年版）等。

　　進入 21 世紀，具代表性的則有莊錫華的《二十世紀的中國文藝理論》（上海三聯書店 2000 年版）、黃曼君主編《中國 20 世紀文學理論批評史》（中國文聯出版社 2002 年版）、周海波《中國現代文學批評史論》（上海人民出版社 2002 年版）、許道明《中國現代文學批評史新編》（復旦大學出版社 2002 年版）、陳劍暉、宋劍華主編《20 世紀中國文學批評史》（海南出版社 2003 年版）、溫儒敏等的《中國現當代文學學科概要》（北京大學出版社 2005 年版）、莊錫華的《中國現代文論家論》（光明日報出版社 2006 年版），黃修己、劉衛國主編《中

國現代文學研究史》（廣東人民出版社 2008 年版）、楊義的《現代中國學術方法通論》（山東教育出版社 2009 年版）、朱德發、賈振勇的《評判與建構：現代中國文學史學》（山東大學出版社 2010 年版）、李怡的《作為方法的「民國」》（山東文藝出版社 2015 年版）、邵寧寧、郭國昌、孫強的《當代中國現代文學研究（1949～2009）》（中國社會科學出版社 2014 年版，2019 年修訂再版，書名的時間終點改為 2019）、黃修己主編的《中國現代文學研究通史》（廣東人民出版社 2020 年版）、錢理群的《有承擔的學術：中國現代文學學人論集》（四川人民出版社 2023 年版）等。

　　客觀來說，如果只是關注中國現代文學批評史，只不過是關注中國現代文學學術的「批評家型」罷了，這是遠遠不夠的，忽略了中國現代文學學術的百花齊放、百家爭鳴的多元局面與特徵。在此意義上，黃修己、朱德發、陳平原、楊義等人的學科史或學術史著作就顯得難能可貴。畢竟，中國現代文學學術史，主要是從歷史線索來探討，較少研究其學術形態。

一、中國現代文學學術形態

（一）思想者

　　廣義的中國現代文學至今已有百年歷史，與此同時，相關的評論與研究亦近百年。因此，對百年的中國現代文學研究進行簡要的梳理，便顯得尤為必要。如果要探討「中國現代文學學術形態」，就不只是對學者的研究進行一般的綜述，而是以思維形態如跨界者、治史者、批評家、顛覆者，或者以身份形態如思想者、開拓者、運動者、君子型，對相關的學人研究形態，進行有益的探索。如此豐富的學術形態，很有必要首先注意思想者型的學者，一方面因為中國現代文學本來就以其獨特的思想，與中國古代文學相比，顯示出其鮮明的差異性；另一方面，由於不少研究中國現代文學的學者，本身就很有思想。

　　王富仁與錢理群先生可謂中國現代文學學界的思想者，令人敬佩。遺憾的是王富仁先生於 2017 年 5 月逝世，導致中國現代文學學界彷彿失去了一根頂樑柱。所謂思想者一要有思想；二要其思想有廣泛影響；三要有一種獨立的品格、自由的精神、一貫的堅持，敢於發出與當世不同的聲音。在此意義上，中國現代文學學科的「思想者」是異質性的，是稀少的，他們是啟蒙主義者，王富仁、錢理群便是公認的思想者。學界需要思想者，如 1980 年代初期的許志英，就是思想者，他以振聾發聵的聲音一反之前幾十年的論斷，指出「與其說

『五四』文學革命的指導思想是無產階級文化思想，不如說是小資產階級革命民主主義思想和資產階級民主主義思想更符合歷史實際。」〔註1〕又如當下的陳平原，也是一位思想者。另一方面，如果從思想的原創性來說，則不能不提楊義、張中良、李怡、張江、吳炫等人，如楊義在文學研究方面提出中國敘事學、文學圖志學、文學地理學、大文學觀、史詩形態學，在文化研究方面提出邊緣的活力、江河源文明、深入文明史的中國思想史；而張中良的中國文學的民國史視角，李怡的中國文學的民國機制，張江的強制闡釋論、公共闡釋論，吳炫的否定主義文論，王富仁的新國學，也都是具有原創性的思想。在此意義上，我不擔心中國現代文學學科的後繼者學問不深，方法不新，視野不廣，我擔心的是他們缺乏一種「思想者」的立場與精神，變得有學問，沒見識，無思想，甚至變成某種聲音的傳聲筒，患上沈從文所言的寺宦症。看來，王元化所言的「有思想的學術」與「有學術的思想」〔註2〕都是理想，不少學者都難以達到。有人認為思想是有爭議的，所以不該提倡，他們沒認識到思想本來就不可能也不應該統一，思想幾乎都是有爭議的，沒有爭議就沒有思想，因為思想本身就是為了表達異議，允許爭論。而以思想有爭議來否定思想，無異於思想鉗制。而且，思想與表面的立場未必成正比，無論派別如何，敢於表達異議，敢說真話的思想者，才是真正的自由主義者，否則就是假的自由主義者。就像1950年代之後，原來的自由主義者反而不怎麼出聲，敢於發聲的反而是跟他們立場不同的梁漱溟、胡風、陳寅恪等人。所謂的生存主義只是藉口，更擔心它成為了技術主義。學者們不會為作品感動，不會為思想痛苦，不會有現實關懷，所做的研究與現實和生命無關。之所以思想淡出，技術與史料兇猛，究竟是由於後兩者更安全罷了。

（二）開拓者

　　一般而言，沒有開拓創新就談不上學術。中國現代文學研究的開拓者比比皆是，例如王瑤、唐弢、李何林、樊駿、錢谷融等對整個中國現代文學學科的開拓，田仲濟、楊義、嚴家炎、陳平原等對中國現代小說史研究的開拓，楊義、嚴家炎、賈植芳、溫儒敏、羅成琰、艾曉明、朱壽桐、吳福輝、丁帆、譚桂林等對中國現代文學思潮流派研究的開拓，黃修己、朱德發、溫儒敏、許道明、

〔註1〕許志英：《「五四」文學革命指導思想的再探討》，《中國現代文學研究叢刊》1983年第1期。

〔註2〕王元化：《王元化集・卷七・隨筆》，湖北教育出版社2007年版，第464頁。

陳平原等對中國現代文學史學科史、批評史研究的開拓，張鐘、洪子誠、謝冕、陳思和、王慶生、程光煒等對當代文學史研究的開拓，王富仁、錢理群、楊義、袁良駿、張夢陽、孫玉石、張福貴等對新時期魯迅研究的開拓，楊匡漢、饒芃子、黃萬華、劉登翰等對世界華文文學研究的開拓，孟悅、戴錦華、喬以鋼、劉思謙、盛英等對新時期中國現代女性文學研究的開拓〔註3〕，吳效剛、倪墨炎、王本朝、張均、吳義勤、丁帆等對現當代文學制度史研究的開拓，張衛中、高玉、文貴良、劉恪、朱曉進等對現當代文學語言史研究的開拓。諸如此類，不一而足。或者涉及研究領域的開拓，或者關乎研究方法的開拓，或者牽涉研究理論的開拓。

　　例如楊義和黃修己先生就是典型的開拓者，以這兩位「開拓者」為中心，可以生發許多問題的思考。楊義先生博古通今，他幾十年來的中國現代文學研究，其貢獻大致表現在中國現代小說史研究領域、魯迅研究領域、中國現代文學研究方法論領域這三大領域，楊義提出的重繪中國文學地圖，以及中國文學的民族學、地理學、文化學、圖志學、大文學史等問題或方法，影響甚大。如果說楊義先生更關注研究，那麼黃修己先生則更關注研究之研究，其《中國新文學史編纂史》是其當之無愧的代表作。

（三）運動者

　　中國文化注重「合群」，中國文人注重「運動」。這在當下的中國現代文學學界更是如此，學者們喜歡提概念，搞運動。就頗具影響力的文學文化思潮或運動而言，例如1980年代開始，錢理群、黃子平、陳平原等提出「二十世紀中國文學」，陳思和提出「新文學整體觀」，後來便由陳思和、王曉明、李劼等發動了「重寫文學史」的思潮。再例如雖然1992年張頤武、王寧將現代性概念引入國內，1994年北京大學以「重估現代性」來討論二十世紀中國文學、文化思想的現代化進程，但是真正引起較大影響還是從1996年開始，1996年由楊春時、宋劍華撰文參與發起了二十世紀中國文學具有現代性還是近代性的問題大討論，〔註4〕龍泉明、王一川、朱壽桐、汪暉、周憲、王德威、高遠

〔註3〕我們不能忘記謝無量的《中國婦女文學史》（1916）、梁乙真的《清代婦女文學史》（1927）、譚正璧的《中國女性的文學生活》（1930）、黃人影的《當代中國女作家論》（1933），以及茅盾的《盧隱論》（1933）、《冰心論》（1934），這是民國時期對中國女性文學的最初關注。

〔註4〕南帆：《二十世紀中國文學批評99個詞》，浙江文藝出版社2003年版，第230～233頁。

東諸如此類的知名學者紛紛加入討論，進而形成了一股巨大的思想浪潮，影響至今。又例如稍晚一點的文化研究思潮，文化不再是研究精英文化，而蛻變為主要研究大眾文化、邊緣文化、都市文化，甚至研究廣告牌、波鞋、咖啡店，以陶東風、周憲、羅鋼、劉康等為代表。

進入 21 世紀，文學研究思潮運動逐漸從「思想」回到「歷史」。程光煒以一人之力倡導「重返八十年代文學」，隨後李楊、洪子誠、賀桂梅、蔡翔、羅崗、倪文尖，及其學生（以楊慶祥為代表）諸多學者先後參與進來，而陳福康、丁帆、張中良、張福貴、李怡等人則不約而同地提倡民國文學概念，尤以李怡的中國文學的民國機制觀念引起更大反響（後來李怡又借鑒楊義等人的大文學觀，提倡「大文學」）。當然，還有 2015 年開始的社會史視野下的中國觀當代文學研究。這些文學研究思想運動，或多或少地表現為幾點：一是不滿，不滿文學研究的沉悶、陳舊的現狀；二是反思，以新視野、新史料、新問題和新方法來反思和創新；三是運作，以提概念、倡方法、出書刊、開會、推新人等等方式運作；四是理想化，問題意識也會有問題，理想化便是一個問題，甚至反本質化的同時卻自我本質化了。

（四）君子型

君子型與思想者型、開拓者型、運動者型一樣，都是以身份形態來劃分。何為君子？「君子道者三：仁者不憂，知者不惑，勇者不懼。」（《論語・憲問》）「天行健，君子以自強不息；地勢坤，君子以厚德載物。」（《周易》）就現在的學術界而言，所謂君子，需要達到「仁」即品德高潔、言行一致、表裏如一，「智」即眼光獨到、視野廣闊、鞭辟入裡，「勇」即紮實追尋、堅定勇毅、不同流俗。換言之，君子是一個相對純粹淡泊、不那麼黨同伐異、不那麼功利庸俗的人，是能夠在努力中順其自然的人。只是偌大一個學術界，這樣的君子實在不多，即使不是小人，也自願或無奈地趨之若鶩。若能迷途知返，亦不失為君子。

為免偏頗，我只舉三位君子型學者，他們是北京的洪子誠老師，上海的張中良老師，以及廣東的林崗老師。毋庸置疑，他們的人品影響了其文品，尤其是他們對待學問的態度，可謂十分端正。為什麼洪子誠老師能得到那麼多人的愛戴？究其原因，除了其學問之深，更因其人品之不爭而有為。

（五）跨界者

中國現代文學研究的跨界者，是一個非常值得關注的問題。那麼，首先要

問跨的是什麼界？就中國現代文學研究而言，一是跨學科，如黃萬華從中國現代文學研究跨越到海外華文文學研究，楊義、陳平原、趙園、劉再復從中國現代文學跨越到中國古代文學研究，陳建華、楊聯芬或多或少從中國現代文學跨越到概念史研究，孫歌、汪暉、楊義、張中良、李怡從中國現代文學跨越到思想史或歷史研究，楊義、林崗、趙稀方將文藝理論研究與中國現代文學研究打通，錢理群、王富仁、溫儒敏、陳平原從中國現代文學跨越到教育研究，就連鄧曉芒也從哲學研究偶而跨越到中國現當代文學研究。二是跨媒介，如戴錦華、李今、周曉明、陳平原、楊義從中國現代文學研究跨越到電影、圖像（圖志）研究。三是跨文化，如樂黛雲、孫歌、高旭東、黃萬華、李今、吳曉東從中國現代文學研究跨越到比較文學文化研究，或遊走在二者之間。尤其是楊義，可謂當世罕見的大學者或大師，他以一人之力，不僅打通中國現代文學、古代文學、文藝學、少數民族文學研究，更以宏闊的視野和深厚的學養打通文學、歷史學（思想史）、民族學、文化學、地理學、圖志學、敘事學研究。

但實際上，跨界並不容易，因為跨界的基礎是熟悉並打通不同的學科，如此導致的結果是不少人具有跨界的欲望，但真能成功跨界的卻寥寥無幾，例如真正堅實地從中國現代文學研究跨越到教育研究的學者，大概只有陳平原，其他學者做的不過是一種「教育評論」罷了，並非「教育研究」。而且，我們要知道，跨界並不等於完全不做中國現代文學研究了，恰恰相反，跨界的嘗試，使得相關學者的中國現代文學研究得到了提升、拓展與更新。更進一步，我們必須認識到不能以是否跨界來做學術評價的重要標準，這是由於個人趣味不同，不少學者並無跨界的興趣，但照樣有著厚重、創新的研究。

那麼，跨界的邊界在哪裏？就拿中國現代文學研究的歷史化而言，邊界到底是文學還是歷史，可謂眾說紛紜。我認為邊界並不重要，因為跨界只是相對性的概括，其實所有的「界」都是後設的，古來文史哲不分家，何況學術本是思想衝動，那時本無界，做的人多了便被歸納為界，以求方便。如果返回原初，思想是自由的，何來邊界？故此，重要的並非邊界，而是成果是否過硬。有的歷史化的現代文學研究論文，其實與文學關係不大，接近歷史研究，然而頗具創造性，但是我們也要認識到有的相關論文辛苦梳理得來的歷史知識，在歷史學界早已是常識，只是有的現代文學學者不知道，而自以為創新罷了。

那麼，跨界是為了什麼？一是為了打通與整合，這是由於本學科的知識、方法已然不能滿足相關學者的雄心壯志，故此，打通不同學科以求整合出新的

學術生長點。二是為了拓展與創造，說到底，跨界主要是一種不同學科的思想衝動、方法運用、視野拓展（正如尼采所言，19 世紀的標識之一不是科學的勝利，而是科學方法對於科學的勝利），在此基礎上，達到知識生產的創造、學術思維的更新，以及學人主體的成長罷了。故此，我們沒必要過度追問學科的邊界或標準，我們更需要追問的是自己的學術實踐能否體現自己的生命追求，如能，足矣。

（六）治史者

　　一般而言，研究都要涉及史料的整理、甄別與運用。但是中國現代文學的治史者卻以史料的發掘、考證、甄別、整理、理論建構為中心。史料是中國現代文學研究的重要依據，具有重要地位。溫儒敏教授指出：「史料工作不是研究的附庸，史料的發掘、收集、考證、整理本身，就是學問。史料工作不是拾遺補缺的簡單勞動，它有自身的規範、方法和價值，在學術研究的格局中有不可替代的位置。」﹝註5﹞無論是王瑤、李何林、唐弢、田仲濟、薛綏之等建國以來的第一代史料研究者，還是馮光廉、朱金順、馬良春、張大明、楊義、嚴家炎、樊駿、孫玉石、劉增傑、黃修己、陸耀東、陳子善、孔範今、姜德明、張夢陽等後繼者，還是劉福春、金宏宇、沈衛威、魏建、陳思廣、陳平原、陳福康、解志熙、李今、謝泳、王風等後來者，抑或易彬、姜異新、袁洪權、劉衛國、付祥喜、宋聲泉、王秀濤、宮立、王賀等 70、80 後學人，都強調史料在中國現代文學研究中具有重要地位。

　　但是，我們不能只運用樸學這一種方法治史，還要運用更新穎、更深入、更豐富的研究方法。除了版本學、手稿學、目錄學、圖志學、編年史等史料研究法，中國現代文學學者還運用各種歷史學方法治學，如概念史（方維規、陳建華）、思想史（汪暉、孫歌）、文化史（楊義）、鄉村史（賀仲明、丁帆）、文學制度史（王本朝、張均），以及科學史、精神史、社會史等。畢竟，史料學不能只滿足於搜尋邊角材料的「骸骨的迷戀」，還要有歷史視野、歷史思辨與歷史情懷。而且，如果我們把視野拓展開去，就不能認為治史就只是研究史料，而不研究文學作品的形式、內容與思想，因為文學作品本身也是史料。如此，中國現代文學的治史就不單是「歷史」的，還是「文學」的。當然，這是對治史的廣義理解，而非狹義理解了。鑒於此，劉福春、金宏宇這兩位可謂具有代

﹝註 5﹞溫儒敏：《尊重史料研究的學術價值與地位》，《漢語言文學研究》2010 年第 1 期。

表性的治史者。如果說劉福春屬於「一生只做一件事」的治史者,那麼金宏宇則是治史功底與理論抱負兼備的學者。

(七)批評家

如果說治史者是對應於文學研究的史料層面,跨界者是對應於文學研究的學科互動層面,那麼,批評家則是對應於文學研究的文本層面。

有學者曾在 1986 年指出中國五代批評家的歷史軌跡:「五四」的先驅者屬於第一代;左翼文學運動中成長的批評家屬於第二代;新中國成立後的「十七年」批評家,屬於第三代;新時期發揮了重大作用,產生重大影響,當時仍挑大樑的批評家,屬於第四代;而第五代則是 1980 年代出現的年輕批評家。〔註6〕另一位學者也在 1986 年撰文指出第五代批評家包括上海的許子東、吳亮、陳思和、蔡翔、王曉明、宋耀良、程德培、李劼等,北京的黃子平、季紅真、李書磊、吳方等,福建的南帆、林建法、王光明等,遼寧的劉齊,新疆的周政保,甘肅的管衛中,天津的王緋、趙玫等,廣東的郭小東、陳劍暉、殷國明等,浙江的李慶西,河南的魯樞元。〔註7〕陳劍暉當時也撰文補充了李潔非、朱大可、張志忠、丁帆、王超英等人。〔註8〕30 年以後,程光煒指出 1980 年代存在著前半期的「北京批評圈」和中後期的「上海批評圈」,前者活躍的有劉再復、閻綱、季紅真、李潔非、張陵、賀紹俊、李陀、高行健、黃子平等,後者則與前述所指的相近。〔註9〕第五代批評家成材率高,影響較大,他們成名於 1980 年代,一般是 1950 年前後生人,偶有 1960 年代生人,如李潔非、李書磊等,當然,也有 1940 年代生人,如雷達、曾鎮南、毛時安、劉再復、高行健等,甚至有 1930 年代生人,如李陀、閻綱。之所以會造成如此局面,是因為史無前例的「文革」結束之後,不同年代出生的四代人都獲得了自由寫作文學評論的機會,於是迸發出創作的激情與才華。只不過,第五代批評家同時或後來大部分都轉向了文學史研究,並非單純的批評家了。如果說第五代批評家中具有碩士、博士學位的已然不少,那麼第六代批評家之後,則基本上是碩士、博士畢業。第六代批評家,適逢市場經濟蓬勃發展,他們成名於 1990 年代,一般是 1960 年前後生人,如北京的陳曉明、張清華、李敬澤、孟繁華、

〔註6〕謝昌秉:《第五代批評家》,《當代文藝思潮》1986 年第 2 期。

〔註7〕陳駿濤:《翱翔吧,「第五代批評家」!》,《文學自由談》1986 年第 6 期。

〔註8〕陳劍暉:《時代大潮中湧起的青年批評群體》,《社會科學戰線》1987 年第 3 期。

〔註9〕程光煒:《當代文學中的「批評圈子」》,《當代文壇》2016 年第 3 期。

張頤武、王兆勝、李建軍，上海的郜元寶、張新穎、胡河清、吳俊、羅崗、張
閎、吳炫，江蘇的王彬彬、賀仲明、何言宏、王堯，山東的吳義勤、黃發有、
遼寧的張學昕，廣東的張檸，諸如此類。而第七代批評家，處於一個經濟快速
發展的時代，批評家與作家聯手的「市場」味道更濃，但是總有堅守者。他們
一般成名於 2000 年之後，大概指現在的 70 後、80 後批評家，如北京的張莉、
梁鴻、霍俊明、李雲雷、劉大先、劉豔、楊慶祥，上海的毛尖、李丹夢、張定
浩、黃德海、黃平、金理，廣州的謝有順、郭冰茹、胡傳吉、申霞豔、李德南，
山東的房偉、張麗軍，諸如此類。當然，我們不能忘記深圳的唐小林，他雖然
生於 1959 年，但 2006 年之後從事文學評論寫作，以「壞處說壞」的方式挑剔
文壇，可謂獨樹一幟。然而，我們發現，近年來雖然中國現代文學館實行客座
研究員制度，《南方文壇》每期推介「今日批評家」，但是其中不少人並不從事
當下文學批評，有的甚至是做史料研究的。究其原因，一方面因為新世紀以來，
文學邊緣化，尤其是近十多年來，文學研究注重歷史而輕視批評，另一方面因
為現在的學術體制，在一定程度上，已經束縛了熱衷於進入當下文學垷場和自
由表達思想的文學批評，有的重點高校甚至建議不將文學批評論文作為學術
成果，只是並未實行罷了。故此，80 後之後，在高校主要從事當下文學批評
的學人，影響力似乎已經大為降低。從上可知，時代是影響文學批評的重要因
素。

　　韋勒克將文學研究分為文學理論、文學史與文學批評。要說文學批評，首
先要問「文學」是指純文學、俗文學還是大文學？「批評」是批判、表揚還是
爭鳴？並不是所有作家都喜歡表揚，因為他們也需要從批評中學習，過度的表
揚不利於進步，過度的批判也不利於進步。文學批評可分為學院派批評、作協
批評、媒體批評，可謂豐富多彩。

　　什麼是文學批評？按照我的理解是文學批評家對現代人生命形態、思想
檔案、文學歷史、文學經驗、創作症候的審美提煉與審美診斷。

　　文學批評家是發現者，是說真話者，是思想者，是整理者，也是實驗者，
既然文學創作具有實驗性，那麼文學研究（批評）是否也可以具有實驗性？這
應該是毋庸置疑的。當然，任何的實驗都離不開學理，這也許就是有的批評家
提倡「學理性批評」的緣故吧。

　　在一定程度上，文學批評大致的姿態有「批評就是批評」（王彬彬等），史
家型批評（陳思和、丁帆、黃發有等），「介入式批評」（何言宏、林賢治、賀

仲明等），文體批評（黃子平、郜元寶、王兆勝、胡河清等），版本批評（金宏宇等），作家批評（畢飛宇、王安憶、格非等），理論建構型批評（吳炫、陳曉明、張江、南帆等），諸如此類。從前述的程光煒、李怡、張中良、楊義、王富仁，以及這裡提及的吳炫、張江、南帆，當然，還有高遠東提出的「相互主體性」。可以說，從 21 世紀以來，中國現代文學學者並不缺乏「從史出論」的能力，因為「歷史研究以及文學史研究，從史而出論，因而發生大的影響，這是我們應該追求的」，但是我們未能像斯賓格勒、亨廷頓、泰納、勃蘭兌斯等人一樣善於「理論的抽象」，抽象出一種具有世界影響的重要的文學、文化理論〔註 10〕，其覆蓋面也的確不如西方廣，這都是事實。雖然劉鋒傑仿照韋勒克的《西方四大批評家》而寫了《中國現代六大批評家》，但他不能算文學批評家，他就像著有現代文學批評史的溫儒敏、許道明等人一樣，是文學批評史家。

文學批評的語言，像李健吾那樣美文式的批評風格，當下也是有的，只不過要名氣大了才能發表，否則編輯會認為不合規範。這也許是一種嚴謹，也許是一種無奈，畢竟時代變了，人們對學術的要求也隨之變化。丁帆先生有言：「文學批評可分為兩種時態，既可以是及時性的，也可以是後發性的。前者屬於時評，需要批評者具有前瞻性的眼光；後者則需要批評者站在一個更高的文學史角度，將作品文本文獻和批評文本文獻加以重新整理和鑒別後，朝著一個經典性的方向進行評點，使其在文學批評史和文學史的長河中具有長時段的權威性。……誰能從資料堆裏發掘出具有文學史經典的『潛在價值』，誰就佔領了批評和闡釋的制高點」。〔註 11〕是耶非耶，各人感悟。

（八）顛覆者

文學研究，除了以上的史料、文本、學科互動層面，還存在著觀念、理論層面，顛覆者和前述的運動者就對應於文學研究的觀念、理論層面，只不過顛覆者更尖銳，而運動者則更有影響，形成了一種不大不小的學術運動或思潮，故此，將運動者視為引領思潮的人物身份。

一般而言，做學問就意味著顛覆前人的見解，獨闢蹊徑，自創新見。但是，

〔註 10〕黃修己：《中國新文學史編纂史》（第二版），北京大學出版社 2007 年版，第304～306 頁。

〔註 11〕丁帆：《從瓦礫廢墟中尋找有趣的灰姑娘——批評闡釋與文獻、文學史構成方式摭拾》，《文藝爭鳴》2021 年第 3 期。

不少人只是將「顛覆」作為一種老生常談的研究角度，而並未意識到「顛覆」在一定程度上就是方法論本身，甚至是一種思想體系，愛因斯坦說得好：「提出一個問題往往比解決一個問題更重要，因為解決一個問題也許僅是一個科學上的實驗技能而已。而提出新的問題，新的可能性，以及從新的角度看舊的問題，卻需要有創造性的想像力，而且標誌著科學的真正進步。」〔註12〕1980年代以來具有膽識的顛覆者，實在不多，但是宋劍華以「精神」和史料來顛覆，吳炫以「理論」來顛覆，王彬彬以「指誤」來顛覆，都已成體系。例如宋劍華以「基督精神」顛覆曹禺戲劇的研究，「以傳統來反傳統」的精神顛覆中國現代文學的現代性研究、女性文學研究與魯迅研究。而吳炫借鑒西方的否定主義美學，建構起區別於西方與中國傳統的否定主義文論體系，將「批評」進行到底，而非將「表揚」進行到底，在這個「後學術時代」（凌宇先生語），其原創性與勇氣令人敬佩。作為顛覆者，雖然他們的觀點可以商榷，就像湯因比的《歷史研究》、謝和耐的《中國和基督教》可以商榷一樣，但是其啟發性與問題意識頗具價值，至少其「片面的深刻」撕破了那些「穩當的平庸」，這卻是不爭的事實。

　　一言以蔽之，新時期以來中國現代文學學術形態，可從身份形態和思維形態來做大致區分，如思想者、開拓者、運動者、君子型等身份形態，跨界者、治史者、批評家、顛覆者等思維形態。例如就思維形態而言，治史者對應於文學研究的史料層面，批評家對應於文學研究的文本層面，跨界者對應於文學研究的學科互動層面，而顛覆者和前述的運動者則對應於文學研究的觀念、理論層面，只不過顛覆者更尖銳，而運動者則更有影響，形成了一種不大不小的學術運動或思潮，故此，將運動者視為一種身份，屬於引領思潮的人物身份。而就身份形態而言，開拓者是就學科或領域的開拓者身份來說，思想者是就學者的異質性身份來說，君子型是就學者的品格來說。當然，所謂「身份形態」「思維形態」的區分只是相對的，並不絕對。對於各種形態，我們也只是列出一些代表性的學者，雖然難免掛一漏萬，但也沒必要列流水帳。

二、關於中國現代文學學術的反思

　　從上可知，中國現代文學學科史或學術史，可謂有成就，有曲折，也有失

〔註12〕A.愛因斯坦／L.英費爾德：《物理學的進化》，上海科技出版社1962年版，第59頁。

敗，這也令人時而興奮，時而悲涼。興奮在於以上的成就，悲涼在於學術遭遇的現實處境，以及學術本身的弊端。這樣的學術悲涼，的確值得反思，它存在著如下幾個方面。

（一）首先是史料錯訛

有學者曾指出當下的中國現當代文學研究出現諸多類型的史料錯訛，包括史料辨析錯訛、史料引用錯訛、史料理解錯訛、史料校訂錯訛、史料版本運用錯訛、史料編輯錯訛、作品復述錯訛、史料表述錯訛、史料抄襲剽竊等。〔註13〕史料錯訛大概由於無意疏忽，或不夠嚴謹，做事求快，例如我最近在校對別人的文章，剛開始發現一篇文章的注釋有一兩個明顯錯誤，於是找來原材料逐個核對，發覺一篇就居然有約二十個注釋錯誤：引文、作者、標題、刊期錯誤，引用的書沒有頁碼，有的還缺注釋。例如人家的書是一個作者，搞錯為兩個甚至三個作者，有的本來是兩個作者，卻搞錯為一個作者。諸如此類，不忍卒讀，難怪老是看到有的編輯老師當眾訴苦。曾經聽有的學者不以為然，認為只要能完整地表達出內容、觀點就可以了，有些材料、注釋漏洞沒關係。其實不然，打個比方：這就像一個人穿著有破洞的衣服出席很正式、嚴肅的場合，如果衣服上只有兩三個破洞，還不顯眼，但是有十多個以上的破洞，一方面對人缺乏尊重，另一方面令人懷疑你穿的不是衣服。對待論文如此，對待專著亦如此，有的出版社編輯聲稱她編輯校對的過程中，發現有的書甚至存在幾千個上萬個錯誤，極不嚴謹。

（二）其次是強制闡釋

張江 2014 年首次提出「強制闡釋論」，他指出：「強制闡釋是當代西方文論的基本特徵和根本缺陷之一。各種生發於文學場外的理論或科學原理紛紛被調入文學闡釋話語中，或以前置的立場裁定文本意義和價值，或以非邏輯論證和反序認識的方式強行闡釋經典文本，或以詞語貼附和硬性鑲嵌的方式重構文本，它們從根本上抹煞了文學理論及批評的本體特徵，導引文論偏離了文學。其理論缺陷表現為實踐與理論的顛倒、具體與抽象的錯位，以及局部與全局的分裂。當代文學理論話語的建構必須堅持系統發育的原則，在吸納進步因素的基礎上，融合理論內部各個方向和各個層面，建構出符合文學實踐的新理

〔註13〕黎保榮：《現當代文學史著作的史料錯訛》，《中國現代文學研究叢刊》2014 年第 12 期。

論系統。」〔註14〕2021 年，他再次撰文指出「強制闡釋作為一種闡釋方式，在各學科文本研究與理論建構上，已有極為普遍的表現。偷換對象，變幻話語，借文本之名，闡本己之意，且將此意強加於文本，宣稱文本即為此意。如此闡釋方式，違反闡釋邏輯規則和闡釋倫理，其合法性當受質疑。……堅持闡釋對象的確定性，堅持闡釋學意義上的整體性追求，對闡釋動機的盲目展開以有效的理性約束，是實現正當及合理闡釋的根本之道。在文學領域以外，對由主觀動機發起的強制闡釋尤當保持警惕。堅持從現象本身出發，堅持闡釋的整體性觀點，堅持闡釋的多重多向循環，是合理規範闡釋強制性的有效方式。」〔註15〕但是，也有學者從辯證的角度提出合法的強制闡釋和成功的強制闡釋存在的必要性，「即使是強制闡釋本身，也有合法的強制闡釋與不合法的強制闡釋之分；此外，還有成功的強制闡釋與失敗的強制闡釋之分。合法的強制闡釋可以導致理論的創新，而不合法的強制闡釋本身就會被人們所忽視，更無法引起人們的關注和討論。同樣，成功的強制闡釋所導致的是一種新的理論概念或範式的誕生，而失敗的強制闡釋則由於其本身不能自圓其說而很快就被人們所忽視進而徹底遺忘。」〔註16〕例如當薩特 1980 年逝世時，忙於薩特研究的柳鳴九就對其進行了「強制闡釋」：突出薩特作為「無產階級革命的同路人」「進步作家」和「西方世界的叛逆者」的一面，而較少提及他與馬克思主義相悖反的一面，柳鳴九的相關評介文章得到《人民日報》等官方主流媒體的認可，這使得薩特順利進入中國當代文學界和思想界，並作為一位重量級的思想家和作家不斷得到中國學者的研究，而柳鳴九本人也因此成為了中國當代薩特研究的主要學者，故此，成功的強制闡釋不僅合法，而且取得了雙贏的效果。〔註17〕

實際上，張江對於強制闡釋，除了忽略合法的成功的強制闡釋，至少還忽略了四點。

第一，強制闡釋不只是西方文論的特有現象，而是人文社會科學的一種普遍現象。有學者指出「強制闡釋的現象已經流行很廣，而且涉及人文社會科學的各個分支學科，它有可能成為一種學術範式。」〔註18〕就連中國古代文學研究亦如此，「在西方文論視域下的中國古代文學研究不可避免受其浸染，強制

〔註14〕張江：《強制闡釋論》，《文學評論》2014 年第 6 期。
〔註15〕張江：《再論強制闡釋》，《中國社會科學》2021 年第 2 期。
〔註16〕王寧：《強制闡釋與闡釋的合法性》，《社會科學輯刊》2021 年第 3 期。
〔註17〕王寧：《強制闡釋與闡釋的合法性》，《社會科學輯刊》2021 年第 3 期。
〔註18〕王寧：《強制闡釋與闡釋的合法性》，《社會科學輯刊》2021 年第 3 期。

闡釋現象屢屢存在於詩歌闡釋、小說批評、小說作者考證等領域中。強制闡釋的產生，一方面與西方文論強勢話語有關，另一方面也與古代文學研究方法的局限、創新困境有關。古代文學研究要擺脫強制闡釋的怪圈，必須回到『本體闡釋』的道路上來，我們倡導『審美化本體闡釋』，即關注文學作品的『美』的特質，研究者以『審美感受力』為出發點對作品進行美學闡釋。」〔註19〕

第二，強制闡釋也不只是改革開放以來才在中國出現的現象，而是中國從古至今的一種闡釋現象。

現當代的如將《紅樓夢》讀成是「明珠家事說」「清世祖與董鄂妃故事說」，甚至嚴重忽略小說的虛構與想像，將《紅樓夢》的賈家與曹雪芹家完全等同起來。

古代的如《紅樓夢》第四十八回《香菱學詩》，談及對王維詩歌《使至塞上》的理解，由於小說的廣泛傳播而影響甚大，從明清一直影響至今，乃至著名的《唐詩鑒賞辭典》也深受其影響：

> 我看他《塞上》一首，那一聯云：「大漠孤煙直，長河落日圓。」想來煙如何直？日自然是圓的。這「直」字似無理，「圓」字似太俗。合上書一想，倒像是見了這景的。

> 香菱的闡釋是結合了王維詩「詩中有畫」的美學特色，將王維詩句在腦海中用畫的方式呈現出來，形成強烈的畫面感。這樣的闡釋能夠引導讀者的審美方式，從而體會到不可言傳的言外之意。……但是，香菱的闡釋卻存在很大的問題，其「想來煙如何直」一句看似有理，實則缺乏對用字合理性的思考。詩句中的「煙」並不是普通的煙，而是邊塞烽火臺所點的「狼煙」，狼煙的直是由於燃料的搭配而導致，它的直不是無理，而是合理的。只有放一束「孤煙」則是代表無戰事的「平安火」。《資治通鑒》胡三省注引《六典》載：「唐鎮戍烽候所至，大率相去三十里。每日初夜，放煙一炬，謂之『平安火』。」初夜是指晚上 7 時至 9 時，按照北京時間太陽已經落山了。但是此詩寫於開元二十五年（737 年）夏天，北半球正是晝長夜短的時候。又由於地球自轉的原因，中國的西部夏天太陽落山的時間相對於東部更晚。所以在時間上完全合理，王維當時正是在落

〔註19〕姜克濱:《論強制闡釋與審美化本體闡釋——20 世紀中國古代文學研究反思》，《海南大學學報》（人文社會科學版）2018 年第 2 期。

日時分看見的平安火。……而由於《紅樓夢》中香菱對於詩句的美學闡釋，使得有的闡釋者為追求詩歌意境美上的闡釋，將此詩與張九齡罷相一事相聯繫，認為此詩中「單車」、「征蓬」、「歸雁」、「孤煙」、「落日」等意象所塑造的是「悲涼」、「感傷」的意境，雖然從美學分析上來看有其合理之處。但這種感情基調顯然是與整首詩的氣韻不合，與詩人所處的歷史語境也是相違的。

在解決了「孤煙直」的問題後，整首詩的意脈也就流暢連貫了。「平安火」象徵著邊塞安定，敵人莫敢來犯。公元 737 年，大唐王朝正處於開元盛世時期，《舊唐書》記載：「三月乙卯，河西節度使崔希逸自涼州南率眾入吐蕃界二千餘里。己亥，希逸至青海西郎佐素文子觜，與賊相遇，大破之，斬首二千餘級。」王維以監察御史身份出使邊塞，從首聯用蘇武「單車」的典故，到中間二聯雄壯闊大的景色描寫，再到尾聯「勒石燕然」的典故，整首詩歌的「盛唐氣象」噴薄而出，詩人欲做仿先賢報效國家，無處不透露著積極昂揚的心態與大國的自豪感。……王維在此次出使邊塞後所寫的詩歌，如《出塞作》等詩篇皆剛健有力，氣象雄渾，無半點感傷之意。〔註20〕

在此意義上，香菱的理解也是一種強制闡釋，她對「孤煙直」的煙是狼煙及其由於燃料搭配導致的能直的合理性缺乏瞭解，也因此對整首詩所流露的積極昂揚的大國自豪感缺乏認知，只是基於王維「詩中有畫」的理念將這首詩理解為雖然無理但是具有畫面感，基於此，強制闡釋在一定程度上是由於理解不具有歷史感和整體感，而導致了誤讀。

第三，作者創作的原意，未必有研究者的闡釋深刻。曹禺就對此感受深切：「我突地發現它們的主人（指讀者）瞭解我的作品比我自己要明切得多。」〔註21〕「曾經應一個雜誌的囑託，寫了關於我的作品的思想內容這類問題的文章，結果被委婉地退給我了。他們對我說：『你寫的關於自己作品的批評遠不及別人談的深刻。』」〔註22〕

第四，強制闡釋不只有學術維度，還存在著政治維度，這也許是張江有意無意忽略的。建國之後新文學史編纂的政治維度或政治理論預設是非常強烈

〔註20〕李能知：《經典誤讀的三個成因——以中國古詩詞為例》，《文藝報》2022 年 7 月 18 日。

〔註21〕田本相編：《曹禺文集》第 1 卷，中國戲劇出版社 1988 年版，第 211 頁。

〔註22〕田本相編：《曹禺文集》第 1 卷，中國戲劇出版社 1988 年版，第 222 頁。

的，這在黃修己的《中國新文學史編纂史》有著充分體現。例如當時的學者為
了證明新文化運動受無產階級領導的觀點，生搬硬套地認為李大釗的《什麼是
新文學》中的「堅信的主義」就是指馬克思主義，但實際上，這只是強制闡釋，
因為從李大釗在該文提出的「社會寫實的文學」「以博愛為基礎的文學」「為文
學本身的文學」這三個對文學的要求，都根本無法判斷他說的「主義」只是指
馬克思主義，而博愛才是李大釗最重要的文藝觀。〔註23〕

那麼，中國現代文學的強制闡釋，體現在哪些方面呢？

其一是理論研究的強制闡釋。存在主義、結構主義、後結構主義、解構主
義、形式主義、複調理論、後殖民主義、女權主義、西方馬克思主義、東方主
義、精神分析學、新歷史主義、讀者反應理論、解釋學、現象學、符號學，諸
如此類西方文論，都用來闡釋中國現代文學，其適用性是值得懷疑的，例如無
論適用與否，都用女權主義來闡釋女性文學。例如張愛玲，就不太適合女權主
義，一是由於其身世之感在小說中的流露；二是她在愛情婚姻中的態度，就不
是女權主義可以概括的；三是即使就作品而言，例如張愛玲的小說《金鎖記》，
曹七巧在分家後，很有錢，但是她擁有富有、黑暗的物質的房子，同時也擁有
空虛、黑暗的心靈的房子，換言之擁有經濟的獨立自由、物質的個人空間卻缺
乏精神的獨立自由的個人空間，無形之中，這恰恰是對英國女作家伍爾夫的
《一所自己的房子》所認為的女性要獨立的前提是經濟獨立（一所自己的房
子，年薪五百英鎊）的女權主義理論的一種反撥與質疑。

其二是文本分析的強制闡釋。就像顧城死後，不少人從他的詩中找到一些
斧子意象，以此來證明顧城用斧子殺人的必然性，這只不過是一種事後推斷，
也是一種先入為主的推斷。又如李天明主張魯迅的《秋夜》的「最隱秘的主題」
是情愛與道德責任之間的情感兩難；〔註24〕與之相比，胡尹強則有過之而無不
及，認為魯迅《野草》全書主題不過是「為愛情作證」，〔註25〕未免強制闡釋、
牽強附會了。又例如陳曉明的《無邊的挑戰》裏提到北村的小說《公民凱恩》
中的一個情節：「公民陳凱恩後來到了山裏，尋覓逃離世俗多年的同學，這個
三十幾歲的人已經有了五十多歲的模樣，但卻是仙風道骨的氣質。陳凱恩幫他

〔註23〕黃修己：《中國新文學史編纂史》（第二版），北京大學出版社 2007 年版，第
292 頁。

〔註24〕李天明：《難以直說的苦衷——魯迅〈野草〉探秘》，人民文學出版社 2000 年
版，第 113 頁。

〔註25〕胡尹強：《為愛情作證——破解〈野草〉世紀之謎》，東方出版社 2004 年版。

剝了一下豌豆，他就領悟到了真諦，他就與神溝通在一起了。」〔註26〕實際上，這與北村的《公民凱恩》的情節、意蘊有較大出入，一直隱居桃源氣象站的同學並非「仙風道骨」而是「表情凝固」「冷淡」，陳凱恩幫他剝豌豆只是因為彼此話不投機而以此排解「孤獨」，剝豆後也沒寫他領悟真諦，反而因為發現同學十幾年的手淫污漬而使同學的形象「開始坍塌」，讓他感到山裏和城裏都是噩夢，感到無家可歸的悲哀與茫然，更不用提什麼「與神溝通在一起了」，因為它根本不存在。為什麼陳曉明會出現這樣的錯誤，很可能是由於北村以前的小說往往在結尾部分讓人物走向宗教信仰，經驗主義讓他產生了一種預設的立場，以為《公民凱恩》也如此。

其三是史料研究的強制闡釋。如有的學者指出即使是史料實證研究，如果強制闡釋，也會流於「虛證」：例如李冬木發表在《文學評論》的《明治時代的「食人」言說與魯迅的〈狂人日記〉》一文，就犯了這樣的錯誤，他為了證明魯迅《狂人日記》的主題只是來自於日本學者方賀矢一的《國民性十論》，就讓魯迅與《資治通鑒》脫鉤以及讓魯迅與《國民性十論》掛鉤；為了證明這一觀點，第一，他找到了周作人曾經購買《國民性十論》，只是周作人雖然援引過方賀矢一的書，但並未曾援引過《國民性十論》，畢竟藏書而不讀的情況，並不罕見，這是第一種主觀臆斷、強制闡釋；第二，即使周作人曾經讀過《國民性十論》，也不能以此證明魯迅曾經讀過這本書並受其影響，這是第二種主觀臆斷、強制闡釋；第三，魯迅明明說過「偶閱《通鑒》，乃悟中國人尚是食人民族」，但他卻以魯迅藏書中並無《資治通鑒》來否定魯迅讀過該書的可能性，而忽略魯迅閱讀該書的其他途徑（如在圖書館或親友處閱讀），這是第三種主觀臆斷、強制闡釋；第四，他假定了一個前提：有關中國歷史上人吃人的記載，只存在於中國的《資治通鑒》和日本的《國民性十論》中，魯迅只能從兩本書中獲得相關信息，而忽略了中國文史書中常見這一記載，因而他的觀點是大可商榷的，這是第四種主觀臆斷、強制闡釋。〔註27〕

又例如當年廢名的一句「就《橋》與《莫須有先生傳》說，英國哈代，艾略特，尤其是莎士比亞，都是我的老師」〔註28〕的夫子自道，使得一些研究者不加辨析地把他的小說與 T・S・艾略特的象徵主義詩作《荒原》等相比附。

〔註26〕陳曉明：《無邊的挑戰》，廣西師範大學出版社，2004 年版，第 252 頁。
〔註27〕王彬彬：《魯迅研究中的實證問題——以李冬木論〈狂人日記〉文章為例》，《中國現代文學研究叢刊》2013 年第 4 期。
〔註28〕廢名：《廢名小說選・序》，人民文學出版社 1957 年版，第 3 頁。

殊不知，經楊義考證，這一艾略特應該是 19 世紀英國女小說家喬治‧艾略特，而非 20 世紀英國詩人 T‧S‧艾略特，因為他發現喬治‧艾略特小說風格在某些方面有與廢名小說相同或可資比較之處，加之廢名是在小說選集序言中提到艾略特，又將其與哈代並列，很有可能是喬治‧艾略特。〔註29〕楊義的這些感受也得到廢名的兒子馮健男的證實：「他最初讀的外國書是一個英國女作家的水磨的故事」，馮文原腳注：指「英國十九世紀中期女作家喬治‧愛略特的《費洛斯河上的磨坊》」。〔註30〕

（三）再次是學術政治化

或曰政治對學科史編纂的影響，這是由強制闡釋所引申出來的。

劉鋒傑指出文學與政治從形態上而言，存在著政教論、文道論、詩史論、理念論、自由論、批判論、權力論、人本論、想像論、正義論等，「文學通過修辭成為一種積極的審美力量而介入文本政治的建構，當這個文本政治在社會中傳播而被接受時，修辭的力量也就進入了社會政治之中而發揮影響」。〔註31〕但其研究對象主要是文學，而非現代文學學科史。

至於學術政治化的影響，其形態包括學術研究（論述）的政治化、學術姿態的政治化、學術制度的政治化。

其一是學術研究（論述）的政治化，這一點主要針對學者在學術論著中的論述而言，是以文字或語言形式表現的。例如 1981 年擔任北京市委書記的劉導生指出建國後「十七年」前後的學術批判，在具體的操作層面，往往表現為

〔註29〕 楊義：《作為文化現象的京派與海派》，《海南師範學院學報》（人文社科版），2001 年第 2 期。

〔註30〕 馮健男：《說廢名的生平》，《新文學史料》，1984 年第 2 期。

〔註31〕 劉鋒傑：《「文學政治學」十形態論》，北京大學出版社 2020 年版，第 22～23 頁。雖然作為概念，國內較早提出這一概念的是史月、林豐民的《文學的政治與政治的文學》（2003），吳敏的《試論延安文人的「文學─政治」觀》（2004）。但是把「文學政治」這四個字直接放在一起，作為一種學說，國內最早的提出者則是劉鋒傑。他 2006 年 5 月 15 日在《學習與探索》發表《試構「文學政治學」》（該刊對此文的收稿日期為 2006 年 1 月 13 日），比法國哲學家雅克‧朗西埃的法文版專著《文學的政治》還要早，但是比朗西埃收入該書中的以英語發表的同名文章《文學的政治》（2004 年《物質》（Substance）雜誌第 33 卷第 1 期）要晚，只是劉鋒傑本人說他當時並未看過此文，二者的概念不同，內涵也不同，畢竟中國從古至今都有將文學與政治掛鉤的創作與研究傳統，如美刺傳統、美頌傳統。劉鋒傑也分別於 2013 出版《文學政治學的創構》、2020 年出版《「文學政治學」十形態論》這兩本關於「文學政治」的專著。

兩方面：一方面，「往往把思想認識問題拔高到政治問題，有的甚至望文生義，歪曲原意，把不同的學術見解妄斷為『反黨』、『反社會主義』，令人噤若寒蟬。」〔註32〕另一方面，「把學術研究中的不同觀點和認識，簡單化為不是姓無就是姓資，不是唯物論就是唯心主義，進行生硬的甚至粗暴的批判；而且是只許一邊倒的批判，不許別人解釋、反駁，致使許多批判流於空泛，缺乏說服力，甚至混淆或者顛倒了是非，嚴重挫傷了研究人員探索求真的積極性。」〔註33〕

　　具體到中國現代文學學術來說，1949 年後，這種新文學史編纂的政治化，表現為三：「一是出於某種政治的需要，歷史編纂者可以任意地篡改、抹殺、掩蓋歷史的真相，以印證某一政治理論；二是將新文學史完全納入政治革命史，使新文學史喪失其獨立品格，成了附屬於政治革命史的分支；三是簡單化地使用階級分析方法，給作家、作品、社團、流派、思潮等貼上階級的標籤，以政治為唯一的標準決定取捨、判定高低。」〔註34〕新文學史編纂的政治化，以丁易的《中國現代文學史略》為集大成者，具有九大負面特徵，「批評家用一種脫離生活實際和作品實際的十分僵硬的政治標準來要求作家。」〔註35〕例如對於上述第一二點政治化的負面特徵「印證某一政治理論」「將新文學史完全納入政治革命史」，當時的學者主要是以毛澤東的《新民主主義論》為理論指導進行新文學史的編纂，尤其是建國之後，「這些觀點長期指導著新文學史的編纂，新文學的歷史就有了統一的闡釋。在這個闡釋體系裏，強化了階級論色彩，對新文學史不同階段的描述，都特別注意表現無產階級的領導作用，強調新文學中的『社會主義因素』，力求把新文學史說成自始（五四新文化運動）就是在共產主義思想指導之下發展起來的，逐步發展到實現中共對它的組織領導，並建立了系統的領導文藝的理論、方針、政策。認為這種領導作用越加強，新文學就越繁榮發達。1940 年代解放區文藝，就是在中共的直接領導下成為新文學的新高峰，成了 1949 年後全國文藝的榜樣。」〔註36〕而對於上述第三點，當時新文學史編纂者是將作家分成三六九等，將複雜豐富的作家隊伍

〔註32〕劉導生：《政治運動對學術研究的影響和教訓》，《炎黃春秋》2007 年第 3 期。

〔註33〕劉導生：《政治運動對學術研究的影響和教訓》，《炎黃春秋》2007 年第 3 期。

〔註34〕黃修己：《中國新文學史編纂史》（第二版），北京大學出版社 2007 年版，第 311 頁。

〔註35〕黃修己：《中國新文學史編纂史》（第二版），北京大學出版社 2007 年版，第 311～314 頁。

〔註36〕黃修己：《中國新文學史編纂史》（第二版），北京大學出版社 2007 年版，第 292 頁。

簡單化，重視「魯郭茅巴老曹」這六大經典作家，1950 年代加上趙樹理，而徐志摩、沈從文主要是作為批判對象而被寫入文學史，至於張愛玲、錢鍾書，更是被遺忘了，「在連綿不絕的政治運動中，從文學史上掃掉了一批批作家。新文學史入史和可供研究的面便越來越窄，到了『文革』，新文學已經被破壞得面目全非」，〔註37〕這導致一部中國現代文學史，只剩下了魯迅和浩然，「每一次新文學史上作家地位的再調整，都反映著現實生活中政治地位的再分配。」〔註38〕正因此，當時學者們罔顧新文學史編纂的歷史事實，只是以一種預設的理論作為學術的指導思想，將歷史事實作為預設理論的註解，故此形成了一種「以論帶史」甚至「以論代史」的方法，重論輕史、重觀點輕材料的偏頗傾向，這成為了建國之後佔有主導地位的學術研究方法，至今不衰。〔註39〕導致求真知、講真話的學術研究，摻雜了不少假大空話。這樣政治化的學術研究，尤其是動輒批判，上綱上線，可以稱之為「知識暴力」，也就是說知識分子「通過言論、文字、處世方式、彼此的衝突而蛻變成為暴力的參與者」，〔註40〕這是能夠將人「象徵性地殺死」的知識話語，「先是觀點的交鋒，繼而是蔑視、氣勢凌人和惡語傷人的話語手段，最後墮落為否定對手的智力，在某些情況下，這一蛻變可以演變成為知識暴力。」〔註41〕

　　1980 年代以來有沒有學術研究（論述）政治化的特徵？可以說毋庸置疑。例如單單就文藝研究而言，除了政府部門自己所作所為之外，文藝學術界每年的課題申報，每年發表的論文，每年出版的著作，其中不少都在闡釋或迎合某種文藝思想。但是，客觀來說，這種研究，比起「十七年」至「文革」的任意篡改、抹殺、掩蓋歷史真相的研究，以及政治標準第一，藝術標準第二，甚至不講藝術標準的研究，要好得多。因為這相當於文學制度、文學政策研究，如果認真研究，也是具備一定價值的。

〔註37〕黃修己：《中國新文學史編纂史》（第二版），北京大學出版社 2007 年版，第271 頁。

〔註38〕黃修己：《中國新文學史編纂史》（第二版），北京大學出版社 2007 年版，第271～311 頁。

〔註39〕黃修己：《中國新文學史編纂史》（第二版），北京大學出版社 2007 年版，第270 頁。

〔註40〕〔法〕樊尚‧阿祖萊、帕特里克‧布舍龍主編：《話語如刀：西方知識暴力的歷史》，王吉會、李淑蕾譯，中央編譯出版社 2020 年版，序言第 1 頁。

〔註41〕〔法〕樊尚‧阿祖萊、帕特里克‧布舍龍主編：《話語如刀：西方知識暴力的歷史》，王吉會、李淑蕾譯，中央編譯出版社 2020 年版，序言第 3 頁。

　　其二是學術姿態政治化，這主要涉及學者的學術姿態或目的，有的姿態在其學術研究中得到體現，而有的姿態在其日常言行中得到體現。例如王瑤，正是鑒於「建國以後，新文學史成為各類高等學校中文系的基礎課，其原因也在政治的需要。王瑤如果不是出於政治上的敏銳，是不會放下中古文學，接下這個新任務的。」〔註42〕換言之，王瑤積極接下首部新文學史的撰寫任務，其目的並非學術，而是政治，是想以學術迎合政治，以此清洗自己小資產階級出身的原罪或陰影。在此意義上，王瑤才會在其《中國新文學史稿》中表示：「撰於民主革命獲得完全勝利之際，作者沉浸於當時的歡樂氣氛中，寫作中自然也表現了一個普通的文藝學徒在那時的觀點。譬如對於解放區作品的盡情歌頌，以及對於國統區某些政治態度比較曖昧的作者的譴責」。〔註43〕就像現在，有些學者主動迎合有關方面，以此謀利，這種姿態也是政治化的。

　　學術姿態的政治化，令人聯想到學者的精神世界，聯想到愚昧。所謂愚昧，「愚」是愚蠢，「昧」是蒙昧，就主動狀態而言，前者是乏知識，後者是乏理性（無眼光）；它也可以是被動狀態，前者是被愚弄，後者是被蒙蔽。愚昧存在著不同的精神類型。有的是無知型愚昧：即缺乏教育與知識，因而不會思考，不會比較，一方說什麼就是什麼。有的是立場型愚昧：即固執一種立場，慢慢變成白癡，死要面子，死不認錯，「只有我是對的」，動不動就上綱上線，其中不乏具有大學以上學歷者。只問立場，不管是非：「我不同你講這些道理；總之你不該說，你說便是你錯！」（《狂人日記》）有的是利益型愚昧：既非無知，也不固執立場，但見有利可圖，於是假裝支持某一立場，甚至可假裝大半輩子；或注重利益交換，「我支持你，但你要給我好處。」有的是騎牆型愚昧：即左右搖擺，吃著碗裏的，盯著鍋裏的，隨時可以轉過來。有的是理智型愚昧：看起來很理智，講得頭頭是道，但就像《第二十二條軍規》一樣，什麼都已經預設好了，就變得不可理喻。有的是力量型愚昧：仗著自己有力，蠻不講理，缺乏同情，讓無力者為自己作犧牲，還以為別人都愚不可及，逐漸從原來的機智聰明演變為愚蠢狂妄。而就愚昧的表現形式來看，大致有幾種。一是豪豬型，渾身是箭，令人難以靠近。二是狐狸型，比較狡猾，口蜜腹劍。三是鸚鵡型，很會表演，鸚鵡學舌之後，言行不一，往往令人懷疑其精神分裂。四是哈叭狗

〔註42〕黃修己：《中國新文學史編纂史》（第二版），北京大學出版社 2007 年版，第311 頁。

〔註43〕黃修己：《中國新文學史編纂史》（第二版），北京大學出版社 2007 年版，第269 頁。

型，對主人很忠誠，對非主人者，狂吠不已，甚而至於咬人。

　　其三是學術制度的政治化，這是政治上的有關部門管理或干涉學術的方式。這一點，在「十七年」及「文革」時期，是非常嚴重的。就連有的省部級的領導，後來也撰文指出當時學術制度政治化的弊端在於一方面混淆學術問題與政治問題；另一方面，百家爭鳴變成兩家爭鳴的批判；再一方面是用搞運動，亂蓋帽子的方式。「在『以階級鬥爭為綱』的政治運動中，往往混淆學術問題與政治問題的區別，被冠以資產階級知識分子的科研人員，幾乎動輒得咎，學術研究陷入死氣沉沉的局面。」〔註44〕即使是「百家爭鳴」，「但是當時黨的最高領導人在 1957 年又說百家基本上只有兩家，就是無產階級一家，資產階級一家；……這就使得學術研究非無即資，百家爭鳴變成了兩家之爭，實際上只是無產階級一家對資產階級一家的批判和鬥爭。……五十年代末、六十年代初，對『修正主義風潮』的批判，更是直接衝擊了許多學科的學術研究。」〔註45〕由於當時黨的領導人錯誤認識，他們認為知識分子是反黨反社會主義，而掀起反右派運動，「不僅使一大批很有才華的知識分子受到委屈，更有一個遺患無窮的後遺症，就是廣大知識分子不敢說話了。」〔註46〕

　　具體到中國新文學史編纂而言，建國之後，當時「教育部所規定的中國新文學史課程的教學目的就是『瞭解新文學運動與新民主主義革命的關係』」，在此意義上，教育部要求讓學生瞭解新文學不是「白話文學」「國語文學」「人的文學」「平民的文學」等，而是新民主主義的文學，換言之是「『無產階級思想領導』的、『統一戰線』的、以『大眾化（為工農兵）』為方向的、『新現實主義』（即『社會主義現實主義』）的」文學。〔註47〕如此一來，「在這種特定的情勢下，文學史家的任務，與其說是整理歷史、總結歷史經驗，毋寧說是運用歷史事實，以宣傳群眾，教育群眾。對他們來說，重要的不是寫出『歷史是什麼樣的』，重要的是寫出『為什麼歷史一定是這樣的』，以此參加對於勝利者必然勝利的宣傳，實現編史設課的目的。」〔註48〕後來更因為毛澤東本人改變了

〔註44〕劉導生：《政治運動對學術研究的影響和教訓》，《炎黃春秋》2007 年第 3 期。
〔註45〕劉導生：《政治運動對學術研究的影響和教訓》，《炎黃春秋》2007 年第 3 期。
〔註46〕劉導生：《政治運動對學術研究的影響和教訓》，《炎黃春秋》2007 年第 3 期。
〔註47〕黃修己：《中國新文學史編纂史》（第二版），北京大學出版社 2007 年版，第 268 頁。
〔註48〕黃修己：《中國新文學史編纂史》（第二版），北京大學出版社 2007 年版，第 268 頁。

原來的觀點，顛覆了原來對新文學的評價，「解構了此前所有的新文學史範式，企圖重構江青領導中國新文學運動的神話」，但由於此論過於荒誕，這個神話未能建構，卻導致了「文革」十年整個學科的停頓。〔註49〕當然，這已經不僅僅是知識暴力，而是權力暴力，是權力者促使知識者成為暴力的製造者和參與者。

　　1980 年代以來的學術制度政治化，有「鼓勵」，也有「管控」。就拿「鼓勵」來說，即有關部門鼓勵或引導學者迎合或闡釋某種思想言論，發表（出版）相關闡釋的論文、著作，申請相關的課題，報刊專門設置相應的研究專欄，很多東西都是一哄而上，爭先恐後地去研究，學者們唯恐慢了會少分一杯羹，比較浮誇。整個學術環境，已經不只是一般的體制化生存，而是高度政治化。

　　簡言之，學術政治化的正面影響就是文學制度研究，文學與時代的關係研究，但其負面影響，是以學術迎合政治，以政治規訓學術，是權力暴力與知識暴力的糾纏，是權力者與知識者的合謀。更有甚者，由於知識分子的話語起到認識論的作用，有時卻催生了一種滅絕性的暴力：「在某些時代，由於知識分子懂得如何操縱範疇、概念、神話、象徵，所以能夠詛咒這個，開除那個，指使其他人把他們眼中的敵人逐出城市。⋯⋯缺乏寬容，惡毒的文字中散發出仇恨的氣息。」〔註50〕在此意義上，大屠殺也是一種「思想過程」，知識分子首先將對手視為他者，「這個『他者』將被部分或全部邊緣化，被剝削，被侵犯，被排除，被消滅。在此過程中，知識分子的工作幾乎起到了認識論的作用。」〔註51〕這樣的知識暴力或者以愛國主義，或者以民族優越的名義，「知識分子在國家經歷的某個關鍵節點製造了一些思想意識工具，一旦投入使用，便會掀起一場民眾暴力。⋯⋯他們的言論要麼是為了將某個人或群體逐出社會，要麼是為了借助言語的力量讓人們思想狂熱。」〔註52〕納粹集中營、盧旺達種族大屠殺、反右派運動，就是明證。至此，我們可以理解知識暴力不只是狹隘的知識分子利用暴力進行自我保護，更有甚者知識分子或者使用「人身攻擊」式的

〔註49〕黃修己：《中國新文學史編纂史》（第二版），北京大學出版社 2007 年版，第272 頁。

〔註50〕〔法〕樊尚・阿祖萊、帕特里克・布舍龍主編：《話語如刀：西方知識暴力的歷史》，王吉會、李淑蕾譯，中央編譯出版社 2020 年版，序言第 5～6 頁。

〔註51〕〔法〕樊尚・阿祖萊、帕特里克・布舍龍主編：《話語如刀：西方知識暴力的歷史》，王吉會、李淑蕾譯，中央編譯出版社 2020 年版，序言第 8 頁。

〔註52〕〔法〕樊尚・阿祖萊、帕特里克・布舍龍主編：《話語如刀：西方知識暴力的歷史》，王吉會、李淑蕾譯，中央編譯出版社 2020 年版，序言第 8～9 頁。

襲擊和恫嚇，或者利用制度手段使得理論上的對手啞口無言，在此意義上，知識分子已經成為了暴力的捍衛者。〔註53〕故此，可以說壞制度讓人惡念叢生。當然，如果進行更嚴謹的區分，那麼上述的知識分子只是有機知識分子，並非傳統知識分子，「有機知識分子是統治集團的代理人，是上層建築體系中的公務員；其有機性，是由行使社會霸權和政治統治下的下級職能來體現的。」〔註54〕而傳統知識分子則通過「行會精神」，對自己不間斷的歷史連續性和自身的特性有著清醒的認知，「因此自認為是自治的，獨立的，無須依靠居統治地位的社會集團。」〔註55〕

（四）其四是缺乏「介入」現實的精神

也正因為學術政治化，便導致了學術往往缺乏「介入」現實，改良現實的精神，因此值得提倡文學或學術的行動精神。「介入文學」主張文學應當介入社會，參與政治與意識形態的論爭；廣義的介入文學，泛指所有涉及社會與政治維度、通過作品對某些普世價值觀進行捍衛的文學，而狹義的介入文學則是一種影響深遠的文學現象，它的概念源自哲學家薩特，他認為現代性文學的出現，導致文學放棄了社會批判的功能，而在純粹形式的探索道路上越走越遠，或者是「為藝術而藝術」，或者沉迷於探索科學知識的現實主義之中，對自己的時代不聞不問，故此，薩特指出文學的思想高於形式，要為社會大眾寫作，「『介入的』作家知道語言就是行動：他知道揭示就是改變，知道我們只有在打算改變時才能有所揭示」。〔註56〕文學創作如此，文學研究亦如此。有學者提倡「介入的批評」，因為「文學批評是知識分子的一種特殊的實踐方式。它不僅是一種帶有著一定的專業特點的文學實踐，更是一種精神實踐，是一種相當獨特的具有著特殊力量的政治實踐。它應該以自己特有的方式介入社會，介入生活，介入包括文學在內的時代與民族的精神事務。」〔註57〕在此意義上，他反對專家批評中的不良傾向，「為了適應體制的『量化』要求，『專家批評』炮製了大量的『以量取勝』的學術垃圾。很多『專家』龜縮於學院，局限於所謂的『學術』視野，根本不去關心也沒有能力提出和『介入』時代與文學真正

〔註53〕〔法〕樊尚·阿祖萊、帕特里克·布舍龍主編：《話語如刀：西方知識暴力的歷史》，王吉會、李淑蕾譯，中央編譯出版社2020年版，第269頁。
〔註54〕林賢治：《午夜的幽光》，廣西師範大學出版社2005年版，第5頁。
〔註55〕林賢治：《午夜的幽光》，廣西師範大學出版社2005年版，第4～5頁。
〔註56〕趙天舒：《西方文論關鍵詞：介入文學》，《外國文學》2018年第5期。
〔註57〕何言宏：《介入的批評》，《南方文壇》2008年第1期。

重大的問題，枉擔了知識分子的虛名。」〔註58〕隨後，陳平原也深有同感，他在《卻顧所來徑——「中國現代文學」的意義及可能性》中指出「隨著中國學界專業化程度日益提升，今天的博士教授，都有很好的學術訓練，但在專業研究之外，有沒有回應各種社會難題的願望與能力，則值得懷疑。原本就與現實政治和日常生活緊密相連的中國現代文學專業，若失去這種介入現實的願望與能力，其功用與魅力將大為減少。把魯迅研究、胡適研究做得跟李白研究、杜甫研究一樣精細，不是我們現代文學學科的目標。經典化與戰鬥性，猶如車之兩輪，保證這個學科還能不斷往前推進。」〔註59〕

那麼，學者們應該如何介入現實社會？

第一，直接的實踐介入。如新儒家梁漱溟，「我承認自己是一個有思想的人，並且是本著自己思想而去實行、實踐的人。」〔註60〕這就是他關心中國問題，做鄉村建設，也在政治上為國是而奔走的緣故，而在鄉村建設上，梁漱溟將講學之風與社會運動結合，注重講學實踐和鄉村建設這兩條路徑，尤其在山東鄒平，取得了不俗的建設成績。這種介入，按照梁漱溟自己的說法是「學問是解決問題的，而且真的學問是解決自己的問題」，因為傳統的儒家更重視踐行而非知識，在此意義上梁漱溟被美國學者艾愷稱為「最後的儒家」，這是由於「在近代中國，只有他一個人保持了儒者的傳統和骨氣。他一生的為人處事，大有孔孟之風；他四處尋求理解和支持，以實現他心目中的為人之道和改進社會之道」。〔註61〕又如身兼作家、學者、批評家多重身份的魯迅，既批判現實，同情弱者，又研究古代文學與文化，進行現代文學批評，還參加中國左翼作家聯盟、中國民權保障同盟等政治組織。而胡適、李慎之，也是一邊做學術，一邊捨出身來，擔任官員，為現實的改良盡責任。而錢理群退休之後不僅在其中學母校南京師範大學附中任教，還與夫人崔可忻女士捐資，在該校設立「錢理群崔可忻」獎學金，旨在支持和發展母校教育發展事業，獎勵有志於醫療衛生工作的南京師大附中畢業生。

第二，間接的介入。

〔註58〕何言宏：《介入的批評》，《南方文壇》2008 年第 1 期。

〔註59〕陳平原：《新文科視野中的「現代文學」》，《探索與爭鳴》2022 年第 9 期。

〔註60〕〔美〕艾愷採訪、梁漱溟口述：《這個世界會好嗎：梁漱溟晚年口述》，天津教育出版社 2011 年版，第 95 頁。

〔註61〕〔美〕艾愷：《最後的儒家——梁漱溟與中國現代化的兩難》，王宗昱、冀建中譯，江蘇人民出版社 2011 年第 2 版，中文版序言第 3 頁。

所謂間接的介入，就是注重思想，能夠同情弱者，批判不公，張揚思想的自由與自主，注重知識分子的公共性，注重文學研究的現實價值，畢竟，思想也是行動。這包括幾種方式。

方式之一是以批判性的思想對現實進行發聲。如王富仁、錢理群、陳平原、林賢治等中國文學學者，以及鄧曉芒、孫立平等其他學科的學者。正如左拉等人在《知識分子宣言》所提倡的「知識分子最大的貢獻就是保持異議。知識分子的責任就是說出真理，暴露謊言……知識分子扮演的應該是質疑而不是顧問的角色，……知識分子必然被看作是邊緣化的批判者。」〔註62〕

方式之二是「不介入的介入」。除了以上保持知識分子公共性、批判性的思想介入，也有的學者是以純學術研究的方式進行間接的介入，甚至非常抽象，與現實並無多大關係，例如愛因斯坦的相對論，但它對科學發展與社會發展有著不可磨滅的貢獻。只是這種介入，我們一般沒注意到，但沒有注意到並非它就不存在。我相信諾依曼的應用型的計算機研究是有價值的，而愛因斯坦的非應用型理論物理學價值不在其下。畢竟，理論研究給應用研究以深廣的基礎，但前提是做出真正深刻、紮實、嚴謹的研究，而非虛無、浮誇、政治化的研究。而從著述不多的錢谷融當年的《論「文學是人學」》一文，勝過當時很多庸俗社會學的論著來看，不介入的研究也具有「發出時代的真的惡聲」的介入性質。魯迅當年反對「踱進研究室」，主張行動的、介入的精神，殊不知研究（思想、真知）本身有時候也可以是一種行動，一種介入。

方式之三是對當代文學文化現象中的現實意義進行挖掘，如梁鴻的《中國在梁莊》，以其學者的思維對故鄉梁莊深入挖掘，而賀仲明等人的鄉村文學研究，何言宏的介入的文學批評，在一定程度上，就是對現實的關注。而像周國平，他原來的《尼采：在世紀的轉折點上》，以一種很有思想的方式，引起了較大反響，這種介入是就其影響而言的。他後來不做哲學研究，而是以哲學思維來進行文學創作，剛開始的《人與永恆》之類隨筆集，水平比較高，但後來他慢慢寫作很多解答關於愛情、婚姻、理想、教育等社會問題的隨筆，屬於帶研究性的介入式寫作。他這些寫作雖然並非心靈雞湯，也有價值，有溫度，有

〔註62〕左拉《知識分子宣言》，源自豆瓣。根據方維規的《概念的歷史分量》（北京大學出版社2018年版）第356頁，「1898年1月13日，左拉在巴黎《曙光報》上發表了寫給共和國總統的《我控訴》。次日，該報又跟進一篇眾人簽名的宣言書以示《抗議》，為德雷福斯辯護。」這篇由眾多作家、藝術家、學者聯合簽名的宣言書就是俗稱的《知識分子宣言》。

影響，但它們對於一個學者來說似乎益處不大。

　　方式之四就是回到歷史，重新思考現實。有學者指出「從 20 世紀 90 年代之後，隨著社會思潮的轉變，魯迅研究也逐漸和現實社會脫離，成為一種學院式的研究。這種學院式的魯迅研究雖然不無其學術價值，但是卻在很大程度上背離了魯迅的精神，失去了魯迅研究所應當具有的介入中國社會現實生活的鮮活的生命力。」〔註63〕因而呼籲介入式的魯迅研究。這並非是以歷史來證明現實，而是將歷史進行理性爬梳和現實激活，關注大命題，畢竟深入歷史就是深入現實的很好的方式，因為這是一種理性思考、生命體驗與文化責任的結合。如張中良的《正面戰場與抗戰文學》《敵後戰場與抗戰文學》，如張福貴的《遠離魯迅讓我們變得平庸》，如許紀霖的知識分子研究，如李永東的《小說中的南京大屠殺與民族國家觀念表達》。

　　方式之五就是追尋真相，揭穿謊言，甚至有寄託。如雷頤的《人類歷史上的群體性狂熱》、林賢治的《胡風集團案：20 世紀中國的政治事件和精神事件》、陳平原的《大學何為》。在此意義上，有的學人曾探討魯迅對謠言的深層分析，包括謠言的非理性分析、謠言的商業分析、謠言的權力分析，指出非理性是指謠言本身的非理性，謠言受眾的非理性，與我們缺乏科學主義的文化底蘊，「揭示了謠言中深藏的真實——人心的真實、權力的真實與文化的真實」。〔註64〕這種多年前的無意識研究，與謠言、假話滿天飛的當下又是何等相似！

　　客觀來說，具有介入精神的文學研究，一般都具有較大的影響，如中國文學的現代性研究，陳思和等人的「重寫文學史」「人文精神大討論」，程光煒的「重返八十年代文學」，李怡的「中國文學的民國機制」，就是如此。

　　但是，我們叩問文學研究如何介入現實，關懷現實，並非單一向度的思考，我們同時也要叩問文學研究如何逃離現實。因為現實，在某種程度上是不真實的，很多虛假的表象，最真實的是內在的生命，所以，文學研究也應該回到審美或美學，回到人性或生命，展開更內在的思索，與現實社會保持一定的距離。畢竟，如果文學研究只與現實相關，其豐富性與深刻性何在？是否也容易被某種勢力所利用？這也是一個問題。

〔註63〕葛濤：《薪火相傳：百年中國魯迅研究的回顧與前瞻》，《上海魯迅研究》2013年第 3 期。

〔註64〕黎保榮：《魯迅對報刊謠言及其啟蒙涵蘊的深層分析》，《名作欣賞》2010 年第6 期。

　　另外，我們要特別警惕「介入的不介入」，例如當下不少以「實用」「應用」為對象的文化文學研究，大多數沒多少含金量，不夠深刻，主要是一窩蜂的運動或虛假繁榮，對社會發展缺乏正面的作用。

　　鑒於此，我們要對「介入」式研究進行思辨。

　　首先，介入的合理性問題。二戰時有的國外科學家如愛因斯坦就從科學倫理的角度，否定介入式研究（核彈研究、原子彈研究），但是如果不是因為原子彈的發明，也許真的需要再付出一百萬美軍的生命，以及更大範圍的生靈塗炭，才能結束「二戰」。故此，「介入」未必是合理的，不介入也未必合理，要視其價值意義而論。

　　其次，介入的程度問題。就「介入」來說，文學學者本身就是社會的一個群體，他們有可能忘記這一點，而把自己置身社會之外之上，也有可能覺得當下的研究太過務虛，而主張介入。而就介入式文學研究來說，他們即使不研究其他群體而只研究知識分子，也是介入式研究。錢理群的中學教育研究是落空甚至失敗的，得不到實踐支持的，但他的魯迅研究至少有社會的各種問題作支持；梁鴻的村莊研究原本出於對故鄉與親人的關注，觸發了對中國農村的思考，其研究本身是有價值的，至於它被「鄉愁」情緒資本消費，只是讀者的反應，並非她的主觀願望，但它能引起人們關注與思考農村問題，這也是有價值的。梁鴻主觀上的行為導致了讀者的巨大反響，這也許就是由「獨善其身」而引發的無法預測的「兼善天下」的「介入的意義」。這比研究「『茴』字的四種寫法」有價值得多。介入式文學研究主要是「研究」，通過研究和發表來引發社會思考，而不等於完全的介入。而要做到現實的社會介入或改革，真的非政治、經濟的力量不可。

　　再次，介入者的精神向度問題。提「介入式文學研究」的學者也許是從人們自以為的合理性中看出了不合理，而希望改革。我們可以假設如果人文學科研究或創作（作家、美術家、音樂家、哲學家群體）停下來一兩年，對這個社會沒太大影響，但是如果讓清潔工、保安、農民、司機、建築工人、紡織工人等等停止運轉一兩年，這個社會很快甚至馬上陷入停滯癱瘓狀態，甚至一個月就會如此。既然這一行那麼「無用」，我們就沒有必要瞧不起前面行業的工作人員。有的作家、學者瞧不起前者，這是令人反思的現象。最「沒用」的人瞧不起最有用的人，這意味著一種忘本心理與社會的病態。如果不是因為體制，不少人的知識生產對人類進步有多大貢獻，這是存疑的。在此意義上，文學藝

術是在世界上最「沒用」的工作，作家群體十年不寫作，對這個社會沒有太大影響，社會不會因此而停滯。這是因為它們的用處不在於物質層面，而在於精神或信仰層面。所以從事這種工作的人，由於某種原因而獲得較多名利，要回到根本，知道這是社會上最「沒用」的工作，要心存良知。如果文學者以及各種知識分子看不到這種「不合理性」，而自覺高人一等，自尊自大，自以為是，缺乏良知，不如放棄文學與知識，因為他們根本配不上文學與知識。加上不少學者言行不一，表面上道貌岸然，實際上為了種種學術利益進行了種種運作，而且終生運作，精神世界比較齷齪。所以，談及書生干政，如果是胡適、梁漱溟一類的知識分子來做，是有公信力的，如果是這樣卑劣的知識分子來做，也可能逃不出貪官污吏的命運。

在此意義上，我們可以看出一些知識分子已經遠離人民，已經忘本。因此，我們很有必要重提「人民性」的概念，瞭解「人民」（弱勢群體、普羅大眾），書寫「人民」，研究「人民」，並且尊重「人民」，為「人民」謀幸福。以自身為「人民」的一分子，體驗「人民」的艱難與堅韌，悲歡與沉默。而電視連續劇《平凡的世界》《人民的名義》之所以廣受歡迎的原因之一，在一定程度上，不也是由於「人民性」與「藝術性」結合的力量嗎？

（五）第五是論調重複

正因為學術政治化，缺乏批判性、獨立性與清醒的介入精神，再加上中國現代文學不過三十多年，但是相關研究已有上百年，面對如此持續不斷的研究，便容易導致研究的重複性。就拿魯迅研究來說，1995 年在張家界召開的全國魯迅研究學術討論會上，張夢陽談到歷時九年編撰的《1913～1983 魯迅研究學術論著資料彙編》的感受時有言：「80 餘年的魯迅研究論著，95%是套話、假話、廢話、重複的空言，頂多有 5%談出了些真見。……（後來）經再三統計、衡量才發現，我所說的真見僅占 5%，並非少說了，而是擴大了，其實占 1%就不錯，即一百篇文章有一篇道出真見就謝天謝地了。試回想，我們多少學者的文章是在瞿秋白進化論到階級論轉變說模式中重複啊！是一味詮釋、演繹別人的觀點啊！」〔註65〕魯迅研究如此，整體的中國現代文學研究大概也如此。同理，黃修己就在其《中國新文學史編纂史》中指出多年來的中國新文學史研究，不外乎在進化論、階級論、啟蒙論的闡釋體系中打轉，重

〔註65〕張夢陽：《悟己為奴與立人》，《魯迅研究月刊》1998 年第 4 期。

複。〔註66〕而有的較為年輕的學者也深有同感:「在 1980 年代以來的『重寫文學史』實踐中,存在著一個結構性反覆的歷史脈絡,並與現代中國社會思潮的歷史與反覆密切關聯。當然,無論是啟蒙話語的反覆,還是革命話語的反覆,五四都在其中扮演了關鍵性的角色,其既是主流意識形態建構歷史合法性的日常表徵,也是在歷史轉折的危機狀況中反覆『歸來的被壓抑者』。五四在『重寫文學史』中的不斷歸來,其實就是以五四運動為症候的現代中國危機的循環往復,只要這個基本問題沒有解決,五四就是一個永遠走不出的五四,『重寫文學史』也只能是一個不斷自我反覆的歷史。」〔註67〕在此意義上,1980 年代以來的「重寫文學史」實踐未能擺脫「過去的模式」的魔咒,因此導致「五四、啟蒙、革命等話語循環往復,卻始終不能建立起來一種『現在的模式』,並以之為起點而形成新的歷史與反覆。這不僅是『重寫文學史』的困境,也是五四以來的中國現代性實踐的困境。」〔註68〕

但是,本文指的是論調重複,並非說所有研究角度和領域都是完全重複,這是必須加以注意的。中國現代文學研究為什麼會出現如此之多的重複?究其原因,不外如下幾方面。

首先是由於學風問題。

或者由於學者自身的惰性,或者由於時間緊,從事研究之前並未充分搜集、查閱資料。或者由於學者的功利心態,做學問只為稻粱謀,不願意花大力氣,甚至抄襲,剽竊;出於互相利用的目的,不說真話,導致自我重複;或者出於妒賢嫉能,心胸狹隘,故意不引用學界已有的成果,或黨同伐異,打擊其他學者的新成果,打擊與自己觀點、視野不同的研究,從而導致重複研究。或者仗著自己名氣大,自我重複,也有人吹捧,對學術缺乏尊重。或者是人情稿,勉為其難地研究,故此將自己原有的文章東拼西湊。或者找助手或年輕人代筆,自己掛名,由於別人不願意成果被占,故此以重複的方式寫作。或者由於學術體制要求申報項目的時候,要求學者要有較多的前期成果,或者害怕別人評價自己的研究領域雜多,所以不敢輕易換一個研究領域,導致一種低水平的

〔註66〕黃修己:《中國新文學史編纂史》(第二版),北京大學出版社 2007 年版,第 284~300 頁。
〔註67〕韓琛:《「重寫文學史」的歷史與重複》,《中國現代文學研究叢刊》2017 年第 5 期。
〔註68〕韓琛:《「重寫文學史」的歷史與重複》,《中國現代文學研究叢刊》2017 年第 5 期。

自我重複，不說原地踏步，至少也是步履遲鈍。就像溫儒敏先生在《「書呆子」楊義二三事》中有感而發：「現今做學術、搞項目，要麼大而無當，套話連篇；要麼是『打井式』，每人抱一個課題，窮經皓首，雖有專精，但也難免瑣屑。專業分工過細，彼此『高牆』高築，若有人翻牆『跨界』，就等於『侵犯他人地盤』，難免遭遇拒斥。這種現象在人文學科尤為嚴重。」〔註69〕諸如此類，不一而足。

其次是由於思想能力的弱化。

有學者指出「問題的重複來自於思想的重複，思想重複的本質是思想能力的弱化；思想能力的弱化源自於學術環境和慣性思維方式的制約。於是，某些問題擱置一段時間後再被提起，就增加了問題的新鮮感，甚或被當作新的問題加以討論和爭論，從而由『還原』走向『重複』。」〔註70〕雖然，在學術研究中，對研究對象的重複闡釋是一種司空見慣的現象，顯示出問題的重要性與價值的恒定性，「與此同時，我們又必須看到，人類思想的積累不單單是思想重複的過程，更有賴於思想的創新。通過創新提升思想的質量，增加思想的容量，為學術研究開拓新的視野。如果研究都在重複前人的思想和已有的成果，其結果不僅僅是造成時間的浪費，更重要的是造成思想的停滯。」〔註71〕中國現代文學學術之所以老是在進化論、階級論、啟蒙論、審美論的闡釋體系中打轉，重複，簡言之就是由於思想能力的退化，它們幾乎都是圍繞著「文學是人學」「文學是社會學」「文學與政治（啟蒙、革命、解放）」「文學是有意味的形式」的觀念繞圈子，但是，只要我們拓展視野，就可以發現「文學是物學」「文學歷史學」「文學倫理學」，諸如此類。

再次是由於奴性思維。

張夢陽指出「長期以來，只知演繹、詮釋、重複他人觀點的奴性研究模式與思維方法，給魯迅研究造成了多麼大的損失……何止是魯迅研究界，試對後半個世紀的中國思想學術界作一冷峻的回眸，就不難得出這樣的感觀：詮釋、演繹、重複蘇聯的、官方的、西方的種種模式、政策、洋貨的文章、著作、資料，多得如汪洋大海、無邊無涯，而真正稱得上獨立思考、自成體系的哲學、

〔註69〕溫儒敏：《「書呆子」楊義二三事》，《羊城晚報》2023 年 9 月 14 日。

〔註70〕張福貴：《魯迅研究的三種範式與當下的價值選擇》，《中國社會科學》2013 年第 11 期。

〔註71〕張福貴：《魯迅研究的三種範式與當下的價值選擇》，《中國社會科學》2013 年第 11 期。

歷史、文學論著卻少得可憐，很長時間屬於空白。『奴在心者』，作人尚難，何談立學術、成體系呢？不首先悟己為奴，起而『立人』，倡導陳寅恪的『獨立之精神，自由之思想』，魯迅研究無望，中國學術也無望！」〔註72〕我們要注意「奴性研究模式與思維方法」這一判斷，超出了一般的瑣碎的就事論事的思維方式，看到了學術研究缺乏創造性的實質所在。如果學者們缺乏說真話的勇氣和自由獨立的精神，就難以取得大突破與大創造。

最後是由於學術環境。

中國是一個熟人社會，就連以求真知、說真話為旨趣的學術研究也要講究人際關係。被評價者及其親朋好友，時不時會「干預批評家、文學史家們的工作。特別在有『父為子隱，子為父隱』傳統的社會上，說話有各種禁忌，講究為賢者、尊者、長者諱。這些都會化為有形、無形的壓力，造成講真話的困難。」〔註73〕這不過是影響學術研究的「小氣候」，而「大氣候」如上述的學術管理的政治化或曰政治環境更是影響甚巨。就連毛澤東晚年也對此直言不諱：「本朝人編本朝史，有些事不好說，也可以叫做不敢說。不好說的事，大抵是不敢說的事。所以歷史上的書，本朝寫本朝的大抵不實，往往要由後一代人去寫。……我們今天的事兒，也要由後代人去評論。千秋功罪，誰人曾與評說？自己說的不算數，當時的人怕你的權勢，恐怕也只有說好話，說假話，這當然不能統統算數，得大大打折扣。」〔註74〕

一言以蔽之，中國現代文學學術，一方面取得了較大的成就，具有較大的貢獻，中國現代文學學術形態，可分為思想者、開拓者、運動者、君子型等身份形態，跨界者、治史者、批評家、顛覆者等思維形態；另一方面也存在著不少值得反思之處，如史料錯訛、強制闡釋、政治化、缺乏介入現實的精神，以及論調重複。這種「集成敗於一身」的特徵，既是學術特徵，人生特徵，也是歷史特徵。

〔註72〕張夢陽：《悟己為奴與立人》，《魯迅研究月刊》1998 年第 4 期。
〔註73〕黃修己：《中國新文學史編纂史》（第二版），北京大學出版社 2007 年版，第 334～335 頁。
〔註74〕郭金榮：《晚年時期的毛澤東》，《南方周末》1992 年 5 月 15 日。

上編　身份形態

壹、思想者

「魯迅怎麼看我們」：
王富仁的魯迅研究斷想

張　克*

　　若是依據王富仁老師的為人為文，由我來妄議下他的魯迅研究，自然也是
可以的。那原因之一在於他不會以身份、成就之類鄙夷每一位熱愛魯迅的普通
人。談起他來恐怕說「王老師的為人為文」比「王先生的道德文章」更接近他
本人一些，這大概是我感受中他的真實存在，平民氣勝於學者範，寬厚、親切。
更重要的，他始終如一的深切體認、發展著魯迅的精神和思想，在他那真誠、
樸茂且別具啟發性的研究裏，對魯迅感同身受的情感催生出了綿密的思想，思
維的拓展又喚醒了更多的體悟，他那行文論說的率真和勇敢常常令人心嚮往
之。他的研究不僅值得學術性的汲取，恐怕還將成為測量新一代研究者精神成
色的重要思想資源。他曾對遠離所謂上流京海文化界、已淪落至外省小校的卑
微的當代魯迅研究者乃至一般知識分子的悲哀與尊嚴有著動人的體察。[註1]
作為正粉墨登場的 1970 年代魯迅研究者的一員，本人恰恰正活在相類的處境
裏。這其實也不足為怪，每個人都得為自己散在中國社會各處的生命負責，雖
然和魯迅一樣，「我自愛我的野草，但我憎惡這以野草作裝飾的地面」[註2]。
王老師熱愛魯迅卻不曾躲在魯迅的背後唯唯諾諾，我們自不必貓在王老師的

---

* 張克，男，文學博士，深圳職業技術大學人文學院教授，主要從事中國現代文學研
　　究。
〔註1〕王富仁：《中國文化的幾個層面——段國超先生〈魯迅論稿〉序》，《寶雞文理
　　　　學院》2004 年第 5〜6 期。
〔註2〕魯迅：《野草‧題辭》，《魯迅全集》第 2 卷，人民文學出版社 2005 年版，第
　　　　163 頁。

研究文章裏掩飾屬於自己的困惑，以下關於他的魯迅研究的點滴斷想，自然是立足於自己的問題意識的，只是限於篇幅也只能講些梗概的東西了。

一、「魯迅怎麼看我們」

我願意借用王老師未必偏愛的大儒朱熹的那句「新知培育轉深沉」來綜括他的魯迅研究。這裡的「新知」，是指以魯迅為傑出代表的中國現代文化裏最寶貴的精神傳統、思想追求鎔鑄成的「新知」；這裡的「培育」既是指他的研究本身就是這一傳統的傳承和發揚，又是指迄今為止這一傳統並不像時人想像的那樣強大，反倒是常常被塗油抹粉、抽筋敲骨，依然需要用心「培育」乃至激動的爭論，林林總總的以冷漠、溫熱乃至苛嚴的情緒對待這一傳統的評說雖然也提出了特定的問題，但在骨子裏畢竟是隔膜的。「轉深沉」的「轉」既是指這一傳統本身的生長性、轉化性，也是指王老師作為研究者與社會思想變動高度同步的動態感，「深沉」則是一種滲透著理性的有風骨的深刻，有深度的風骨，它是魯迅這一精神傳統培育出的人格力量。

當初閱讀時，王老師的《中國反封建革命思想革命的一面鏡子——〈吶喊〉、〈彷徨〉綜論》（以下簡稱《鏡子》）給我印象最深的，還不是他那高度自洽的系統性研究範式多麼高明，而是他那綿延不絕、層層皴擦、枝枝蔓蔓的文風。這文風恐怕到現在都令不少有深厚文言修養尤其有著咬文嚼字嗜好的同行頭疼。奇異的是，在這湧動著情緒、裏挾著類比，直白著好惡的語流裏，竟然流淌出了令人應接不暇的對於魯迅作品無與倫比的真切感受。譬如：這是他討論小說《在酒樓上》裏的呂緯甫的溫情的一段文字：「呂緯甫所表現出來的種種溫情，就其本身而言，並無可以深責的地方，是在正常狀態下的人之常情，但在當時的思想環境中，卻成了沉埋呂緯甫的陷阱，這裡的條條葛藤都把他拴住、捆住、纏住、綁住，把他牢繫在封建現實關係的網絡中，再也動不得、挪不得。」〔註3〕這句子裏的情緒以「但」字為界，由貼心的理解逐漸緊張乃至最後推向恐懼、窒息，與呂緯甫的生存軌跡卻是高度偎貼的。再譬如，這是分析《孤獨者》裏的魏連殳的失敗的文字：「他的失敗，不像呂緯甫那樣是被封建傳統傳統勢力的流沙掩埋了的一株灌木，也不像涓生、子君那樣是被封建思想勢力的巨浪顛翻的一葉小舟，而是被封建思想勢力的狂飆摧折了的一株

〔註3〕王富仁：《中國反封建思想革命的一面鏡子——〈吶喊〉〈彷徨〉綜論》，北京師範大學出版社 2000 年版，第 88 頁。

巨木。」〔註4〕這論斷一波三折的總體節奏是鏗鏘的，但這語流裏充盈的卻是發散性想像帶來的三幅生動的生命景象圖，對比之下魏連殳的悲劇性命運愈加昭然可見。再看如下關於魯迅本身的直白文字：「只有在壓迫者面前，魯迅的面目才是可怕的，他會因神情緊張而臉色變得鐵青，因用力而肌肉抽動、面目變形，但在我們這些貧弱者面前，他會同我們一起哭，一起歎息，一起訴說人生的艱難，一起袒露內心的矛盾，一起哀歎鬥爭的疲憊，一起在混茫的人生之途中困惑地辨識著每一條似路非路的東西摸索著前進內。對我們，他不是審判者、訓導者、指揮者，而是親人和朋友。在他的意識中，不是他應當審判我們，而是我們，我們這些屬於平民百姓的華夏子孫，我們這些對他來說屬於未來的人們，應當審判他，審判他的一生，審判他的未經證實的言行和追求。」〔註5〕這段話簡直是一處熾熱心曲的激流，熱騰騰的，魯迅的神情緊張點燃的是王老師的激越，一方面他熱情地呼喚著我們一道去親近魯迅，另一方面似乎又迫不及待，隱隱的似乎要失去對我們的信任，轉而又為魯迅的身後命運噓唏，在微妙心思的轉換中，語言的閘門打開，鬱積的情感索性一股腦朝我們傾泄過來，並最終將我們擁抱、淹沒。

　　王老師的行文，正如他感受到的魯迅小說那樣，「感情的熱焰包容著他的理性認識，他的明確的知性認識給他的感情的熱焰續這燃燒不盡的柴薪」〔註6〕。我以為不能領會王老師如此文風的力量和熱度，恐怕是很難真正進入到他的研究世界裏的。我們也的確要承認一個事實，中國文化強大的文言傳統鍛造的文章多非這樣急切的遄流，多的倒是四六句頓挫的文字方塘，魯迅稱許的莊周那樣的「汪洋恣肆，儀態萬方」，蘇東坡被稱道的「渙然如水之質，漫衍浩蕩」畢竟是極少數卓越的生命才迸發出的異彩，即使魯迅自己何嘗不也認為自己的文章是「擠」出來的。有意味的是，王老師自己倒是常常感歎自己的文章究竟還是屬於學院派的，和魯迅作為一個偉大作家的傳統還得分屬兩類，大概是認為學院派偏重於理論的推衍而短於情感體驗的凝結吧。他深以為憾、感受到差距的、也是他努力靠近的，其實正是全部魯迅研究的基礎，那就是對魯迅這

〔註4〕王富仁：《中國反封建思想革命的一面鏡子──〈吶喊〉〈彷徨〉綜論》，北京師範大學出版社 2000 年版，第 94 頁。

〔註5〕王富仁：《中國反封建思想革命的一面鏡子──〈吶喊〉〈彷徨〉綜論》，北京師範大學出版社 2000 年版，第 167 頁。

〔註6〕王富仁：《中國反封建思想革命的一面鏡子──〈吶喊〉〈彷徨〉綜論》，北京師範大學出版社 2000 年版，第 5 頁。

樣一個生命個體的真實感受，由此出發才能展開對魯迅的情感、願望、意志、思索的評頭論足。在王老師的魯迅研究裏，希望建立的也是以魯迅的文學尤其《吶喊》、《彷徨》裏的小說為根柢的世界。它可以以情感的吸附力吸引到與魯迅心靈相通的人，這是在社會政治、文化的思潮頻繁變遷後魯迅研究的重生之源；與此同時它也以情感的真摯性測量著各類圍觀之人的真實心思。這和包括我自己在內的眾多魯迅研究者更傾向於以某種思想資源為憑依、尋找某種思想、心理支點撬起（翻）魯迅的做法是決然不類的。在魯迅研究史上，以「文學」而非思想作為魯迅精神世界最深沉的所在，也不乏其人，如日本學者竹內好在《魯迅》一書裏也曾提出過魯迅身上「文學家」與「啟蒙者」的對立問題，但像王老師這樣執著的其實並不多見。他幾乎把中國現代社會、文化發展的諸多命題都納入到了魯迅文學世界裏描述的種種人生圖式中加以審視，例如他對《孔乙己》裏魯鎮酒店格局的分析就是這樣。他視這一格局就是迄今為止中國社會權力結構的文學性表達，自己就是當代的孔乙己而已，小說高度容納了他作為當代知識分子最真實的私人情感和社會感受。〔註7〕他的絕大多數研究都是如此，他是想借魯迅的眼看清生活的世界，所以他的很多表達可以說都是在以自己的語言重新喚醒、推衍魯迅的感受和思致。他那急切、熱烈、綿長的文風正是自己努力貼近魯迅文學世界，感悟魯迅文學世界裏各種情感振盪的表徵。每個研究者的性情自然是不同的，但恐怕也得承認，沒有敏銳多感的體悟，在魯迅作品的分析時是不可能寫出這類隨處可見的文字的，譬如：「魯迅是以極其強烈、極其深厚的同情，以即將迸裂的心，以即將斷弦的忍耐，來敘述魏連殳的悲劇命運的。」〔註8〕再比如：「在《在酒樓上》的呂緯甫的悲劇是深沉的，濃鬱的，它更多地喚起的是人們的憂鬱的情思，而較少壓抑著的憤懣。他是被瑣細的溫情蠶食掉的覺醒者的形象，在這一過程中他有著哀婉的歎息，但卻無劇烈的痛苦，魯迅對他的同情也由於這種性質而呈現著濃鬱而不熾熱的色彩。」〔註9〕

　　王老師自己是這樣「體驗」著研究魯迅的，也是以這樣的標準衡量魯迅研究的，在他《中國魯迅研究的歷史與現狀》一書裏或禮讚或批評最多的就是魯

〔註7〕王富仁：《中國文化的守夜人》，人民文學出版社 2002 年版，第 209～224 頁。
〔註8〕王富仁：《中國反封建思想革命的一面鏡子——〈吶喊〉〈彷徨〉綜論》，北京師範大學出版社 2000 年版，第 91 頁。
〔註9〕王富仁：《中國反封建思想革命的一面鏡子——〈吶喊〉〈彷徨〉綜論》，北京師範大學出版社 2000 年版，第 92 頁。

迅生前身後各色人等、研究者的真實人生體驗。在這個意義上，王老師自己感受到的自己的學院派屬性不利於理解「文學」的魯迅的矛盾是有普遍意義的。也恰恰在這一點上，王老師的魯迅研究，的確如前文所說「恐怕還將成為測量新一代研究者精神成色的重要資源」。反躬自省，恐怕當下不少所謂的魯迅研究文字是既無「力」也無「心」的，甚至是反魯迅精神的，是一種可悲的研究的變異，這是那些文字裏唬人的權威腔調、浮誇的才子氣，精明的大述小引套路（按王老師的說法這是紳士、才子、流氓氣）等等都無法掩飾的。

記得在「紀念魯迅誕辰 130 週年大會」上做總結發言時，王老師曾說，魯迅研究無非兩個問題，「我們怎麼看魯迅」和「魯迅怎麼看我們」。他的研究表明，他是把「我們怎麼看魯迅」時是胡說八道還是言不由衷的標準放在「魯迅怎麼看我們」那裏的。雖然，本質上他體悟到的魯迅只能是他自己的魯迅，是不可以霸道地成為普遍的魯迅研究的標準的——這也是他常常既謙卑又豁達地承認的，但全部的魯迅研究要接受「魯迅怎麼看我們」的詰問卻是真切的，嚴肅的，不容迴避的。這個詰問其實是要確立我們研究者的品質和身位，老實說是巨大的精神拷問，我本人就常懷有「對他入謎又心懷恐懼」的感受。在王老師看來，他的研究要持守的立場是明確的，那就是「中國文化本位論」。〔註10〕他的研究是有前提的，「魯迅與中國文化的研究永遠是一個有前提的研究……我們這些生活在中國文化內部，身受著這個文化結構的束縛，希望中國文化繼續朝著更加科學、民主、自由的現代化方向發展……」〔註11〕我以為，王老師確認的這些前提並非沒有反對意見，譬如想以「基督信仰」、「儒家禮制」等等重新規化中國社會、文化的人就未必首肯。思想界的歧途與對峙是不可避免的，王老師的很多論說我們新一代魯迅研究者自然不必盲從，爭辯與挑戰時有點「太歲頭上動土」的張狂恐怕也是可以寬容的，但就魯迅研究來說，尤其是對於「我們這些生活在中國文化內部，身受著這個文化結構的束縛，希望中國文化繼續朝著更加科學、民主、自由的現代化方向發展」的研究者來說，他傾心熱愛魯迅的熱情、意志、浸潤著魯迅精神的風骨是我們應感佩且傳承的。離開了這些深厚沉實的精神動力，魯迅研究者只會離魯迅的精神越來越遠，攀緣著各種精明的管道成為又一個成功的「做戲的虛無黨」，那簡直是一定的。

〔註10〕王富仁：《先驅者的形象》，華東師範大學出版社 2014 年版，第 453 頁。
〔註11〕王富仁：《中國文化的守夜人》，人民文學出版社 2002 年版，第 6～7 頁。

二、「我們怎麼看魯迅」

在各個時期，王老師在魯迅研究範式的更新上高度的自覺和探索的開拓性是引人矚目的。最為魯迅研究界熟悉的，莫過於《鏡子》一書以社會思想革命與政治革命對局，以兩者之間的偏離角為切入點，最終在二者異同之間的細緻辨析中建立起了龐大的論述系統，頗有馬克思的博士論文《德謨克利特的自然哲學和伊壁鳩魯的自然哲學的差別》的方法論神韻。在《魯迅與中國文化》的長文裏他先以共時性的文化空間觀念審察了「純客觀或流線體的文化歷史觀」的不足，然後以文化的創造性、超越性又將歷時與共時，斷裂與延續兩者合二為一，建立了研究「魯迅與中國文化」的文化空間架構、結構感十足。〔註12〕其他具體問題的論述中每每也是先從調整人們習以為常的研究觀念入手的，如《魯迅小說的敘事藝術》一文很明確就是要以「文化分析與敘事學研究的雙重變奏」實現以具體的分析取代傳統敘事學偏好抽象的旨趣。〔註13〕再譬如《中國文學的悲劇意識與悲劇精神》一文是以人的自由意志與宇宙意志的對局研究悲劇，以悲劇性的生活感受與悲劇性的精神感受的對局來討論中國人的悲劇意識。〔註14〕至於借用魯迅對自己思想的自陳——「個人主義與人道主義的消長」那樣的對局來分析魯迅的作品更是自然曉暢，譬如：「假若說《在酒樓上》是對失去了個性主義骨架的人道主義的否定。《孤獨者》則是對失去了人道主義枝葉扶持的個人主義的否定。但它們的否定又都是不是簡單的否定，而是在二者的消長情勢中的相對的否定，其否定的對象都不是人物本身，而是導致覺醒知識分子發生這種思想變化的社會思想的現實狀況。」〔註15〕諸如此類的具體論述不勝枚舉，不必贅引，可以說，無論從宏觀還是微觀，王老師都自覺的建立起了一個屬於他自己的魯迅研究的解釋系統。

這一解釋系統最顯著的特點是，在不同論述層次上都建立起了一對對局的核心概念，以這一對核心概念的對立、差異、偏離、互相轉化乃至在更高層次上的對立統一的運動邏輯構成思考、行文的骨架。對立概念的其中一個常代表著某一時期人們習以為常的解釋角度，它在特定歷史階段、特定社會位置上自然有其合理之處。但隨著它的覆蓋範圍日漸擴張、其內在的生命力卻愈見枯

〔註12〕 王富仁：《中國文化的守夜人》，人民文學出版社2002年版，第2頁。
〔註13〕 王富仁：《中國文化的守夜人》，人民文學出版社2002年版，第149頁。
〔註14〕 王富仁：《中國文化的守夜人》，人民文學出版社2002年版，第293頁。
〔註15〕 王富仁：《中國反封建思想革命的一面鏡子——〈吶喊〉〈彷徨〉綜論》，北京師範大學出版社2000年版，第90～91頁。

竭，其合理性超出了邊界後必然因脫離魯迅的生命體驗本身變得虛偽和言不及義起來。此時，人們或出於慣性還在繼續使用這些概念但也因此了無新意、虛情假意乃至現出了殘酷的吃人面相，或出於情緒上的厭惡對其嗤之以鼻，不屑一顧。其實，最需要的是在更高層次上理性的打撈它的合理性乃至寶貴的精神潛力，從而審定它的邊界，安放它的位置，尋找它的更生。不如此而一味趨新，企圖依靠萬花筒一樣的新詞彙、時髦觀念的轟炸、覆蓋其實是另一種虛浮的表面工夫，究其根本也是不誠實的，這當然也是看重對魯迅的感受、體驗的王老師同樣不以為然的。當然，王老師的尷尬在於，舊習慣浸透的人會固執的反感王老師的更動，《鏡子》出版後對其偏離馬克思主義理論的指控正是如此；他們實在批判錯了對象，在王老師的研究中，他從來不鄙薄任何關於魯迅的觀念，總是努力揣摩其創造者、提出者真實的人生體會、問題意識，然後將其安放在魯迅研究歷程的適當環節和位置上，他是努力將知人論世的寬厚、真誠和社會理性批判的嚴肅性高度相結合的；其實若仔細思量，這不正是魯迅本人在整個中國現代社會思想文化發展過程中開展文化批評的真實寫照嗎？

虛浮的趨新者自然也是不以為王老師有先鋒性的，王老師自己的思想理論資源的確也沒有那麼豐富、新銳和高明，他視 19 世紀的文學才是最有深、廣度的文學資源，雖然諳熟大多數馬恩著作卻連《資本論》都沒看過，思想資源、現代藝術趣味的單一都是顯豁的。他更仰仗的還是現實社會與魯迅的精神世界之間雙向激發的生命感受。王老師也不是很看重自己研究方法的抽象化和理論化，對概念的分類、使用也不那麼的精密，只要能傳達出他真實的感受和認知，他是更傾向於得意忘筌的，這和當下人文學術高度的科層化、刻意經營的品牌化潮流都是相逆反的。然而這種研究方法在魯迅研究這裡卻是高度貼切的，與樸實的活潑和睿智相伴的是它強大的解釋力量。何以能如此呢？那秘密是值得細細體會的。

我以為，王老師的研究方法其實就是生命本真的「辯證法」，只是他沒有大量援引辯證法的理論表述罷了。黑格爾以無比抽象的哲學系統寫出《精神現象學》等著作後，辯證法的真意被封存在了晦澀的理論高牆內，王老師自己零星提到過精神辯證法，根據我的閱讀印象他對馬恩的一些引述裏不乏辯證法的影子，但未見引述過《精神現象學》。當然，讀不讀黑格爾的《精神現象學》並不能成為是否具有辯證法精神的標準，魯迅自己更喜歡的倒是敵視黑格爾的詩性的尼采。不過，熟讀黑格爾的《精神現象學》，有助於對王老師乃至魯

迅的運思方式進行理性審視，這點閱讀心得我倒頗想敝帚自珍。譬如，黑格爾講到作為植物的花蕾到花朵的流動性時說：「它們的流動本性卻使它們同時成為有機統一體的諸環節，它們在有機統一體中不但不互相牴觸，而且彼此都同樣是必要的，並且正是這樣同樣的必要性才構成完整的生命。」〔註16〕的確，如若我們把整個中國現代文化作為一個正在發展的「有機統一體」，與魯迅有各種差異、對峙關係的各類文化的代表人物也應該在他特定的位置上成為一個「環節」，情感上的好惡不能影響判斷的理性，這其實正是王老師在考察魯迅與中國傳統文化、現代文化的各種人物時所主張的。

　　按照鄧曉芒的研究，黑格爾的辯證法，究其根本是一對對立的概念構成的矛盾的運動，即作為矛盾雙方的努斯精神與邏格斯精神之間既對立又互相轉化形成的否定之否定過程。這裡的努斯精神與邏格斯精神，在西方哲學的精密分析中自然有其複雜的意涵，如略而言之，其實就是人靈魂的超越性、自發性和語言、思維的規範性、一致性之間的矛盾，前者追求自由，後者強調必然性，但其實二者又必須互為基礎，最終在「理性」中合而為一。〔註17〕黑格爾在《精神現象學》裏步步為營，層層遞進，為我們展示了人類的精神由從最簡單的感覺開始，在自身的否定之否定（自否定）的不斷新生中生成人的全部精神世界的過程。我在閱讀時每有辯證法內在的精神（自否定）與魯迅的精神特徵可以相對照的強烈印象，譬如，黑格爾說：「精神的生活不是害怕死亡而幸免於蹂躪的生活，而是承擔起死亡並在死亡中得以自存的生活。精神只有在絕對的支離破碎中把持住其自身時才贏得它的真理。精神之所以是這樣的力量，不是因為它作為肯定的東西對否定的東西根本不加理睬，就像我們對某種否定的東西說這是虛無的或虛假的就算了事而隨即轉身他向那樣；相反，精神之所以是這種力量，僅僅是因為它敢於面對面地正視否定的東西並停留在那裏。」〔註18〕我認為這可以看作是對體現魯迅精神深度的散文詩集《野草》裏的「野草」、「過客」、「死火」、「棗樹」等等意象的精神實質，對魯迅「野草」式的生存哲學最深湛的哲學化闡釋了。或者說，魯迅精神世界內部的運動性本身是內蘊著「辯證法」的特徵的，這才是王老師充盈著情感體驗的辯證法的研究方法

〔註16〕鄧曉芒：《黑格爾：〈精神現象學〉句讀第一卷》，人民出版社 2014 年版，第59 頁。

〔註17〕鄧曉芒：《黑格爾辯證法演講錄》，北京大學出版社 2005 年版，第 7～10 頁。

〔註18〕鄧曉芒：《黑格爾：〈精神現象學〉句讀第一卷》，人民出版社 2014 年版，第280～281 頁。

的源頭。

這裡需要為自己通過黑格爾《精神現象學》的哲學智慧審視王老師的研究範式乃至魯迅的精神特徵這樣一種方法略做解釋。如果說僅僅把黑格爾的思考定位成金科玉律，以此鞭打出魯迅的淺薄以自高，那自然是可笑的。畢竟辯證法的內在精神是屬於全人類的，不僅在中國的道家哲學、《易經》等文化典籍裏有著相類的豐富的思想，重要的是在人們的現實社會生活裏也是不缺乏「辯證法」的生活智慧，這一點在深諳中國社會人情世故的魯迅那裏更是不在話下，各種揭露所在多有。從思維方法上，王老師的魯迅研究中體現出的力量、深度由此多息息相關。但若是承認辯證法的成熟理論形態的確是由黑格爾完成的，對他精深的思考刻意拒絕怕也不是魯迅主張的「拿來主義」的氣度。魯迅是不以詰問自己、批判中國傳統文化的缺失為恥的，自己倒是願意遍引人類精神世界的各路豪傑大德，如拜倫、達爾文、尼采、陀思妥耶夫斯基、克爾凱郭爾、耶穌、佛祖等等的眼光來審視自己和中國，晚年他更是歡迎真正的馬克思主義者對自己展開批評。看來，「援引某種精神資源看魯迅」這種看魯迅的方式並非沒有它的價值。其實這不恰恰是人類精神活動、尤其學術思想活動的常態嗎？王老師的魯迅研究裏，也是很強調比較的研究方法的，甚至在不同文化傳統、人物之間進行同中之異和異中之同的比較，正是王老師無比嫺熟的拿手好戲。

但他的確是不太強調理論本身的自足性的，他更重視的是在中國的境遇裏某種表達的社會功能，恐怕對「援引某種精神資源看魯迅」的方式也是疑慮大於信任。生活的經驗、某類挾洋以自重的中國現代文化人物的表現，魯迅的感受等都提醒著他，這種「援引某種精神資源看魯迅」的作派是很容易催生出當代的「假洋鬼子」的，因為「援引某種精神資源看魯迅」是很容易在這種精神資源與魯迅之間建立起等級關係的。畢竟中國社會從其本質上還是一個法家的法、術、勢這套系統才能深切解釋的社會，在這種境遇裏文化活動中的權力、等級關係導致的文化的變質，是一切有良知的中國現代知識分子都深惡痛絕、異常警惕的。魯迅對中國社會的很多批判，王老師對圍繞在魯迅世界的各色人等的評價，常常首先就會考慮這種權力關係，反抗這種權力關係。從某種意義上，如果說在魯迅自身精神世界的探討中，王老師的研究方法主要來自於生命本身的辯證法的話；那麼在討論魯迅與社會的連接時，他首先要做的就是先理清、揭露這種權力關係，這在他對如梁實秋、陳西瀅、胡適等留洋文化人

的剖析中、在對中國現代文化現象的各種評論中都是異常清楚的，甚至會給人以一種常以魯迅是非為是非的印象，尤其那些不從這種權力關係著眼而只從儒家式的私人道德的角度臧否人物的就更會如此認定。我本人高度認可這種「反用法家」的智慧——反抗權力、捍衛權利，並認為深入研究「魯迅與法家的關係」應是魯迅研究最為重要的內容之一。悲哀的是，除去王老師的研究、日本學者木山英雄的一篇短文《莊周韓非的毒》以外，其實並無太多切實的研究積累。

然而，我在理解王老師更強調「人生體驗」、尤其對中國社會、文化處境的真實體驗的時候，也想依據辯證法的智慧指出，在生活中更真誠的體驗、在行動中更理性的思索是中國社會的現代化同樣需要的。而後者是必須援引諸如黑格爾關於辯證法的理論論述等全世界最傑出的思想資源才能得到磨礪和提升的。我們不是不需要而是浸潤太少了，這才會使得「假洋鬼子」有了投機的空間。對於魯迅研究來說，依據辯證法的精神，體驗與思辨本是互為自否定的過程，體驗經過思辨的測試才能成為凝結的理性而非易變的感慨，思辨接受體驗的檢驗才能化為靈魂的沉實、意志的堅定。當然，對於新一代的魯迅研究者來說，以理論資源的擺弄掩飾社會人生體驗的匱乏、心靈的蒼白是令人心傷的；以忠實於自我的感受為由封閉起來也不能算勇敢，最理想的狀態當然是如王老師那樣體驗與思辨互相激發的才好，至於那些等而下之的操持著學術套話招搖於學術江湖的，不說也罷。

三、「我們」是誰？

以上掛一漏萬地討論了王老師提出的「魯迅研究無非兩個問題，『我們怎麼看魯迅』和『魯迅怎麼看我們』」。我所說的「援引某種精神資源看魯迅」並非王老師沒有意識到的魯迅研究的第三個問題，它只不過是「我們怎麼看魯迅」的其中一種方式罷了，且有著自身易變質的風險。不過認真說起來即使變質也並非研究方法本身的錯，變質的只能是人，真正的問題出在「我們怎麼看魯迅」和「魯迅怎麼看我們」的「我們」身上。

「我們」是誰？

在回答「『我們』是誰？」，更具個體性的「『我』是誰」這兩個問題上，王老師自己講過很多坦率的話，比方說自己只是一位公民，一個吃魯迅飯的學者，一個教書的，一個窩窩囊囊的知識分子等等。或許有人認為這太不雅馴了，

可如果我們在整個現實的社會權力結構中看「我們」，「我們」可不就是這樣的嗎？

其實，王老師的回答還是暗暗地以魯迅為榜樣的，他是自覺的「魯迅黨」的一員。那麼，魯迅又是誰呢？

「中國文化的守夜人」——這是王老師「心目中魯迅的樣子」，「魯迅是一個醒著的人」，「他是一個夜行者」，「魯迅原本也是有條件趁機撈一把的，但他非但沒有撈，反而把中國知識分子的那些小聰明、小把戲、戳破了不少，記錄了不少。」〔註19〕這是我看到過的關於魯迅之於中國文化、之於中國社會極樸實也極深刻，極詩意也極犀利的定位。在我看來，這幾乎也是繼毛澤東關於魯迅的定位——「現代中國的聖人」之後唯一真正具有自身力量的定位了，因為這是回歸到魯迅作為一個知識分子而存在、發揮社會作用這一客觀事實的定位，這可以說是王老師早年曾提出的「回到魯迅那裏」命題最動人的凝結。我在不少尊敬的前輩學者那裏都能感到他們對魯迅由衷的熱愛，他們同樣試圖凝結出「心目中魯迅的樣子」，但結果卻並不理想。要麼沉溺於魯迅的精神世界不能自拔，跟隨、隱藏在魯迅的身後被魯迅巨大的陰影所吞沒；要麼採擷些魯迅身上的各種零碎，咂摸味道獨自取溫；要麼熱情地把魯迅拉到自己更喜愛的另一位國外精神巨人的身旁一同或明言或暗喻的禮讚，視之為中國的尼采、中國的陀思妥耶夫斯基、中國的高爾基、中國的耶穌、中國的蘇格拉底……這些當然都屬於魯迅精神向中國知識分子群體滲透時的正常現象，「我們「對魯迅的接納未必全是以最具有魯迅精神氣質的方式進行的，有多少「魯迅夢」就會有多少「魯迅夢魘」，不足為怪。不過把魯迅作為「中國文化的守夜人」加以定位，我以為是有著魯迅精神的神韻的。受王老師的啟發，我自己的理解是：守夜人最大的特徵是必須清醒，這或許也不並是他始終樂意的，甚至有時是以之為苦的，然而這是他的職責，他的使命，也是他的價值。守夜人是更習慣於從黑夜看待世界的，白天的色彩斑斕在他這裡均歸於黑色，它們之間微妙的色差將會被捕捉，雖然也會有出現幻覺看錯的時候。守夜人得不停地走動，在警惕小偷出沒的同時也防止自己因疲倦而昏睡，因為一直清醒並非易事，對職責的熱愛、意志的鍛造一直持續著方可做到。比照魯迅，他作為「中國文化的守夜人」的特點不是太清楚了嗎？他是清醒的，也常以之為苦、煩悶。他習慣於把喧鬧歸於簡約，喜歡從拆穿權力、等級把戲的角度看待世界，以至於被人罵

〔註19〕王富仁：《中國文化的守夜人》，人民文學出版社 2002 年版，第 1～5 頁。

為「刀筆吏」。他還不停地走動，關心、感應著社會生活中並無永恆價值的各種小細節，警惕著那裏的瞞與騙。

　　不過，當我說魯迅作為「中國文化的守夜人」的定位是基於「回歸到魯迅作為一個知識分子而存在、發揮社會作用這一客觀事實」並非全然沒有問題。因為，如果繼續追問，對魯迅作為「中國文化的守夜人」的定位是否能直接成為「我們」這些魯迅研究者乃至更廣泛的知識分子共同的定位呢？恐怕是不可以如此類推的。「我們」並不能以「守夜人」自居，雖然嚴格說來從社會功能上看理當如此。前文提及王老師提出了研究「魯迅與中國文化」的前提，在我看來，「我們」的魯迅研究恐怕還得有一個前提，這個前提就是：「『我們』不是魯迅」。這是句大實話，但這個事實首先提醒「我們」，魯迅既屬於作為知識分子群體的「我們」，又不完全屬於「我們」，他以自己的全部生命活出了超越「我們」這個群體的風采，才成為孤獨的「守夜人」的。被他作為「守夜人」守護著的不僅僅是「我們」，他屬於全體生活在中國文化裏的中國人。這句大實話還提醒我們，如果沒有「守夜人」的存在，如果「我們」自己沒有習得一點「守夜人」的精神，其實「我們」是很容易走散的，甚至愚蠢的自相殘殺起來的例子也比比皆是。王老師感慨中國現代知識分子迄今為止依然沒有建立自覺的共同體意識，他創設「新國學」立意也在此，這是他禁不住的大聲疾呼。我敬佩但謹慎樂觀王老師的吶喊，那原因很簡單，那個叫權力的幽靈恐怕還常蟄伏在當代中國知識分子的心靈深處，有的恐怕已爬上了眉梢，那是「我們」所處的現實社會植入到「我們」身體內部的病毒，毒性不可小覷，發作起來是不以「守夜」為然的。更何況，「我們」要「守夜」就需要「夜行」的自由，品嘗了自由的好處還想把它延伸到白天去，然而社會需要「我們」「守夜」的原因卻首先在於維護社會的秩序，是不許亂走亂動的。社會對「我們」的需要並不以「我們」的自由、感受為基礎，與塑造秩序、等級的權力相比，「守夜人」的精神力量是微茫的，當然正因為此也是寶貴的。

　　這裏不揣淺陋想和王老師對照下我自己關於魯迅的定位。我曾摸索著提出魯迅的歷史定位，我稱之為「作為試毒劑的反諷者」。〔註20〕這說法自然是和王老師從自己的生活感受中直接提取出的「守夜人」這一生動的形象不能相提並論，我的定位僅僅是功能性的。我嘗試以古希臘社會以雅典為代表的城邦

〔註20〕 張克：《潰敗線的顫動——魯迅與中國文學的現代》，上海三聯書店 2011 年版，
　　　　第 239 頁。

文明出現危機時，蘇格拉底的出現及其特殊的思維方式與西方文明深刻的變遷這一關係相參照，來審視魯迅在中國歷史變動中的作用，這自然也是一種「援引某種精神資源看魯迅」的方法。對於蘇格拉底，意識到他的思維與歷史變遷之間的關係並做精深研究的是魯迅並不陌生的克爾凱郭爾，他稱蘇格拉底的思維方式為「反諷」，其精義是「通過提問而吸空表面的內容」，有著「無限絕對的否定性」。他認為在世界歷史的轉折點上必然會出現這種思維方式。我以為魯迅的思維方式，身處的歷史轉折處境都和蘇格拉底的情況有著相當的類似性，是可以相對照的。在寫作此文的過程中我在王老師著作裏發現到了一點類似的感觸，他在考察周作人評論《阿Q正傳》時提出的魯迅的「反語問題」時說，這「接觸到了魯迅語言風格的主要特徵，擴大開來，深入下去，就可以發展為『反諷』這個現代文論中的重要概念。似乎至今人們還沒有從『反諷』的意義上解讀魯迅及其作品的整體意蘊。」〔註21〕老實說，我在無意中恰恰是按照王老師描述的這個遞進的邏輯進入魯迅研究的，我的結論是：魯迅的歷史功能就是「作為試毒劑的反諷者」而存在的。「反諷」是他的思維方式，「試毒劑」是他的社會、歷史功能。其實，就是「試毒劑」，在王老師那裏也是可以找到相類的感觸的，例如王老師在魯迅作品中看到，「嚴格說來，魯迅所選取的人物典型主要不是以自身存在價值的大小和自身行為的優劣為基準的，在很大程度上他們只是封建思想環境的試劑，誰能在更充分的意義上試出這個環境的毒性，誰都有可能進入魯迅小說形象的畫廊。」〔註22〕魯迅與他作品中的人物尤其真誠的知識分子在精神上有著高度重合性，把這段話裏作品人物與環境的關係置換成魯迅與他所在的思想、社會環境的關係是同樣成立的。

　　我舉出自己關於魯迅的歷史定位與王老師的相對照，並非想謬託知己。王老師的「守夜人」更富詩性，也更溫暖，他對魯迅的情感也更寬厚。我的「作為試毒劑的反諷者」的說法拗口而冷冰冰，全無心肝，有些問題也沒想清楚，例如「辯證法」與「反諷」的異同。這大概是包括我在內的新一代研究者的問題之所在，王老師那一代的前輩由中國走向魯迅，我們卻是由魯迅走向中國

〔註21〕王富仁：《中國魯迅研究的歷史與現狀》，福建教育出版社2006年版，第32頁。
〔註22〕王富仁：《中國反封建思想革命的一面鏡子：〈吶喊〉〈彷徨〉總論》，北京師範大學出版社2000年版，第238頁。

的。在前輩們常懷著對魯迅的深情的時候,「我們」卻狠心地首先把魯迅當作一個問題,要經由對他的逼問才能探究我們並不深切瞭解的中國,這是很殘酷又令人慚愧的,但也別無選擇,因為魯迅是為數不多的不會欺騙我們的人,只好從他這裡下手。「把魯迅當作一個問題」自然有先天的不足,但也應該被接納為「我們怎麼看魯迅」的一種方法,我以為王老師會樂見這樣嘗試的,其他的前輩也不必深惡痛絕,因為我們同樣要接受「魯迅怎麼看我們」的詰問。

我當然也明白,在作為「試毒劑」試出社會思想處境的毒性這一功能上,和王老師一樣,「我們」都是「守夜人」魯迅的子嗣。這是充滿反諷的命運——「守夜人」的反諷,這自然是「我們」共同的悲哀,然而又何嘗不是「我們」共同的尊嚴,一個魯迅研究者的尊嚴。

錢理群：當代思想者的「典型」
——以《心靈的探尋》為中心

唐　偉*

　　稱錢理群先生為當代「思想者」，而不是「思想家」，是就錢先生的文學思想研究實踐特徵而言的—— 毋寧說，「思想者」本身就是錢先生 種自覺的角色定位。一般而論，「思想家」的稱謂，多少有點正統學究的意味。思想家的思想，意味著皓首窮經的求理盡性，講究艱深晦澀的概念演繹，和邏輯學理的謹嚴合縫。而這對以現代文學／魯迅研究起家的錢先生來說，類似這種思想家的思想，或並不是其一貫追求的研究旨趣。

　　在錢先生這裡，「思想」首先是跟「生命」聯繫在一起的，此說不僅意味著對其而言思想是一種有生命力的存在，同時也是跟每一個生命個體休戚相關。換言之，在錢先生這裡，思想不僅僅是那些學問家們的專利，是那種概念理性邏輯運作的自成體系，同時也是感性生命經驗的蓄積沉潛，是民間民眾的一種可能性資源。思想的這種區分，在錢先生這裡具體表現為「知識分子和民眾關係」的「歷史和現實的真問題」〔註1〕。質言之，思想者的思想與每一個真切思考在世存在、思考人的命運際遇的人有關——在這個意義上，我更願意把錢先生稱為當代思想者的「典型」。

一、「發現自我」：「作為思想探索起端的《心靈的探尋》」

　　在錢先生最近完成的「20世紀中國知識分子精神史三部曲」最後一部《歲

*　唐偉，男，文學博士，北京大學中文系博士後，主要研究方向為中國現當代文學。
〔註1〕錢理群：《我的精神自傳》，灕江出版社2011年版，第91頁。

月滄桑》之際〔註2〕，在他進入耄耋之年時，我們回頭來重讀錢先生的「處女作」《心靈的探尋》，顯得別有意味。這種別有意味，對錢先生自己而言亦同樣如此。就錢先生已有的寫作研究和思想軌跡來說，「作為思想探索起端的《心靈的探尋》」〔註3〕，其價值不僅在於是作者「自己最鍾愛」〔註4〕的一部，更在於具有確定無疑的原點（起點）意義。所謂「原點意義」是說，《心靈的探尋》不僅提供了錢先生後來學術研究的諸多面向和重要線索，讓作者自己「走出『文革』的陰影」〔註5〕，其思想脈絡的延伸賡續實際上也直接反映在了其後具體的寫作體例安排上：我們看到，《心靈的探尋》一書的「後記」，直接成了二十七年後那本《活著的魯迅》的「前言」，而《心靈的探尋》中的很多篇幅，事實也都多次出現在其後來的著述之中〔註6〕。

《心靈的探尋》之於錢先生的特殊意味，或不單是著作本身的某種「原點」意味，以及他此後寫作一再返顧的著作，同時也銘刻著該著成書年代的鮮明烙印。「謹獻給正在致力於中國人及中國社會改造的青年朋友們」，這一獨特的題獻標記，即帶有鮮明的「八十年代」色彩：解放思想，呼喚改革，倡言行動。正如錢先生後來所回顧的那樣，「在八十年代，主要是對於行動、實踐的呼喚。這突出地表現在我的第一部獨立的學術著作《心靈的探尋》裏。這正是八十年代所提出的問題。」〔註7〕從這一意義上說，《心靈的探尋》與八十年代形成了一種有趣的互證。就此而言，八十年代提供的那樣一個自由無拘的言說空間，同樣也是我們考察《心靈的探尋》思想學術價值時必須予以涵括考慮的一個結

〔註2〕2016 年，錢理群先生的《歲月滄桑》問世。此書是他在知識分子精神史領域沉潛十年的重要斬獲，也是「20 世紀中國知識分子精神史三部曲」的收官之作。2016 年 11 月 5 日下午，「錢理群教授新著《歲月滄桑》研討會」在北京大學人文社會科學研究院舉行，錢理群、趙園、陳平原、陳徒手、孫郁、賀照田、錢永祥、賀桂梅、高遠東、姚丹、張麗華等學者與會研討。

〔註3〕錢理群：《我的精神自傳》，灕江出版社 2011 年版，第 309 頁。

〔註4〕錢理群：《心靈的探尋》，北京大學出版社 1999 年版，第 319 頁。

〔註5〕錢理群：《我的精神自傳》，灕江出版社 2011 年版，第 23 頁。

〔註6〕以《學者、教師、精神界戰士》為例，作者在該文中回顧自己的研究估計與期待時，就徵引了《心靈的探尋》的引言：它既自尊，清楚自己的價值，又自重，絕不以否定或攀援別一種研究道路來換取對自己的肯定，那種「肯定」實際是對自己的辱沒；它更公開宣布自己的不足，因此也就為自己取得了一種開放的姿態。人們不但可以從這樣的研究中得到啟示，而且可以從其不足之處開始，進行新的更富有創造性的開拓。其研究的生命力恰恰也在於此。見《我的精神自傳》，灕江出版社，2011 年版，第 277 頁。

〔註7〕錢理群：《我的精神自傳》，灕江出版社 2011 年版，第 136 頁。

構性因素。從這一意義上說，青年錢理群實際上是以雙重的激情，即個性的激情與時代的激情的相互應和，對魯迅內在精神世界和思維結構進行了深度開掘，邁出了魯迅研究史上極具標誌性的一步。

據錢先生後來的交代，《心靈的探尋》的題獻背後，其實是有一個總體的魯迅觀作為支撐。錢先生從一開始就自覺地把魯迅看作「致力於中國人及中國社會改造」的思想者和文學家，並與實際從事中國人和社會改造的實踐者有著緊密的精神聯繫。當然，他同時也坦率地承認，這一研究思路並非他個人的獨創，據他回憶，王得後先生也說過類似的話：它是代表我們這一代人的對魯迅及「魯迅與我們」關係的一個基本看法的。換句話說，這種思路包含了錢先生那一代人對魯迅研究的一個基本看法，即把「魯學」看作是「人學」，看作是中國人和中國社會的改造之學。在此意義上，對青年錢理群而言，《心靈的探尋》可以說主要探討的是魯迅的「人學」。對魯迅「人學」的開掘，具體說來，就是作為「『個人』的魯迅與『民族精神代表』的魯迅，『人類探索真理的偉大代表』的魯迅」〔註8〕的三者的統一。

從「人學」的意義上說，魯迅，既是《心靈的探尋》的研究對象，也是錢先生發現自我的中介——非常值得玩味的是，《心靈的探尋》既沒有副標題的補充說明，也缺失一個顯在的對象主體明示（不是寫成「魯迅心靈的探尋」），這一隱微含混的修辭，本身即頗有意味。質言之，「心靈的探尋」這種標題形式設置，其實是攜帶了勘探研究者自身主體性的訴求在內。從這個意義上說，「魯迅在思考著中國普通人民的悲喜劇命運時，無疑也在思考著自己。魯迅在對中國普通人民說著『笑（哭）你們自己時』，無疑也在嘲笑著、哀憫著自己。魯迅的悲劇意識與喜劇意識，最後必然歸結為對自我的審視與歷史否定。」〔註9〕這一表述同樣適用於錢先生自己，也即他在思考魯迅精神世界和人生命運的同時，其實也是在反觀他自己。事實上，在書中，錢先生也毫不隱晦地表示，「在追求研究的客觀性的同時，又突出研究者主體的能動作用。」〔註10〕「不可能採取『隔岸觀火』的『鑒賞』態度，而必定要『自己也燒在這裡面』」〔註11〕，因此，研究過程也是一個「參預、創造的過程」〔註12〕。從「心靈的探尋」所

〔註 8〕錢理群：《心靈的探尋》，北京大學出版社 1999 年版，第 5 頁。
〔註 9〕錢理群：《心靈的探尋》，北京大學出版社 1999 年版，第 300 頁。
〔註10〕錢理群：《心靈的探尋》，北京大學出版社 1999 年版，第 13 頁。
〔註11〕錢理群：《心靈的探尋》，北京大學出版社 1999 年版，第 15 頁。
〔註12〕錢理群：《心靈的探尋》，北京大學出版社 1999 年版，第 15 頁。

蘊含的那樣一種雙重意義上說,《心靈的探尋》實際上是作者後來所謂研究追求「自我生命和學術的一體性」〔註13〕的發端。質言之,《心靈的探尋》既是錢先生對魯迅心靈的探尋,也是經由對魯迅心靈的探尋完成的對自己心靈的一次勘察追問。

在《心靈的探尋》所要面對的「魯迅心靈辯證法」〔註14〕這一研究任務中,青年錢理群條分縷析地將「魯迅的心靈」分解成「思維」、「心境」、「情感」、「藝術」等若干個單元。而仔細辯查,便不難發現,書中的每一個單元,事實上都直指「人」的根本問題。對青年錢理群而言,研究魯迅,「不是在學院中把他當作研究對象,而是把他當作引導者,首先學會怎樣做人,然後有體會,寫成書就是《心靈的探尋》。」〔註15〕「怎樣做人」即是發現自我、確立自我的過程。而無論是發現魯迅意義的自我,還是發現研究主體自身意義的自我,都不是一個輕鬆愉快的過程,恰恰相反,發現自我,認識自我,總是伴隨著諸多痛苦、掙扎甚至煎熬。對青年錢理群而言,發現他自身的自我過程則尤其如此,正如有論者敏銳地指出的那樣,「『毫無掩飾地揭示人的生存困境和分裂』構成了錢理群文學史觀念的核心部分,也是最有力度和厚度的部分。它把困境看成是歷史中的人的某種本體,因此困境也構成了文學史敘述中的固有成分。」〔註16〕「揭示人的生存困境」,不僅是錢先生文學史觀的一貫旨趣,也是《心靈的探尋》始終如一的努力。我們看到,在書中,「先覺者與群眾之間」、「改革者與對手之間」、「叛逆的猛士與愛我者之間」、「生與死之間」、「冷與熱」、「愛與憎」、「沉默與開口」等一系列章節,某種意義上說實際上都構成人的典型問題,揭示的既是魯迅精神世界的內在緊張與矛盾,同時也是青年錢理群自身的生存困境。這即是說,作為魯迅研究者的錢理群,把自身的生命經驗也刻寫在了分析魯迅的構設維度上,所以,青年錢理群探討魯迅心靈的辯證法,同時也是「探索20世紀我們民族思想、心理、情感發展的辯證法」〔註17〕,「我」即「我們」的一員。就此而言,作為《心靈的探尋》作者的錢理群,正如有論者指出的那樣,就「像黑塞筆下的那只『荒原狼』,整整一生,他將把全部想像的天才、全部思維能力用來反對自

〔註13〕錢理群:《我的精神自傳》,灕江出版社2011年版,第343頁。
〔註14〕錢理群:《心靈的探尋》,北京大學出版社1999年版,第9頁。
〔註15〕錢理群:《我的精神自傳》,灕江出版社2011年版,第7頁。
〔註16〕吳曉東:《錢理群的文學史觀》,《文藝爭鳴》1999年第3期。
〔註17〕錢理群:《心靈的探尋》,北京大學出版社1999年版,第7頁。

己。」〔註18〕

　　當然，以魯迅作為方法，只是《心靈的探尋》伴生的一個主題，且這一文本效果取決於讀者對作者經歷的瞭解以及具體的操作「讀法」，畢竟全書主要的研究對象是魯迅，而不是青年錢理群的傳記。對青年錢理群而言，以魯迅為中介的發現自我，並不是對自身生命經驗的整理，而首先意味著「回到魯迅那裏去」，意即是一個對魯迅解符號化的祛魅過程，如上所述，這對錢理群而言是一個歷史的反思和建構過程。但實際上，我們知道任何「回到魯迅那裏去」的企圖，都不可能做到完全徹底，其最終結果一般都弔詭地呈現為對歷史加密的尷尬悖論——如果說真存在那樣一個原點真實般的魯迅的話，那也只能是對魯迅自己而言，對所有的研究者來說，我們永遠不可能抵達那樣一個所謂真實的魯迅。因此，從這一意義上說，《心靈的探尋》提供的仍是一個錢理群式的魯迅，而這個錢理群式的魯迅，不僅跟毛澤東對魯迅的經典評價構成一種歷史對話，同時對錢先生自己而言意義重大。換句話說，通過《心靈的探尋》，我們在看到一個錢理群式的魯迅的同時，也看到了一個魯迅式的錢理群。也正是從這個意義上，錢先生在《心靈的探尋》再版後記中說的「也第一次發現了我自己」〔註19〕才顯得所言非虛。當然，如其所指出的那樣，這是「第一次」，但這第一次的發現自我或認識自我，讓一種思想成為可能。發現自我沒有止境，所以《心靈的探尋》也只是處女作而已。

二、歷史化的「思想」：在毛澤東和魯迅之間

　　按照今天的學術著作的框架規範和細則要求，嚴格說來，《心靈的探尋》並不算是一部「典型」的學術著作。按錢先生自己的說法，《心靈的探尋》的寫作是屬於「野路子」〔註20〕的那種（這也可以說是八十年代學術寫作的「通病」）。但而今視之，恰恰正是這種不循規範的「野路子」寫作，不僅讓錢先生發現魯迅、發現自我成為可能，同時也讓一種帶有當代形構的思想成為現實——從某種意義上說，「規範」恰恰是「思想」的天敵。這種由學術而思想的建構，對魯迅研究而言，始終是一種內在於研究自身的邀約——特別是在今天，當魯迅研究變得日益精細，日益建制化的時候，《心靈的探尋》所提供的經驗，

〔註18〕汪暉：《錢理群與他對魯迅心靈的探尋》，《讀書》1988年第12期。
〔註19〕錢理群：《心靈的探尋》，北京大學出版社1999年版，第319頁。
〔註20〕錢理群：《我的精神自傳》，灕江出版社2011年版，第275頁。

尤其顯得可貴：魯迅研究的尷尬之處在於，儘管都想把一個思想和學術的魯迅，從一種歷史化的庸俗政治性中搶救回來，但結果卻一再證明，所有的工作最終不過是為毛澤東的魯迅定位張目。

從上述意義上說，對今天的魯迅研究者而言，魯迅研究的學術萃取或思想習得，必定是對毛澤東魯迅定位的一種超越。但要超越毛澤東對魯迅的評價和定位，不僅是說需要回到 1940 年代的歷史現場，做一番細緻的梳理和辨識，同時也需要對毛澤東時代有一種切身的經歷和體認，唯此，所謂的超越或許才顯得真實，也才具有說服力。當然，這後一要求事實上是強人所難，但也正是在此，才需要我們特別注意，對毛澤東時代，我們後來的研究者們不能想當然地感情用事。而對青年錢理群來說，猶有意味的是，「毛澤東與魯迅長期以來都是我的精神支柱」〔註21〕。

而在《心靈的探尋》引言中，我們發現，青年錢理群最先回應的即是毛澤東的魯迅論，他認為毛澤東在《新民主主義論》做出的那個判斷，即「魯迅的骨頭是最硬的，他沒有絲毫的奴顏和媚骨，這是殖民地半殖民地人民最可寶貴的性格。魯迅是在文化戰線上，代表全民族的大多數，向著敵人衝鋒陷陣的最正確、最勇敢、最堅決、最熱忱的空前的民族英雄」〔註22〕，不僅「確切地反映了魯迅思想性格的實際，而且確切地反映了在民族救亡、奮起的四五六十年代，整個民族的歷史命運、要求與心理。」〔註23〕可見，青年錢理群大體上是認可毛澤東的論斷的，而需要進一步深化或反思的是，他認為毛澤東對魯迅的經典評價「重結果而不重過程」、「注重魯迅行動的堅決、勇敢，不注重魯迅在堅決、勇敢行動之前的猶豫與彷徨；注重魯迅對於民族的忠誠與熱忱，不注重魯迅對於民族的失望，對民族弱點的憎恨，以及由此引起的矛盾與鬥爭，等等」〔註24〕。從這個意義上說，稱《心靈的探尋》恰恰是從毛澤東對魯迅的經典評價那裏出發的並不為過。換句話說，《心靈的探尋》恰恰是想在魯迅的「過程」、「猶豫」等方面做文章。也正是從這個意義上說，如果我們承認毛澤東也是一位思想者的話，那麼對同時以毛澤東和魯迅為思想資源的錢理群而言，我們也就不難理解為什麼他的魯迅研究和《心靈的探尋》能獲具一種難得的思想性品質了。

〔註21〕 錢理群：《心靈的探尋》，北京大學出版社 1999 年版，第 316 頁。
〔註22〕 毛澤東：《毛澤東選集》，人民出版社 1966 年版，第 658 頁。
〔註23〕 錢理群：《心靈的探尋》，北京大學出版社 1999 年版，第 4 頁。
〔註24〕 錢理群：《心靈的探尋》，北京大學出版社 1999 年版，第 6 頁。

　　對青年錢理群而言，魯迅和毛澤東作為精神和思想資源，首先是基於這二者思想訴求的內在一致性，即他們對中國和中國人的深切思考和現實關懷：「大家同是 20 世紀的中國人，面臨著同樣的歷史任務——實現中國社會的歷史大變革」〔註25〕。這也即是說，儘管《心靈的探尋》在隨後的具體章節展開中並未提及毛澤東的論述，但事實上，錢理群的言述方式，很大程度毋寧說就是毛澤東式的。我們看到，在《心靈的探尋》一書中，青年錢理群總是時不時擺脫其作為一個魯迅研究者（學者）的身份，而想以一個當代中國人的身份直接對變革時代的中國發言：「現代中國在本世紀內就在這希望之流和絕望之流的激蕩、撞擊中艱難地前進著。只要改革事業還在中國這塊土地上繼續進行，這『希望與絕望交戰』的精神歷程就不會結束。」〔註26〕；「中國的改革要取得成效，就必須首先破除這樣的病態民族心理。而中國的改革一旦失敗，則必然是『改革一兩，反動十斤』」。〔註27〕這種帶有政論風格的表述，既是承接魯迅命題的邏輯發揮，也是對毛澤東思想實踐的一種歷史呼應。

　　而需要指出的是，儘管青年錢理群一開始即意識到毛澤東對魯迅評價的歷史化程度不夠充分，並且指出「魯迅一般不大談論自己思想（或某個判斷）的形成過程。」〔註28〕因而，他自然而然地就將自己的研究重心放在了對魯迅思想的歷史開掘上，我們看到，《心靈的探尋》一書隨處可見那種「歷史的追蹤與回顧」〔註29〕：從中國本土傳統資源，到西歐、蘇俄、日本等思想的旅行，作者對魯迅文學思想的形構做了立體深度的開掘——從這個意義上說，《心靈的探尋》無疑是對毛澤東論魯迅的繼承和深化，或換句話說，錢先生出色的研究，使得毛澤東的論魯迅有了一個紮實的學理基礎。但稍有區別的是，縱覽《心靈的探尋》全書，作者其實並未就魯迅思想的形成過程，進行那種考古式的歷史還原——這當然不是說《心靈的探尋》沒有歷史分析，而是說《心靈的探尋》不是那種歷史主義式的爬梳。從某種意義上說，這是由《心靈的探尋》的「寫法」決定的，或者說這是作者有意為之的寫作策略。正是對歷史化的自覺貫徹不那麼充分，或者說非學者化的個性激情壓抑了其歷史化的意圖，所以我們才看到，《心靈的探尋》中仍不免有很多非歷史化的表述：「這個人，有著最多的

〔註25〕錢理群：《心靈的探尋》，北京大學出版社 1999 年版，第 14 頁。
〔註26〕錢理群：《心靈的探尋》，北京大學出版社 1999 年版，第 56 頁。
〔註27〕錢理群：《心靈的探尋》，北京大學出版社 1999 年版，第 125 頁。
〔註28〕錢理群：《心靈的探尋》，北京大學出版社 1999 年版，第 87 頁。
〔註29〕錢理群：《心靈的探尋》，北京大學出版社 1999 年版，第 175 頁。

愛。」〔註30〕「幾乎魯迅的每一篇著作都是融古今中外為一爐，表現時間與空間的重疊，滲透與交融，是在無限開闊的全新的時空座標上展示人與人間的種種：時間——從古代直至未來；空間——從所在的生存空間伸向世界任何角落，以至宇宙，與幻想的非現實的空間」〔註31〕等等。換個角度來看，《心靈的探尋》不太充分的歷史化，究其根本，實際是錢理群作為一個思想者，其思想的「實踐性」部分地壓抑了「學術性」的一種結果。

從思想的「實踐性」特點來說，作為政治家的毛澤東、作為文學家的魯迅以及作為學者的錢理群，三者其實處在同一思想地平線上。換句話說，作為思想者的錢理群，跟毛澤東、魯迅一樣，「魯迅從來不將建立完善的體系作為自己追求的目的，他僅僅希望把自己的創造加入到人類思想、藝術發展歷史長河的流動過程中。因此，他絕不奢望自己思想藝術創造的凝固化。」〔註32〕在《心靈的探尋》中，錢先生在意的同樣也不是思想體系的完整和嚴密，而是看能將思想的「實踐」效能推進到哪一個程度。從這一意義上說，思想者的思想永遠在路上，矚目的是一種開放的未完成狀態。有意思的是，在多年之後，錢先生還真提出了一個「思想者與實踐者」分野的命題，並且坦陳，這是纏繞他近二十年的一個「理論及其實踐」問題。〔註33〕而實際上，錢先生的這個問題，從發生學的意義上說，恰是其兩大思想資源內部——即毛澤東和魯迅的一種結構性緊張關係的反映。

在錢先生看來，「思想者」與「實踐者」的辨析是必要的，「思想家與實踐家兩者的思維邏輯、方式、心理素質……各方面都是不同的：思想家要有想像力，要求思想的超前性，實踐家則更要有現實感，注重現實的可能性，理論要求徹底，實踐則不能沒有妥協……」〔註34〕值得一提的是，這只是一種類型學區分的必要，一種自我角色定位的擬設而已，並不是說現實中就存在這樣涇渭分明的分野——不存在沒有思想的實踐家，也不太可能有沒有實踐的思想家。錢先生區分「思想者」與「實踐者」的不同維度，事實上是對自我身份的一種調適。他坦言，這一思考既是《心靈的探尋》的延續，也是其對知識分子「是幹什麼的」，以及作為一個思想者或學者「能夠做什麼」的一個反思。由此，

〔註30〕錢理群：《心靈的探尋》，北京大學出版社1999年版，第205頁。
〔註31〕錢理群：《心靈的探尋》，北京大學出版社1999年版，第88～89頁。
〔註32〕錢理群：《心靈的探尋》，北京大學出版社1999年版，第33頁。
〔註33〕錢理群：《心靈的探尋》，北京大學出版社1999年版，第308頁。
〔註34〕錢理群：《壓在心上的墳》，四川人民出版社1997年版，第271頁。

他提出一個「還思想予思想者」的命題，並且坦承，這一思考路徑，「是從周作人的選擇中概括出來的」〔註35〕。換句話說，錢先生實際上是用周作人的思想資源在毛澤東和魯迅之間做了一種調和。

有意思的是，錢先生以周作人來調和毛澤東和魯迅兩種思想資源之間的張力，不僅使得自己的思想更圓融、更獨立，同時也讓自己的學術實踐和社會實踐更加明晰。換句話說，「還思想予思想者」不僅讓錢理群的思想變得更加自由純粹，同時也讓他的學術實踐變得更具社會性和操作性。我們看到，錢先生後來越來越傾向於「想大問題，做小事情」，比如以「思想者」的立場介入中小學語文教育改革等。從這個意義上說，以周作人來調和毛澤東與魯迅兩種思想資源，其產生的思想結果是，錢先生倒是越來越接近於沈從文一以貫之的一個思路，即沈所堅執的公民理想，「人到了八十歲，能做的事究竟有限，……在任何情形下，我總還能像個公民努力下去的！」〔註36〕換句話說，跟「從大處看從遠處想」〔註37〕、以「二十世紀公民」〔註38〕自任的沈從文一樣，錢理群是以公民身份超越了「知識分子和民眾關係」的二元對立，在一個更高的層面解決了其所謂的「歷史和現實的真問題」。

如前所述，儘管思想者未必要像正統意義的思想家那樣，輸出某種具有概念體系的學說，但作為思想者，必須對其置身的時代具有某種洞察力的穿透，才能配得上思想的榮光。錢先生近年來一個廣為人知的說法，是他對90年代以來的一些北人學生的一個犀利觀察，他將北大那種高智商，世俗老到，善於表演懂得配合，更善於利用體制達到自己目的的學生稱之為「絕對的、精緻的利己主義者」，由此，「精緻的利己主義者」一說，近年來在社會廣為流傳。錢先生所謂的「精緻的利己主義者」，一方面是他對中國當代青年、對某一特殊群體的中國人的獨特認識，另一方面，這一認識事實上也是借鑒了魯迅的思想資源，更準確地說，「精緻的利己主義者」跟魯迅所謂「善於變化，毫無特操，是什麼也不信從的，但總要擺出和內心兩樣的架子來」〔註39〕的「做戲的虛無黨」並無二致——至少，我們能在「精緻的利己主義者」一說中看到「做戲的

〔註35〕錢理群：《我的精神自傳》，灕江出版社2011年版，第309頁。
〔註36〕沈從文：《沈從文全集（第26卷）》，北嶽文藝出版社2009年版，第287～288頁。
〔註37〕沈從文：《沈從文全集（第17卷）》，北嶽文藝出版社2009年版，第349頁。
〔註38〕沈從文：《沈從文全集（第12卷）》，北嶽文藝出版社2009年版，第416頁。
〔註39〕魯迅：《魯迅全集（第三卷）》，人民文學出版社2005年版，第346頁。

虛無黨」的影子。而事實上，對魯迅「做戲的虛無黨」的關注，在最初的《心靈的探尋》一書中，其實就已初現端倪。

從魯迅「做戲的虛無黨」到錢理群「絕對的、精緻的利己主義者」，我們不僅可以看到一個魯迅研究者對魯迅思想的精準把握，更能見識到一個當代思想者的創造性發揮。而這種創造性發揮，不僅需要板凳坐得十年冷的長期浸淫和鑽研，更需要研究者對時代、對社會保持切身的參與和高度敏銳。就此意義而言，錢先生實際上也成了他自己所謂的「長期堅持的『典型現象』研究方法」〔註40〕的那樣一個「典型」：他以其自身的文學研究和思想探尋，不僅是現代文學研究界的「典型」，更是中國人文知識界這三十年來不可或缺的「典型」。也是從這個意義上說，「錢理群的精神色調，帶有很大的標本意義。」〔註41〕

結語：在路上的思想者

作為中國當代思想者的一個典型，錢先生至今仍在路上。而錢先生作為當代思想者「典型」的意義在於，他的學術研究從來沒有放棄過社會關懷和民間視野：由魯迅而現代文學，從現代文學到中國當代社會，在堅持學術底色的同時，錢先生始終不忘自己作為一個普通中國人的身份，而越到晚年，這種中國人意識則越來越自覺地趨近於一種公民身份。這點我們從錢先生的寫作面向也能看得出來：除了專業的現代文學研究，錢理群的學術實踐和思想探索，其實更多是放在了學院和書齋之外──特別是在他退休之後，去工廠講魯迅，跟中小學生講魯迅，跟「民間魯迅」交流互動，積極對話，他始終「目光向下」，「關注中國這塊土地上的大多數人的生存狀況」〔註42〕，「始終保持底層的、民間的獨立觀察與思考」〔註43〕。從這個意義上說，「心靈的探尋」這一最初的無主指涉，指向的不僅是魯迅、是他自己，也可以說是所有跟他同時代的中國人。

〔註40〕錢理群：《我的精神自傳》，灕江出版社2011年版，第344頁。
〔註41〕孫郁：《錢理群：在魯迅的背影裏》，《當代作家評論》2003年第1期。
〔註42〕錢理群：《我的精神自傳》，灕江出版社2011年版，第200頁。
〔註43〕錢理群：《我的精神自傳》，灕江出版社2011年版，第43頁。

貳、開拓者

論楊義的圖文文學史著
實踐與互文理論

李平、龍其林*

　　20 世紀末以來，圖文互文文學史著的出版逐漸成為文學研究界一道靚麗的風景線，一系列圖文並茂、印刷精美的互文性文學研究著作先後出版，並由此開啟了中國文學研究的讀圖時代。在這些從事中國文學圖文互文研究的學者當中，中國社會科學院學部委員、研究員、澳門大學中文系講座教授楊義先生是其中的資深圖文著作編纂者和倡導者，取得了豐碩的成果。早在 1992 年，楊義便開始了在中國文學研究中融會圖像與文字的嘗試。他在長達 10 年的中國現代小說史研究過程當中，閱讀了眾多中國現代文學期刊與著作，也發現和掌握了大量的圖像資料。在完成 3 卷本《中國現代小說史》後，楊義開始了圖文互文史著的編撰實踐。1992 年，楊義與中井政喜、張中良合作編纂中國新文學圖文研究著作，至 1995 年 1 月在中國臺灣出版《20 世紀中國文學圖志》，1996 年 8 月其大陸版《中國新文學圖志》也隨之問世。這部圖文互文研究著作出版之後，讀書界頓覺眼前一亮，一些老作家、老詩人、老編輯紛紛將其作為枕邊書，晨昏把讀。中國社會科學院前院長、著名歷史學家胡繩也兩度將之作為外出時的隨身書，從其中的報刊書籍中尋找生命痕跡。著名作家蕭乾將此書稱為「這將是文學史上一部曠世奇書，圖固然稀罕，更有嚼頭的是一篇篇短

＊ 李平，南京師範大學文學院博士研究生，保險職業學院講師，研究方向為中國現當代文學；龍其林，文學博士，廣州大學人文學院教授，研究方向為轉型期中國文化與文學。

文，相信下的工夫不下乎長篇的『作家論』」〔註1〕。一些報刊專門從中取圖作為欄目裝飾，某些中學名校的老師還推薦給學生作為新鮮的參考書。在此過程當中，楊義親自參與到研究著作的輯圖、排版工作，費盡心思編輯圖像、排版圖文，逐漸形成了自己對於圖文史著編纂的獨特經驗和理論總結。此後隨著《京派海派綜論（圖志本）》《中國敘事學（圖文版）》《中國現代文學圖志》《二十世紀中國小說與文化（插圖本）》《中國古典小說十二講（插圖本）》《中國古典文學圖志》等圖文研究著作的編撰，楊義的圖文互文理論有了很大的提升並得到實踐的檢驗，相繼提出了一系列引人矚目的圖文互文理論，這是國內學術界對於文學研究中的圖文互文規律所達到的認識高峰，富於文學史家的獨到發現，對於以後的中國文學圖文研究具有重要的啟示意義。

一、以圖出史與圖史互證

1932 年鄭振鐸的《插圖本中國文學史》出版，由此掀開了中國文學圖文互文研究著作的編纂時代。該書雖然標誌著插圖本文學研究史著浮出歷史地表，但也存在著不小的缺陷，其中尤為突出的問題是圖像只是文字材料的點綴與應證，圖像還缺乏主體性的地位。20 世紀 90 年代末之後，文學研究界出版圖文著作蔚然成風，但與鄭振鐸的《插圖本中國文學史》相似，許多學者編纂的圖文互文文學研究著作雖然做到了圖文並茂、圖像豐富，可惜未能充分肯定圖像在互文著作中的獨立地位和獨特價值。

楊義《中國新文學圖志》的出版在中國文學研究著作的出版史上具有重要的意義，這本著作與一般的圖文互文研究著作的根本性區別在於，作者開創了文學圖志這一文學史著的新形式，他不是將圖像視為文學研究文字材料的點綴，而是賦予了圖像史料以全新的地位與價值。楊義在《中國新文學圖志》中明確提出了圖像與文學史的關係，即「『志』為史之枝葉，應該是包羅萬象的」〔註2〕。以往的學者在進行圖文互文文學史著的編撰過程中，注意到了文學材料對於歷史發展所具有的價值，而忽略了圖像史料對於呈現歷史面貌、揭示歷史瞬間所具有的重要意義，因而缺乏從圖像透視歷史的自覺意識。而楊義所要追求的是從圖像史料出發，形成文學史著中的圖文對話，「以圖出史，以史統

〔註1〕引自張劍：《評新版〈中國現代文學圖志〉》，《中國現代文學研究叢刊》2009 年第 6 期，第 157 頁。
〔註2〕楊義主筆，中井政喜、張中良合著：《中國新文學圖志》，人民文學出版社 1996 年版，第 2 頁。

圖，便是本圖志獨特的思路了」〔註3〕。

以圖出史之所以成為可能，從根本上而言是因為出現在文學著作、期刊雜誌和報紙以及扇面、信箋中的圖像史料，既是作家當時思想與創作的體現，又是作家情感與心靈的折射，具有豐富的心理意味。圖像史料絕對不是沉默不言的僵死材料，而是有著獨特話語言說方式、色彩、情感、經歷的獨特存在，其中蘊藏著人們習焉不察的巨大信息。楊義很早就意識到，在現當代的不少文學作品中，作家本人參與到了插圖的選擇、圖文的配置甚至是圖像的繪製過程，因此圖像史料絕非冰冷的客觀材料，而是融匯了作家的感覺、心境、情感與思想，它以一種無言的存在姿態頑強地散發出豐富的人生、社會、文化信息。基於以圖出史的思路，楊義在分析南宋遺民詩詞的精神變異與絕望的時間體驗中，便極為注重輯錄能夠隱顯歷史的繪畫作品。在分析謝翱的詩歌創作時，楊義以《虞美人草詞》為例，指出其作品「詠物言志，寄託深遠，成為遺民詩別開生面的曲筆。它展示了一種忠貞的遺民精神現象：沉痛得變形，沉痛得怪異」〔註4〕。在為謝翱的詩歌論析尋找圖像史料時，楊義特意選擇了同為宋遺民的鄭思肖所繪的《墨蘭圖》。他在為《墨蘭圖》所做的釋文中，從以圖見史的角度精闢地解讀圖像的歷史意味：「淡墨繪蘭一叢，落筆簡逸，清雅有致。鄭思肖自署『所南翁』，題詩曰：『向來俯首問羲皇，汝是何人到此鄉。未有畫前開鼻孔，滿天浮動古馨香。』鄭氏舊傳著有《心史》，寄寓亡國之恨，畫蘭露根，隱喻根因亡國而失土。」〔註5〕以圖出史的理論將圖像史料提升到了與文字史料同樣重要的地位，認為二者均是原生態歷史現場的遺存物，飽含著耐人尋味的精神細節，透過圖像史料能夠見出特定時期的複雜社會面貌、人生經歷與文學表現。

以圖出史可以應用於易代之際、社會驟變的重要歷史時代，以此見出社會變動在作家心理和作品內容中的漣漪，也可以在和平時代、日常生活的表象之下見出作家的思想與道德觀念。在分析著名散文家朱自清的名作《槳聲燈影裏的秦淮河》時，楊義不僅詳細地分析了這篇散文的內容與創作心理，而且還別

〔註3〕楊義主筆，中井政喜、張中良合著：《中國新文學圖志》，人民文學出版社1996年版，第2頁。

〔註4〕楊義：《中國古典文學圖志》，生活‧讀書‧新知三聯書店2006年版，第324頁。

〔註5〕楊義：《中國古典文學圖志》，生活‧讀書‧新知三聯書店2006年版，第324頁。

具匠心地配上了俞平伯初泛秦淮河時贈給朱自清的明信片，上有俞平伯親筆題詩一首：「秦淮初泛呈佩弦兄：燈影勞勞水上梭，粉香深處愛聞歌。柔波解學胭脂暈，始信青溪姊妹多。」〔註6〕如果讀者熟悉朱自清的《槳聲燈影裏的秦淮河》，知道他與俞平伯遇到秦淮歌女時要求點唱曲子時的經歷及其不同心態，便能從俞平伯的題詩中真正理解朱自清在散文中對於自己拒絕歌女賣唱要求的心理矛盾，更能體會俞平伯與朱自清的不同價值觀念：朱自清受儒家傳統思想影響較大，認為儘管歌妓賣唱與妓女賣淫不同，但他依然受制於內心的道德律令，覺得歌妓以賣唱為生，應該得到世人的同情，倘若還有人以聆聽歌妓賣唱為樂則近乎狎妓了；俞平伯則不因傳統道德觀念的束縛而覺得心靈的重壓，他出於對歌妓們的同情而尊重、愛著她們，但也因為這種同情、愛著而拒絕了歌妓的賣唱，因為他覺得此時此地的聽歌是對於歌妓不夠尊重的表現。俞平伯題詩明信片的引入，為讀者把握朱自清、俞平伯兩人在秦淮河遊覽中的遭遇及其內心起到了很好的作用。

圖像史料固然是一個見史、證史的重要維度，但楊義並不滿足於此，他還力圖在圖史互證、圖像辯駁的方面做得更多。楊義不但在浩如煙海的卷帙中輯錄圖像史料，而且還在國內外的圖書館、博物館、歷史遺跡中進行搜集，將圖像史料與文字記載進行辯駁，在比較中發現背後隱藏的思想、圖史之間的矛盾及探索原因。如在分析元代大都作家紀君祥的雜劇《趙氏孤兒》時，楊義選擇了一幅《元曲選圖》中的《趙氏孤兒大報仇》，圖中的趙氏孤兒長大成人後英姿颯爽，騎著駿馬、手持紅纓槍，策馬直刺姦臣屠岸賈。楊義不僅以圖證史，更在圖像之中看到了背後的隱秘思想：「聯繫到趙宋王朝自稱是春秋晉國趙氏之後，屢為程嬰、公孫杵臼封爵立廟，徽、欽二帝被虜後，『存趙孤』具有拯救民族危亡的象徵意義。」〔註7〕在研究蒙古書面文學之祖《蒙古秘史》時，成吉思汗及其生平成為無法繞過去的內容。楊義對《蒙古秘史》的內容十分熟稔，認為「成吉思汗是此書中心人物，這一代天驕的英雄形象的創造，顯示了此書把握複雜的外在和內在的矛盾的美學魄力，以及汪洋恣肆的描寫力度」〔註8〕，

〔註6〕楊義、中井政喜、張中良：《中國現代文學圖志》，生活·讀書·新知三聯書店2009年版，第187頁。

〔註7〕楊義：《中國古典文學圖志》，生活·讀書·新知三聯書店2006年版，第404頁。

〔註8〕楊義：《中國古典文學圖志》，生活·讀書·新知三聯書店2006年版，第355頁。

但他秉持圖史互證的研究立場，對錄自成吉思汗陵的壁畫《成吉思汗降生圖》
與《蒙古秘史》關於成吉思汗的出生進行了印證與辨析：「《蒙古秘史》卷一說，
訶額侖在斡難河邊生下成吉思汗，孩子『生時右手握著髀石般一塊血』。握血
而生，是北方民族史詩中戰爭之神的標誌。但壁畫上握血的是左手，與秘史記
載不合。」〔註9〕楊義以成吉思汗陵中的壁畫與文學作品的敘述進行對照，讓
圖像在文字的燭照中開口說話，進而為探求歷史真相與神話傳說作出努力。在
文學研究圖文互文著作出版逐步成為時尚之際，楊義堅持著嚴肅的學術追求
與精益求精的圖像輯錄準則，他不以市民喜好為旨歸，以插圖博取大眾關注，
也不複製自我，沿襲既有的圖像資料，而是更新觀念、長年累月搜集各類圖像
史料，在不斷搜集、考證、辨析與嘗試中尋求著文學研究圖文史著的新突破。

　　楊義圖文互文研究的一大獨特之處在於，他不是將圖像史料引入文學研
究看作一種簡單的材料補充與點綴，而是將圖文互文視為一種新的文學史編
寫模式。圖像這一看似無言的材料實質包孕著巨大的歷史、文化信息，對於拓
展文學研究的維度、還原文學現場具有重要的價值。這種圖文文學史研究也對
學者提出了很高的要求。如果研究者自身的知識結構、文化儲備和藝術素養達
不到一定的程度，就很可能無法察覺圖像內在的隱秘信息，無法在圖史之間發
現突破口。在楊義看來，將圖文互文作為一種文學史編寫的方法對學者提出的
要求主要在於，研究者既需要不斷完善自身的知識結構、圖像史料儲備及觀念
更新，在跨學科的語境中看待圖像史料，又需要具有文獻學、裝飾學、繪畫史
的審美能力，能夠從不同角度對圖像史料的來源、作者及時代背景進行綜合考
察，以便於在文學史著編撰過程中適時選擇恰當的圖像史料並對其進行互文
性把握。不難發現，楊義的圖文互文文學研究之所以在文學研究界獨具特色，
顯然是與其給予圖像史料的定位、看待圖像的立場及研究經歷有著密切的關
係，更與他縱貫古今的文學史知識、橫跨不同學科的多元文化觀念息息相關。

二、圖史互動與得意忘言

　　楊義在長期的圖文互文史著的編纂和研究中，形成了對於圖像與文字、歷
史關係的動態認識。如果說一般的插圖本文學史強調的是圖像對於文字敘述、
歷史的一種補充說明的話，圖像更多只是具象化的歷史人物、文學作品或文學

〔註 9〕楊義：《中國古典文學圖志》，生活·讀書·新知三聯書店 2006 年版，第 356
頁。

思潮，那麼楊義的圖志本圖文互文實踐則凸顯了圖像史料與文字敘述、研究者之間的相互作用，圖像史料雖然不會直接表達觀點，但它們與文字敘述、研究之間存在著文化語境、精神感受的互動。因此在圖文互文研究著作中，研究者不應將圖像史料視為僵死的、冰冷的材料，而應該將其置於合適的圖文互文環境，使之與周圍的文字相互激活，能夠與文字和研究者形成一種互動關係。

楊義非常強調借助圖像史料激活研究者的思維方式，在發散的、動態的關係結構中形成新的文化語境。實現圖史互動的要點，在於選擇能夠產生諧振效應的圖像與文字，並以合適的方式使之在研究著作中得到體現。元散曲具有雜劇的情趣，對此現象進行分析時楊義選擇了揚州作家睢景臣的《般涉調·哨遍·高祖還鄉》套數進行內容把握，他指出作品借助民間喜劇的戲謔視角解構了官方的、史家的威嚴歌頌立場，揭示出劉邦昔日在鄉間派差擾民的實情。為與這段文學研究形成互動，楊義選擇了一幅明人劉俊所繪的《漢殿論功圖》以及專門的釋文進行勾連、對話。在《漢殿論功圖》中，只見劉邦坐於高聳大樹下的屏風前，身體前傾，似乎在和顏悅色地與大臣們談話。圖畫右下角的大臣們，或是持有笏板恭謹侍立，或是高興地向劉邦進言，呈現出一幅其樂融融的氣氛。這幅圖像所傳達的君臣融融、樂在其中的人物神態活靈活現，顯然與睢景臣在《高祖還鄉》中異類散曲的立場是矛盾的，但楊義恰恰選擇了這樣一幅圖像呈現出這種內在的衝突，其用意在於借助蕭穆的《漢殿論功圖》使之與民間散曲的視角形成交錯，產生一種新的看待真實歷史與文學敘述的視角：「『異類』散曲的民間立場，把正史的宏觀敘事投入到戲謔性的解構情境之中，迸射出深刻的意義火花。」〔註10〕將睢景臣的《高祖還鄉》、劉俊的《漢殿論功圖》並置在一起，可以形成圖史、圖文之間的多維度的互動，這種互動不是不同性質材料的雜糅，而是圍繞著相同事件進行不同立場思想觀念、不同領域史料的相互碰撞，避免了單一文學史敘述可能存在的定性化論調，從而在著作中敞開了一個值得反覆品味的思想、藝術空間。

圖像既是文學圖文互文研究的一個視角，一種方法，又是一種十分獨特的語言。作為歷史遺存物形態出現的圖像，可以看作是客觀歷史的結晶，也可以看作是主觀心靈世界的投射。張愛玲不僅小說、散文創作別具一格，她還喜歡自己創作插圖，這些繪畫作品成為如今人們理解張愛玲心跡的一個有效的切

〔註10〕楊義：《中國古典文學圖志》，生活·讀書·新知三聯書店 2006 年版，第 429 頁。

入口。在小說集《傳奇》增訂本的封面上，張愛玲畫了一個鬼影般的女子從窗戶俯瞰晚清時期一戶人家的居家生活圖；在散文集《流言》的封面上，張愛玲設計了一款整體寬鬆、衣袖碩大的服裝款式，並為集子繪製了時髦女郎、煙斗男子等插圖；在小說《心經》、散文《更衣記》中，張愛玲也繪製了諸多髮飾別致、不同著裝的妙齡女子。張愛玲繪製的這些圖像流動著她彼時鮮活的生活感覺、時尚的審美氣質甚至是驚世駭俗的內心期待，與張愛玲作品中的女主人公的形象頗為貼近，作家與小說形象、作家與插圖、小說形象與插圖在某種意義上實現了互相貼近、相互融合：「畫面極講究洋場仕女的髮型服飾的別致新潮，充溢著一種瀟灑脫俗的女才子的裝飾感、生命感和時髦感。這與她穿著《流言》封面那種超級寬身大袖、水紅綢子、特寬黑鍛鑲邊、右襟下如意圖案的擬古齊膝夾襖，出現在上演《傾城之戀》的劇場，其驚世駭俗的作風是一致的。」〔註11〕換言之，看似客觀的圖像史料其中可能包涵著作家有意的情感折射或是無意的觀念表達，這在一些作家自己創作的圖像作品中表現得尤為明顯，他們的立意、審美、趣味不但在作品中通過文字的方式得到形象的描繪，而且在繪畫、書法、雕刻等作品中有著更為細膩的直觀呈現。

為了達到圖史互動的效果，楊義在圖文編纂過程中十分注意選擇富於意味性的圖像史料。要使圖像開口說話，做到立象盡意，必須要處理好載體與喻體，即圖像、語言與思想之間的關係。其中的關係，恰如《周易略例・明象》中所說：「言者所以明象，得象而忘言；象者，所以存意，得意而忘象。猶蹄者所以在兔，得兔忘蹄；筌者所以在魚，得魚而忘筌也。然則，言者，象之蹄也；象者，意之筌也。」〔註12〕在長期的圖文互文著作研究實踐中，楊義形成了選擇最具意味性的圖像瞬間以及圍繞圖像、文學史敘述而撰寫的釋文點明旨趣的互文方式，從而將明象、存意及得意之間的內在關係串聯起來。

在總結宋人建構中國文化內核的道學、史學、文學、詩學四項系統工程時，楊義曾如此概括其文化生存狀態：「宋代的文化建設凸顯了一項基本的宗旨：『為天地立心，為生民立命，為往聖繼絕學，為萬世開太平。』這就使得在多民族的挑戰競強、碰撞融合中，有了一個眾望所歸的文化核心，不至於被紛囂的撞擊而憑空耗散，卻在互相調適和應對中趨向一個愈益宏大的文化共同

〔註11〕楊義、中井政喜、張中良：《中國現代文學圖志》，生活・讀書・新知三聯書店2009 年版，第 518 頁。
〔註12〕王弼：《王弼集校釋（下）》，中華書局1980 年版，第 609 頁。

體。」〔註13〕在選擇圖像時，楊義對宋代蹴鞠銅鏡一圖很感興趣。這幅宋代蹴鞠圖上有四人，中間兩人正在蹴鞠，其中一高髻笄髮女子右腳腳尖微翹，正在用腳顛球，球似落又起，不知方向；對面一男子正在防守，彎腰拱背，雙手下垂，似正緊張地判斷對方蹴鞠的方向與落點。兩人旁邊各有一人助興，左邊的這位似乎雙手緊扣，關注著這場蹴鞠；右邊一人則更是右手抬至胸前，身子將傾，儼然要投入比賽的架勢。這幅蹴鞠圖雖然畫面較為模糊，但以動作爆發的瞬間作為聚焦點，傳神地表現了蹴鞠這一運動在宋代社會的普及，不過蹴鞠圖似乎還是與宋代文化建構的主題相去甚遠。楊義結合宋代社會的政治、歷史，從宋太祖杯酒釋兵權的典故看取宋人的日常生活與文化政治，從中捕捉到了圖史之間隱秘的精神關聯：「高俅那種『鴛鴦拐』踢法，幾乎踢到了宋朝半座江山姑且不說，女子也踢起球了。這面銅鏡背面圖，是男女對踢，從遠處的假山圍牆和近處的荷花來看，這一幕發生在一個大戶人家的後園。腦袋大的球兒在高髻笄髮的女子尖腳上跳蕩，對面戴襆頭的男子躬腰防守，後面還有一男一女在助陣。宋代上層人士還是挺聽信宋太祖在杯酒釋兵權時的那番勸告：『不如多積金，市田宅以遺子孫，歌兒舞女以終天年。』」〔註14〕正是借助蹴鞠圖的具象，讀者對於宋代文化建構的精神追求有了可感的形象，再加上釋文的點撥，宋代士大夫群體歌兒舞女、積金市宅的生活方式以及背後的政治生態、殘唐五代兵連禍結的歷史及其教訓便鮮明地體現出來。

圖像並不是文字敘述的點綴，而是特定時期歷史經過與文化現場的遺存形態，本身即包含有豐富的社會、歷史、文化內涵，由圖像可以與歷史敘述形成一種文學研究的互動語境。在圖文互文文學研究實踐中，楊義不僅注重選擇唯物主義性質的圖像史料，以印證文學歷史的客觀存在，而且還特別留意稽錄形象展現時代語境、文化心理和作家情感的視覺資料，在互文著作中努力鍛造著一個充滿多種對話可能性的內在文化空間。

三、更新觀念與點石成鐵

楊義在長期的編纂實踐中逐漸清晰地意識到圖像史料對於中國文學研究所具有的重要意義，要開拓圖像史料的主體地位和文學史價值，就必須不斷更

〔註13〕楊義：《中國古典文學圖志》，生活·讀書·新知三聯書店 2006 年版，第 519 頁。

〔註14〕楊義：《中國古典文學圖志》，生活·讀書·新知三聯書店 2006 年版，第 519 頁。

新研究者的思想觀念，將圖像史料從僵硬的、無言的處境中解放出來。傳統中國的雜文學觀在近代以後逐漸讓位于源自西方的純文學觀，這是文學觀念的重要轉變。傳統雜文學的範疇十分廣泛，文學是文獻典籍的代名詞，並不存在一種獨立於社會、歷史、文化之外的單獨的文學學科。進入近代社會後，中國學人在變法圖強的過程中接受了西方的純文學觀念和體系，有力地推動了中國文學學科的建設與對於文學審美屬性的凸顯。但在這個過程中中國文學獨特的文學魅力與文化特質被稀釋了，割裂歷史、社會語境研究文學文本的傾向得到蔓延。意識到這個問題後，楊義倡導以大文學觀重新看待中國文學，他在圖文研究中不僅關注著純文學範疇的圖像史料，如書影、照片、插圖、手稿等，而且還從地域、民間、考古、繪畫等角度搜集圖像史料，在雜文學觀念中還原中國文學的發生現場。

楊義提出在圖文互文研究中擴大圖像史料的搜集範圍，不僅注重圖書館的紙質材料，而且還注意搜集帶有更強實感和田野信息的圖像資料。正是因為將文學圖志學當做專家之學，所以楊義在從事文學研究的過程中格外留意博物館、田野中的圖像資料。在《中國古典文學圖志》《中國現代文學圖志》等書中，楊義不僅使用了壁畫、地圖譯本、扇面、書影、漫畫、劇照等紙質的圖像史料，而且還選擇了來自田間的諸多地理圖像史料，其中有不少圖像資料即為他本人拍攝，如宋陵神道石雕、岳飛雕像、李清照園、石湖書院大門、吐魯番交河故城遺址、鵝湖書院、辛棄疾墓、忻州野史亭、墨池、紹興沈園、曾文定公祠等等，將圖文研究與雜文學觀的視野結合得極為緊密。楊義認為必須走出書店、圖書館等純文學觀念中圖像史料的來源處所，而代之以走向民間和田野文學的雜文學語境，文學圖志研究才能真正做得紮實、大氣。

在一些圖文互文文學研究著作中，研究者多喜歡使用作者頭像、書影等簡單、直觀的資料，卻並未花費精力從事原始圖像史料的搜集與整理，多襲用常見圖像，論著在圖像輯錄方面缺乏新意。在楊義看來，造成這種現象的根本原因在於缺乏求新、求變的意識，只有盡可能地掌握原始圖像史料，學者的圖文研究才可能有創見，並走向厚重。在掌握足夠多的原始圖像史料之後，研究者在選擇和使用圖像史料時也要注意通過研究者的悟性點撥，使圖像與文字材料能夠形成新的語境，新的發現，從而達到點石成鐵的圖文配置效果。當然這並不意味著只有全部佔有原始材料才能夠進行圖文的配置及研究，即便是一些常見的圖像史料也能夠成為圖文編纂中的重要資料來源，選擇與否的一個

關鍵在於研究者是否能夠對於圖像形成新的發現，是否能夠在圖文配置中創造一個前所未有的新的語境。張愛玲的小說集《傳奇》增訂本使用了作家本人繪製的圖像，在楊義的研究中，原始圖像與張愛玲重新設計的圖像之間的差異隱含著重要的文化信息。原圖中的婢女用手拉著繩子以帶動風扇，而屋頂上的鋼架被刪除了，扇葉的圖像也被截走，偌大的牆壁上不見了原來的畫像，而多了一條從屋子上面落下來的燭奴，窗戶半卷的竹簾被一個裸體蒙面的綠色鬼形居高臨下地憑欄窺探。楊義意識到這個改變絕非出自偶然，而是與張愛玲的身世、觀念以及時代語境有著根本性的關聯，女性鬼影的出現象徵著現代文明對於一個傳統家庭的進入與影響，充滿著一種變動不居的惶惑感與危機感，常見的閨閣寂寞主題被置換為具有現代性意味的場景。「歷史語境與現時現實的意義鏈條通過文學的『幻夢』絞纏在一起，於是，真實現狀和受到遮蔽的歷史情形，便因文化遺傳或投影而活靈活現起來」〔註15〕。經過楊義的點撥，一幅常見的小說集《傳奇》增訂本封面具有勾連晚清與現代、傳統與西方的意義，這是於尋常圖像史料中見出大文化、大歷史的精妙發現。

　　楊義是 20 年來一直致力於中國文學圖文互文法研究的著名學者，他的圖文互文編纂覆蓋了從古到今的文學研究，為學界創造了賞心悅目、新見迭出的圖文互文學術著作，同時他還對自己長期的圖文互文文學研究的經驗進行了理論總結，為此後的圖文互文文學研究和文學史著的編纂奠定了紮實的基礎。楊義的圖文互文文學研究和文學史著編纂，涉及到諸多學科的交叉與許多根本性的文學命題，已產生持續性的廣泛影響，對他的圖文互文實踐進行全方位的總結，將有助於中國文學圖文互文研究與文學史編纂以及出版傳播的發展。

〔註15〕萬蓮姣，黃宗喜：《20 世紀中國文學市場化中的「文化審美過濾」》，《湘潭大學學報（哲學社會科學版）》2016 年第 6 期，第 95 頁。

史學視野裏的《中國新文學史編纂史》
——兼論黃修己先生的治學風範

劉衛國、王金玲*

　　在中國現代文學研究的第二代學者中，黃修己先生先以文學史編纂享譽一時，其著作《中國現代文學簡史》《中國現代文學發展史》別具特色、引人注目，後以學科史研究著稱於世，其著作《中國新文學史編纂史》體大思精、堪可傳世。評述黃修己先生的後期代表作《中國新文學史編纂史》（以下簡稱《編纂史》），總結黃修己先生的治學經驗和特色，或許可為當下中國現代文學學科的發展和新一代學人的成長，提供某些啟示。

　　黃修己的《編纂史》目前已出版兩次，1995 年由北京大學出版社出版第一版，2007 年出版修訂後的第二版。第一版出版後，樊駿稱讚該書「為 20 年代初以來的中國現代文學史的編寫工作作了全面深入的回顧總結，是一部不可多得的學術著作」﹝註1﹞。《編纂史》第二版出版後，袁國興稱該書「既是在清點近一個世紀的新文學史編纂『家當』，也是在從中尋找編寫新文學史的正道和坦途」﹝註2﹞，並肯定其實證精神對建立規範的學術秩序的現實意義。洪子誠曾說：「《中國新文學史編纂史》就是一部嚴謹、紮實的著作。非常注重材

料的搜集、整理、辨析。這是第一部總結中國新文學研究史的專著。」〔註3〕
前人的評論非常精當，但仍給後人留有著手空間。本文試圖從史學視野、用史
家規範考察《編纂史》。

眾所周知，劉知幾曾有「史家三長」之說，他在回答「為何古今文士多而
史才少」這一問題時說：「史有三長：才、學、識，世罕兼之，故史者少。夫
有學無才，猶愚賈操金，不能殖貨；有才無學，猶巧匠無楩柟斧斤，弗能成室。
善惡必書，使驕君賊臣知懼，此為無可加者。」〔註4〕他強調三種素質集於一
身，才能做個「良史」。後來，章學誠在《文史通義》中，又對這一問題做了
補充，他說：「記誦以為學也，辭采以為才也，擊斷以為識也」〔註5〕，又添加
了一個史德，「能具史識者，必知史德」〔註6〕，這樣就變成了「四長」。梁啟
超的《中國歷史研究法》對這「四長」又專門進行了解釋。劉知幾、章學誠和
梁啟超，他們都是針對治歷史學而提出的要求，但文學史，是兼具「文學」和
「歷史」兩種品格的，黃修己先生曾對文學史進行過界定，他說：「文學史是
一門交叉學科。既然是『史』，當然屬於史學，是史學中的專史類；但既以文
學為研究對象，就要以一定的文學理論為依據，運用文學批評的方法，所以又
屬文學。在文學與史學二者之間，我個人偏向於當前強調文學史的史學特徵，
把它放在史學的座標系中來考察一番。」〔註7〕所以，「史家三長」或者「史家
四長」這一要求，同樣適用於文學史研究。本文試圖運用「史家四長」說，對
黃修己先生的《編纂史》進行評價，並從中歸納黃修己先生的治學風範。

一、史學

一切真正的學術研究，必須以紮實的史料工作為基礎為前提。傅斯年曾
說：「史學便是是史料學。」〔註8〕這話雖然說得有點絕對，但對於治史來說，

〔註3〕洪子誠：《問題與方法：中國當代文學史研究講稿（增訂版）》，北京：生活・
　　　讀書・新知三聯書店 2015 年版，第 32 頁。
〔註4〕（宋）歐陽修、宋祁：《新唐書》第 15 冊第 132 卷，中華書局 1975 年版，第
　　　4522 頁。
〔註5〕（清）章學誠撰、葉瑛校注：《文史通義校注》，中華書局 2014 年版，第 205
　　　頁。
〔註6〕（清）章學誠撰、葉瑛校注：《文史通義校注》，中華書局 2014 年版，第 205
　　　頁。
〔註7〕黃修己：《文學史的史學品格》，《中國現代文學研究叢刊》，1991 年第 3 期。
〔註8〕傅斯年：《傅斯年全集》第 2 卷，湖南教育出版社 2000 年版，第 309 頁。

史料的重要性，肯定是第一位的。

　　黃修己先生在《編纂史》第一版後記中曾講到搜集史料的過程：「寫作過程中，尤其在收集資料時，得到許多朋友的幫助。這裡要特別感謝中國社會科學院文學研究所譚家健研究員、河南大學任訪秋、劉增傑教授、北京大學商金林副教授和遼寧大學中文系資料室吉平平先生。吉先生曾提供他們編的《中國文學史版本概覽》供我參考，我本擬將那個《概覽》的現代部分收入本書，只因內容與我的設想有別，才由我自己編了個新文學史著的編目；但仍要感謝他的巨大幫助。我的研究生周華、陳詠芹、談靜、劉衛國等，也幫我收集、核對有關資料。為幫助我寫作而寄贈大作或資料的，有屈毓秀、潘頌德、姚春樹、張毓茂、朱德發、曾慶瑞、徐瑞岳、熊威、楊義、朱壽桐等。這裡一併向他們致以誠摯的謝意！」〔註9〕

　　黃修己先生的這部著作寫於 1990 年代初期，當時沒有搜索引擎，沒有購書網站，圖書館互借不方便，複印費也很貴，搜集史料不像現在這樣方便，要付出很多時間、金錢和精力，非常艱辛。正如第一版後記中所說，黃修己先生動用了很多關係來找史料。筆者在第一版出版前曾幫助黃修己老師做新文學史著編目。當時該書共評述了 173 部文學史，涵蓋了附驥式文學史、專史、文體史、思潮史、流派史、地區性文學史、階段性文學史、多民族文學史、通俗文學史、港臺版文學史、中外文學交流史、女性文學史、兒童文學史等，範圍寬廣。從時間上來說，從 1922 年開始，一直到 1993 年，收錄了 71 年的文學史書目。第一版出版後，黃修己先生感覺在史料上仍有遺漏，繼續不懈地尋找史料。筆者曾聽黃修己先生講他在北京國家圖書館發現草川未雨的著作《中國新詩壇的昨日今日和明日》的經過，黃修己先生那種如獲至寶的神情，至今筆者仍記憶猶新。在編纂史第二版中，黃修己先生又補充了好多史料。黃先生曾說：「什麼叫做學問，做學問就是要會證明，手裏要有資料，越過硬的越好。」〔註10〕黃修己先生認為，資料就是做學問的「乾貨」，有乾貨的著作才有學術價值。《編纂史》就是一部有「乾貨」的著作。

　　當然，僅僅收集史料並沒有大功告成，還得熟悉史料、精通史料，深諳每一份史料的優劣長短。黃修己先生在北大學習工作了 32 年，受到了很好的學

〔註9〕黃修己：《中國新文學史編纂史》，北京大學出版社 1995 年版，第 564 頁。
〔註10〕黃修己、張均：《「乾貨」、證據和理論、闡釋——黃修己先生訪談錄》，《新文學評論》，2012 年第 1 期。

術訓練。他在求學階段就大量翻看第一手材料,「我的許多同輩同行,治現代
文學都是從看《新青年》開始的,從 1915 年創刊,一本一本的往下看,直看
到它停刊。然後看《新潮》、《每週評論》、《小說月報》、《創造》季刊……,力
求儘量多佔有第一手資料,為此下過工夫,吃過苦。」〔註11〕除此之外,黃修
己先生還在 1980 年代初期以一己之力編寫了《中國現代文學簡史》,可以說,
他對現代文學的史料相當熟悉。這充分體現在《中國新文學史編纂史》的寫作
中,比如,黃修己先生在評價王哲甫的《中國新文學運動史》時,除了介紹該
書的優缺點之外,還指出該書的一些史實錯誤:「如述蔣光慈的小說,以《短
褲黨》為其前期代表作,而將《少年漂泊者》、《鴨綠江上》兩書歸入後期創作。
又如評丁玲的短篇小說集《一個女人》,將胡也頻所寫的《少年孟德的失眠》,
誤為丁玲的作品。」〔註12〕黃先生還指出王哲甫此書對陳衡哲小說編排的不合
理,並如數家珍地列出陳衡哲小說發表的年份。如果不是精讀史料,對文學史
實相當熟悉,是很難發現此書中的這些細節錯誤的。

　　黃修己先生還非常重視注釋。《編纂史》第一版在評述唐弢先生主編的三
卷本《中國現代文學史》時,專門指出:「特別要提出的,該書重視史料,也
表現在某些注釋中。從中可以看出作者們做學問的認真態度。」〔註13〕之後
又寫了三大段文字舉例說明。黃修己先生自己在撰寫《編纂史》時,也非常
重視注釋。比如《編纂史》第二版第一章寫附驥式文學史時,寫到:「帶著新
文學尾巴的中國文學史著,在建國以前還真不少,如蔡振華的《中國文藝思
潮》(世界書局,1935 年),楊蔭深的《中國文學史大綱》(商務印書館,1938
年)等等,不必一一列舉。」〔註14〕雖說「不一一列舉」,但黃修己先生此處
還是加了一個注釋,列舉了 5 部文學史。〔註15〕這種對資料的竭澤而漁,體

〔註11〕 黃修己:《生於戰亂,長於動亂》,見《我的「三角地」》,廣西師範大學出版社
　　　　2006 年版,第 78 頁。
〔註12〕 黃修己:《中國新文學史編纂史(第二版)》,北京大學出版社 2007 年版,第
　　　　37 頁。
〔註13〕 黃修己:《中國新文學史編纂史》,北京大學出版社 1995 年版,209～210 頁。
〔註14〕 黃修己:《中國新文學史編纂史(第二版)》,北京大學出版社 2007 年版,第
　　　　11～12 頁。
〔註15〕 黃修己先生列舉出的五部史著分別是黃懺華的《近代文學思潮》(商務印書館,
　　　　1924 年),趙祖抃《中國文學沿革一瞥》(上海光華書局,1928 年)、周群玉
　　　　《白話文學史大綱》(上海群學社,1928 年),胡雲翼《中國文學史》(上海北
　　　　新書局,1932 年)、容肇祖《中國文學史大綱》(北平樸社,1935 年)。

現了嚴謹的治學態度。在介紹陳子展 1929 年出版的《中國近代文學之變遷》時，黃修己先生寫到，「在《變遷》一書中，他明確提出近代文學是從 1840年鴉片戰爭後開始」〔註16〕，並在這句話後加了一個注釋，解釋說：「史學界最早把鴉片戰爭作為近代史開端的，是李鼎聲（平心）1933 年的《中國近代史》。」從這一個細節可以看出，黃修己先生除了熟悉新文學史的情況，對史學界的一些動態也有掌握。嚴耕望曾說過：「為要專精，就必須有相當博通。各種學問都當如此，尤其治史；因為歷史牽涉人類生活的各方面，非有相當博通，就不可能專而能精。」〔註17〕黃修己先生的《編纂史》，是「專精」與「博通」的交融。

　　黃修己先生求學階段受到了很好的學術訓練，積累了大量史料，之後又獨自撰寫文學史著，1984 年出版了《中國現代文學簡史》，1988 年出版了《中國現代文學發展史》，自身又很注重史學理論的學習（他的兩版《編纂史》後面分別列出史學著作 15 部和 14 部），無論是從材料積累、編寫經驗還是理論準備，都體現出良好的史學素養。

二、史才

　　梁啟超說：「史才專門講作史的技術。……要做出的歷史，讓人看了明瞭，讀了感動，非有特別技術不可。此種技術，就是文章的構造。」〔註18〕黃修己先生的《編纂史》，也是一部有史才的著作。

　　梁啟超將史才分為「二部」，一是組織，二是文采。所謂組織，就是「把許多材料整理包括起來」，其中又分二事，即剪裁與排列。梁啟超認為，剪裁，要「去其渣滓，留其菁華」。而「中看不中看，完全在排列的好壞」。〔註19〕

　　剪裁中有一個取捨與詳略的問題。《編纂史》涉及到 173 部文學史，要把這 173 部史著的內容一一列舉介紹，估計很少有人看，因為看起來會太累。黃修己先生不是採取「平均主義」的方式，而是有所「取捨」有所「詳略」。如第一編介紹 1949 年以前的編纂實踐，因為當時處於文學史編纂的實驗階段，材料相當珍貴，黃先生就詳細介紹這一時期的文學史，共寫了 41 部文學史，

〔註16〕黃修己：《中國新文學史編纂史（第二版）》，北京大學出版社 2007 年版，第 8 ～9 頁。

〔註17〕嚴耕望：《治史三書（增訂本）》，上海人民出版社 2016 年版，第 7 頁。

〔註18〕梁啟超：《中國歷史研究法》，上海古籍出版社 1998 年版，第 167 頁。

〔註19〕梁啟超：《中國歷史研究法》，上海古籍出版社 1998 年版，第 168 頁。

其中有 6 部是僅僅在注釋中提了一下，對其他 35 部則是從內容到優缺點及其對後來的影響，都介紹得相當詳細。對於 1949 年之後的編纂實踐，黃修己先生則是擇其在當時有影響者進行介紹和評價，沒有平分筆墨，在無關緊要的著作上浪費文字。

排列也是組織的一大難題。黃修己先生採取了類似於司馬遷在《史記》寫作中所用的「專傳」、「合傳」和「附傳」方法。書中收入的 173 部文學史，有 8 部是用單節的篇幅進行寫的，也即是「專傳」，其他的是合在一起寫的。行文過程中，穿插著比較的手法。同類或同時期的文學史放在一起進行比較，比如拿陳子展的《中國近代文學之變遷》與胡適的《五十年來中國之文學》相比較，指出：「關於文學革命運動的史實，與胡適《五十年》沒有什麼差別，只多了胡適寫《五十年》時尚未發生之事。《變遷》的特殊之處，在於對五四文學革命必然性的分析。」〔註20〕運用比較的方法，把有相似之處的文學史放在一起分析，不僅在篇幅上節省了空間，而且有助於突出文學史自身的特點，呈現文學史演進的脈絡。黃先生還使用了「復現法」，就是某一部文學史會重複出現，作為重點章節時會重點提及，在其他地方則是一現而過。如李何林的《近二十年中國文藝思潮論》，在第四章《抗戰以後的進展》中，做了詳細介紹，但在第九章《現代文藝思潮、流派史的編纂》，因為這部書的開創意義，黃先生又重提一下，只是很簡略，是為了勾畫出現代文藝思潮史編纂的來龍去脈、發展過程。王瑤的《中國新文學史稿》也不斷地被提到，如第五章《新學科，新課程，新教材》中，用一節的篇幅來講，主要介紹該書的內容和成就，以及對朱自清治學傳統的繼承。到第六章《新文學史著作的政治化》，又用了一節來講，但主要是講出版總署的座談會對王瑤著作的批判，同時也揭示出王瑤著作的缺陷：一方面披著政治的外衣，另一方面又客觀記敘文學自身的特徵。通過這種前後勾連的復現法，整部書的整體特徵呈現出來了。

關於文采，梁啟超認為，文采的要素很多，最重要的兩件是簡潔和飛動。所謂簡潔，就是要求「章無剩句，句無剩字」，所謂「飛動」，是要求文章「好像電影一樣活動自然」，「事本飛動而文章呆板，人將不願看，就看亦昏昏欲睡。事本呆板而文章生動，便字字都活躍紙上，使看的人要哭便哭，要笑便

〔註20〕黃修己：《中國新文學史編纂史（第二版）》，北京大學出版社 2007 年版，第 9 頁。

笑」。〔註21〕

　　黃修己先生在撰寫《編纂史》時，追求語言的簡潔，《編纂史》第一版用
46 萬字篇幅描述和總結 71 年的新文學史編寫過程，已經算簡潔了。不過，他
仍嫌不夠簡潔，雖然該書的第二版增寫了較多內容，卻從 46 萬字刪減至 37 萬
5 千字，行文的簡潔化，不言而喻。

　　至於飛動的文采，《編纂史》中比比皆是。如，黃修己先生在介紹王瑤的
《中國新文學史稿》的史料價值高，收入的作家作品數量大時，說了這樣兩句
話：「曹聚仁在香港曾經譏笑王的《史稿》為『一叢草』。如果這叢草未經燒荒
或者動物的踐踏，那就可能還保有草原的風姿，其觀賞價值可能是很高的。」
〔註22〕「一叢草」本來是貶義，意為雜草叢生，經黃先生這麼一說，倒是變成
了生機勃勃的資源庫了。這種反其道而說的機警的比喻，著實令人耳目一新，
眼前一亮。在評價唐弢的《中國現代文學史》時，寫到：「與那些短期內急速
編就的教材不同，『唐弢本』拖延了十幾個年頭，像棵老樹一樣，既有粗壯的
老幹，也有嬌嫩的新枝，身上打著一圈一圈的年輪，記錄著个同時間學術上的
風雲變幻。」〔註23〕用形象化的語言描述出「唐弢本」文學史產生的艱難，以
及歷史留在它身上的複雜烙印。又說：「它的出版，如 山高聳，向其後面望
去，它雄踞於諸峰之間，似有一覽眾山小的感覺。然而站在其前面的人，抬頭
望來，既感其高大，又不敢稱風景這邊獨好。」〔註24〕黃修己先生對「唐弢本」
文學史是相當推崇的，書中用很大筆墨寫其注重史料、實事求是、注釋詳實、
態度客觀等優點，但同時，「唐弢本」文學史又擺脫不了那個時代的政治之風
和學風，黃修己先生也對此深表遺憾，就用了這樣的兩個比喻，既能體現「唐
弢本」的文學史處境，又表達了他的惋惜之情。學科史著作因為其專業性，最
容易寫得乏味，讓外行人看得昏昏欲睡，但黃修己先生的這部著作，語言非常
生動。即便外行看來，也會覺得有意思。

　　因為黃修己先生的史才，《編纂史》一書顯得詳略得當，組織井然，語言

〔註21〕梁啟超：《中國歷史研究法》，上海古籍出版社 1998 年版，第 171 頁。
〔註22〕黃修己：《中國新文學史編纂史（第二版）》，北京大學出版社 2007 年版，第
　　　　88 頁。
〔註23〕黃修己：《中國新文學史編纂史（第二版）》，北京大學出版社 2007 年版，第
　　　　122 頁。
〔註24〕黃修己：《中國新文學史編纂史（第二版）》，北京大學出版社 2007 年版，第
　　　　126 頁。

簡練，偶有機警的比喻，頗具可讀性。學術著作能做到這樣，很不容易。

三、史識

梁啟超說：「史識是講歷史家的觀察力。……觀察要敏銳，即所謂『讀書得間』。旁人所不能觀察的，我可以觀察得出來。」〔註25〕嚴耕望先生則說：「看人人所能看得到的書，說人人所未說過的話」〔註26〕。能觀察到旁人所不能觀察的，說出旁人所未說過的話，就是「史識」。黃修己先生相信：「中國新文學史雖然只是文學學科中的一個小部門，一隻小麻雀，但如果解剖得好，也有可能找到歷史科學和文學研究的某些特性、某些規律。」〔註27〕我們不敢說黃修己先生已經在《編纂史》中找到了某些特性和某些規律，但《編纂史》確實做到了「看人人所能看得到的書，說人人所未說過的話」，這就是，它從歷史中提煉出一些概念模型，可以很好地概括歷史、評價歷史，這表現的正是卓越的「史識」。

《編纂史》第一版提煉出文學史的兩種類型：「描述型」與「闡釋型」。

黃修己先生認為，描述型的文學史，注重史料，繼承了實證學風，作者的評論較少，態度較為客觀，而闡釋型的文學史，評論較多，著重借史料來表達自己的看法。這兩個概念看似平凡，但黃修己先生用這兩個概念觀察歷史，得出了不平凡的發現。他發現，1949 年以前的文學史編纂，描述型的比較多，如朱自清的《中國新文學研究綱要》，就是整理歷史的著作，就事論事，個人發揮較少，是描述型文學史的代表。1940 年 1 月，毛澤東的《新民主主義論》發表，對 1940 年代的文學及文學史寫作產生了重大影響，周揚的《新文學運動史講義提綱》開始接受《新民主主義論》的影響，描述性的成分變少，闡釋性的成分加強。而王瑤先生的《中國新文學史稿》，處於從描述型向闡釋型轉換時的尷尬地位。對王瑤進行批判之後，新文學史出現了急劇政治化的傾向，蔡儀的《中國新文學史講話》、丁易的《中國現代文學史略》、張畢來的《新文學史綱》、劉綬松的《中國新文學史初稿》，都是典型的闡釋型的文學史，文革期間，闡釋型的文學史更是風靡一時。直到 1979 年，唐弢的《中國現代文學史》第一卷問世，才恢復了描述型的文學史面貌。而在 1980 年代的思想解放

〔註25〕梁啟超：《中國歷史研究法》，上海古籍出版社 1998 年版，第 164 頁。
〔註26〕嚴耕望：《治史三書（增訂本）》，上海人民出版社 2016 年版，第 23 頁。
〔註27〕黃修己：《中國新文學史編纂史（第二版）導言》，北京大學出版社 2007 年版，第 10 頁。

大潮中，闡釋型的文學史再度興起。用這兩個概念，黃修己先生非常圓滿地解釋了 70 年來文學史著編纂的變化過程。回頭再看，能「發明」這兩個精當的概念，表現了黃修己先生卓越的史識。

趙園說：「為了學術發展，需要不斷尋找具有解釋力的理論資源，而避免隘陋——『隘』指眼界，『陋』指見識。」〔註28〕黃修己先生在《編纂史》第一版出版後，沒有停止思考，而是不斷調整認識，尋求更有解釋力的理論資源。在《編纂史》第二版序言中，黃修己先生又揭示出新文學史編纂中的兩種學術傳統：「當著中國走向現代社會，中國的學術也發生了現代轉型後，一方面是胡適、魯迅等第一代學者們不同程度地繼承了漢學傳統，這對於現代學術的形成、發展作用甚大。而另一方面，出於社會變革的要求，又在西風吹拂之下，新的學術必然具有新的因素，這很突出地表現在對理論的重視上。」〔註29〕關於第一種傳統，黃修己先生認為，朱自清的《中國新文學研究綱要》集中體現了這一傳統，這就是注重實證、實事求是、平實樸素、學以致用的傳統。朱自清的治學傳統傳到他的學生，如王瑤那一代人，再傳到王瑤的學生如樊駿、孫玉石等。而唐弢和他的《中國現代文學史》編寫組共同制定的原則，也充滿著傳統漢學的氣息。在文革中成長的一代學者中，解志熙繼承了這一傳統。關於第二種傳統，黃修己先生認為，李何林的《近二十年中國文藝思潮論》表現出很強的主觀性，周揚的《新文學運動史講義提綱》已經可以看出他想站在新的理論高度，用新的思想闡釋新文學運動的意圖。李、周等治文學史的風格顯出與朱自清的明顯區別。他們不滿足於比較客觀地弄清並鋪敘史實，想要把史實與某種主觀的見解或某種理論聯繫起來，用理論來照亮史實，用史實來證明理論見解。建國以後，經過對王瑤《史稿》的批判，這條路線成了新文學史編纂中的主流，並且走向極端化，從「以論帶史」發展到「以論代史」。

應該說，用「兩種學術傳統」來解釋新文學史編纂中的現象，比起用「描述型」和「闡釋型」這兩種類型來解釋更為精確。因為在「描述型」和「闡釋型」的背後，分別有兩種學術傳統在支撐，揭示出兩種學術傳統，可以說挖到了根源。由此我們又可以看到，黃修己先生不斷深入思考，逐漸逼近了歷史的真相。

〔註28〕趙園：《思想·材料·文體——治學雜談之一》，見趙園：《想像與敘述》，北京師範大學出版社 2015 年版，第 316 頁。

〔註29〕黃修己：《中國新文學史編纂史（第二版）導言》，北京大學出版社 2007 年，第 7 頁。從語法來說，「當著」似乎應改為「當」。

　　或許有人以為黃修己先生對這兩種學術傳統會揚此抑彼，但黃修己先生其實一視同仁，他認為：「我們撰寫文學史，大概也有兩條思路，或『我思故史在』，或『史在促我思』，前者是先有個對歷史的看法，然後依照這一看法整理史實；後者則從整理史實入手，在這一過程中受到客觀史實的觸動、促發而產生某種認識，形成某種見解、理論。」黃修己先生強調指出：「從思想開始，或從史實開始，這兩條路線都是允許的：只要從史實入手的能不被史實所淹沒，能注意消化、提煉、抽象、昇華，由此而產生出理論；從思想開始的能十分尊重史實，小心求證，既能夠經過證明而肯定、豐富某種思想觀點，又敢於把不能得到證明的思想否定掉、或修正之。那麼，通過這兩條不同的思路，研究家、編纂者都有可能接近歷史的真實，作出比較切合實際的評價，提出比較可靠的結論來。所以，我們指明新文學史編纂中曾經有過的這樣兩條路線、兩種傳統，並沒有要肯定、推崇某一種，否定、反對另一種的意思。」〔註30〕黃修己先生對待兩種學術傳統的態度是公允的，看到了各自的優點和缺點，並對每一種學術傳統都提出了更進一步的要求。這裡所顯示的識見，顯然是高超的。

　　黃修己先生從文學史編纂的實際出發，提煉出極具解釋效力的概念模型，不僅有助於深化人們對文學史的認識，還對人們如何做學問有一種方法論的啟示意義。

四、史德

　　章學誠在「史家三長」之外添加了一個「史德」，他在《文史通義》中說：「德者何？謂著書者之心術也」〔註31〕，又說：「蓋欲為良史者，當慎辨於天人之際，盡其天而不益以人也。」〔註32〕章學誠的意思是說，著史者心術要正，不要為了一己之私利而違背天道之公正。著史者心術不正，寫出來的往往是「穢史」。如《北史・魏收傳》中說：「收頗急，不甚能平，夙有怨者，多沒其善。每言：『何物小子，敢共魏收作色！舉之則使上天，按之當使入

〔註30〕黃修己：《中國新文學史編纂史（第二版）・導言》，北京大學出版社 2007 年版，第 9～10 頁。

〔註31〕（清）章學誠撰，葉瑛校注：《文史通義校注》，中華書局 2014 年版，第 205 頁。

〔註32〕（清）章學誠撰，葉瑛校注：《文史通義校注》，中華書局 2014 年版，第 206 頁。

地。』……於是眾口喧然，號為『穢史』」。〔註33〕魏收在著史時，泄私憤，報恩怨，評價有失公正，這就違反了史德。

在學術史編纂中，因個人恩怨褒貶失當這種情況可能較少出現，但要做到評判公正，也並不容易。陳寅恪先生曾說：「凡著中國古代哲學史者，其對於古人之學說，應具瞭解之同情，方可下筆。蓋古人著書立說，皆有所為而發。故其所處之環境，所受之背景，非完全明瞭，則其學說不易評論，而古代哲學家去今數千年，其時代之真相，極難推知。吾人今日可依據之材料，僅為當時所遺存最小之一部，欲藉此殘餘斷片，以窺測其全部結構，必須備藝術家欣賞古代繪畫雕刻之眼光及精神，然後古人立說之用意與對象，始可以真瞭解。所謂真瞭解者，必神遊冥想，與立說之古人，處於同一境界，而對於其所持論所以不得不如是之苦心孤詣，表一種之同情，始能批評其學說之是非得失，而無隔閡膚廓之論。」〔註34〕陳寅恪先生這段話，說的是研究中國哲學史需注意的事項，但對於研究中國現代文學史同樣適合。在中國現代文學史研究中，存在著一種由來已久的戰鬥傳統，研究者往往抱持著一種論戰心態，對他人的作品進行苛酷評價。黃修己先生在撰寫《編纂史》時，對新文學史的編寫水平有清醒的認識，認為總體水平不高，但對具體作者和著作評價時，採取「瞭解之同情」的態度和相對寬容的評價標準。如寫到譚正璧的《新編中國文學史》時，指出它的缺陷是「完全否認五四文學在思想內容方面的根本性變革」〔註35〕，同時，又指出造成這種缺陷的原因：「當然，這種認識上的缺陷，並非譚個人獨有的。其來源，其實是左翼文藝界。」〔註36〕他又列舉了陸侃如、馮沅君的《中國文學史簡編》，指出此書的觀點與譚正璧的觀點相同。黃修己先生通過對相似觀點的對比和歸納，把個人和時代勾連起來，分析時代思潮對人的影響，從而避免了對單個人的苛責，體現出他評價的寬容性原則。又如，王豐園的《中國新文學運動述評》受左翼思潮的影響，採用幼稚的階級分析法給作家定位、評述文學，以現在的認識來看，可謂是漏洞百出，黃先生卻發現了書中

〔註33〕（唐）李延壽撰，《北史》第七冊卷五十六，中華書局 1974 年版，第 2031～2032 頁。

〔註34〕陳寅恪：《馮友蘭中國哲學史上冊審查報告》，收入陳寅恪《金明館叢稿二編》，生活‧讀書‧新知三聯書店 2001 年版，第 279 頁。

〔註35〕黃修己：《中國新文學史編纂史（第二版）》，北京大學出版社 2007 年版，第 12 頁。

〔註36〕黃修己：《中國新文學史編纂史（第二版）》，北京大學出版社 2007 年版，第 12 頁。

的閃光之處,舉出他對劉半農的分析很有啟發意義,並總結說,王豐園雖然缺乏從整體上把握一段歷史的能力,「但他的書中可能在這裡、那裏,也有智慧之光在閃爍著」〔註37〕。

樊駿曾經批評說:「這一苛刻的總體估計與實際描述分析中評價偏寬偏高的傾向,形成了明顯的反差」〔註38〕,黃修己先生表示:「樊先生對本書稿的主要批評意見,是評價的標準偏寬。我完全贊同他的意見,贊同目前中國新文學史編纂的整體水平還不高的判斷,這還要靠我們大家今後的努力,共同為提高新文學研究水平而繼續奮鬥。」〔註39〕不過黃修己先生在修訂出版第二版時,依然保持著偏寬的評價標準,這不是因為他聽不進批評意見,而是他堅持史德的表現。中國新文學史編纂的整體水平確實不高,但不應苛責學者,每個人都克服不了自身的局限性和時代的局限性,他們以自己的努力為文學研究做出了一定貢獻,無論好壞,存在已成事實,我們可以從中總結經驗,吸取教訓,學習歷史是為了照亮未來,而不是苛責過去。如在評論1957年7月出版的由復旦大學中文系現代文學組學生集體編著的《中國現代文學史》時,黃修己先生嚴厲批評了其觀點的「黨派性」,即以作家與黨的關係的親疏遠近來安排作家成就的高低,並且批評了該書斷章取義、歪曲篡改史實的作風,認為歷史在他們手裏「已經完全失去自己的獨立品格,只是隨著去散佈、渲染、誇大政治冤案」〔註40〕。儘管如此,黃修己先生站在歷史的高度上,又對當時的整體風氣作了評價,在反右運動中,「青年學生缺少歷史知識的經驗,當然很容易地成了追隨者,他們也是受害者」〔註41〕,黃修己先生用歷史的眼光去分析背後的原因,「不必責怪某幾個學者,那時的主導的學術思潮就是這樣的」〔註42〕。正是這種對人物的「寬容」,才使得黃修己先生跳出具體的「就事論事」的狹隘理解,總結出了歷史的教訓。

〔註37〕黃修己:《中國新文學史編纂史(第二版)》,北京大學出版社2007年版,第43頁。

〔註38〕樊駿:《關於學術史編寫原則的思考——從黃修己〈中國新文學史編纂史〉談起》,《文學評論》1998年第4期。

〔註39〕黃修己:《中國新文學史編纂史》,北京大學出版社1995年版,第565頁。

〔註40〕黃修己:《中國新文學史編纂史(第二版)》,北京大學出版社2007年版,第116頁。

〔註41〕黃修己:《中國新文學史編纂史(第二版)》,北京大學出版社2007年版,第116頁。

〔註42〕黃修己:《中國新文學史編纂史(第二版)》,北京大學出版社2007年版,第109頁。

　　當然，對於優秀成果，《編纂史》也不吝惜讚美之詞。不過，黃修己先生的讚美表面上說的是個人，但實際上針對的是時代和風氣。如評楊義的《中國現代小說史》：「僅從這三卷本的《小說史》來看，楊義的古代文學、外國文學的知識面比較寬闊，學識較高；在抽象思維能力和文字表達能力上，也都是相當強的。這使他的著作不僅佔有大量資料，是迄今記述小說家和小說作品最多的一部小說史，而且在理論上也達到很高水平，新見迭出，斐然可觀。」〔註43〕黃修己先生之所以熱烈褒揚楊義的這部著作，是因為他在楊義身上看到了第三代學人崛起的希望：「楊義是建國後培養的大學生，打倒『四人幫』後入中國社會科學院念研究生，師從唐弢。每個時代學術上出類拔萃的人物總是少數，他們是那個時代學術水平的代表。新文學研究界要想提高在現代學術界的地位，就要多出幾部能夠代表當今學術最高水平的好作品。毫無疑問，楊義的《小說史》已成了這一時期最受學術界關注、影響頗大的新文學史類專著。」〔註44〕又如，黃修己先生在《編纂史》第二版序言中表揚瞭解志熙：「他們中間很出色的一位，清華大學的解志熙教授，在他的名著《美的偏全》（上海文藝出版社，1997年）的扉頁上寫道：『現代文學研究要想成為真正的學術，必須遵循嚴格的古典學術規範』。如果沒有猜錯，他說的『古典學術規範』應該就是梁啟超說的『正統派』的治學規範。他發出這樣的感慨，想來不是無的放矢，明顯地是針對當前學術研究中的問題而發。《美的偏至》一書是為我國文壇上的唯美主義立傳的。對我國有沒有唯美主義的流派，可以各持己見，不求統一，但西方唯美主義對我國新文學有著相當的影響，則是沒有疑義的。解先生這部書充分證明這種影響的存在，對這個以前不具確定性的問題作了結論。該書搜求之細緻、史料之豐富，幾乎竭澤而漁，也可以說是『應該這樣做學問』的實例。他們這一代人是熱中於發表自己的獨見、創見的，這是很大的優點，但如果沒有像解先生這樣下苦功，獨見、創見缺少足夠事實的支持，那也只是大膽假設甚至不過一廂情願而已。解先生碩士階段在河南大學師從任訪秋、劉增傑，挾中原厚重、求實的學風進京，博士階段在北大師從嚴家炎教授，進一步受實證方法的訓練，才養成了他現在這樣的學風。看了解志熙的著作，頗讓

〔註43〕黃修己：《中國新文學史編纂史（第二版）》，北京大學出版社2007年版，第155頁。
〔註44〕黃修己：《中國新文學史編纂史（第二版）》，北京大學出版社2007年版，第155頁。

人生薪火殘存、餘脈未絕的感慨。」〔註45〕這裡讚揚的是解志熙，但實際上讚揚的是解志熙身上所代表的那種實事求是的學風。《編纂史》的讚美之辭，並不給人溢美之感，原因也許就在於此。

可以說，黃修己先生在《編纂史》中，準確把握了批評和讚美的尺度，這源於其史德的公正。

結語

目前，中國現代文學史研究已陷入一種比較迷茫的境地，新一代學人中一些人感歎找不到前進的方向和效法的榜樣。為此，我們需要從學科史研究中尋找啟示。首先需要確立中國現代文學史的學科性質，中國現代文學史已經不屬於活生生的文學現象，已經積澱為歷史，既然已經冠名為史，那它就和現代政治史、現代經濟史一樣屬於史學，既然屬於史學，就可以而且應該用史學上的一些要求，比如「史家三長」或「四長」，來要求研究這門學科的學者。增進中國現代文學史研究者在史學上的修養，就成為當務之急。作為一名研究者，在史學上，應該熟悉中國現代文學史的史料，努力做到專精與博通的結合；在史才上，鍛鍊文字組織能力，提高文字表達水平；在史識上，爭取從歷史材料中提煉出概念或理論；在史德上，培養一種公正評判的精神。

在這個時候，重溫《中國新文學史編纂史》，感受並學習黃修己先生的「史家四長」與治學風範，無論對於中國現代文學史研究的繼續發展，還是對於新一代學人的成長，或許都是不無裨益的。

〔註45〕黃修己：《中國新文學史編纂史（第二版）導言》，北京：北京大學出版社 2007年版，第 6 頁。

參、運動者

「重返」作為一場運動
——程光煒「重返八十年代」學術再認知

張麗鳳*

程光煒以全方位掃描的方式對當代文學的研究現狀給以分析，以審視和反思的視角提出「重返八十年代」文學的主張。在「重返」的過程中充分顯示了其作為一個文學史家的自覺性，同時也閃現著其思辨的哲學思維及理論訴求。在他以及由他牽頭而形成的學術團體通過對「重返八十年代文學」的學術思考及實踐，逐漸形成了頗有影響的學術運動或思潮。

一、程光煒「重返八十年代」的觀點及其理論影響

從上世紀 90 年代開始，程光煒放棄了詩歌批評和研究，轉向小說研究和中國現當代文學史，其之所以發生這種學術轉向，除了其個人學術學理性的拓展，還與其轉向前個人的經驗緊密相關。1998 年由洪子誠先生牽頭選編《九十年代文學書系》，程光煒負責詩歌部分編選了《歲月的遺照》，該書出版後在詩壇引發了非常激烈的爭論。1998 年沈浩波發表《誰在拿 90 年代開涮》一文嚴重質疑詩歌編選的狹隘和偏見，並對詩歌的審美趣味、評論家的關注視野以及詩歌集的編選與出版提出質疑，「誰能代表 90 年代詩歌」成為詩歌界關注的焦點，並由此引發了 1999 年下半年的「盤峰論爭」，論爭過程中雙方的情緒化與功利心使得這次論爭並沒有取得多少學術的建樹，但卻在世紀末這一歷史性的時間點上暴露出民間寫作和知識分子寫作之間的分裂。雖然程光煒回憶說「這場『論劍』對我個人來說，是很大的情感傷害」，但這顯然也為他學術

＊ 張麗鳳，文學博士，廣東財經大學講師，主要從事中國現當代文學研究。

關注點轉型帶來了契機。他在《找回一個權威》的文章中特別提到「權威」問題，並對「政治權威」、「文化權威」、「國際漢學界的權威」做了分析，表明其對歷史敘述「權力」的一種關注。程光煒學術轉向的另一個契機發生於 2000 年跟著洪子誠老師做「十七年文學」時，他敏銳地發現洪老師在「十七年文學」中當事人身份帶來的歷史現場感。於是決定在歷史中找尋到自己的精神來路，於是回到新時期文學「重返」承載著他青春影響著他「認識裝置」的「八十年代」就成為其研究的切入點。

「重返八十年代」作為方法是「重返」過程中的一種共識。程光煒在一開始就特別對為什麼將「80 年代」作為建立當代文學史研究的整體性的出發點做出解釋，他認為對當代文學六十年來說，「『80 年代』是『牽一髮動全身』的一個歷史制高點」，連接了「十七年」的終結與「90 年代」的開始，因此期望通過對「80 年代知識」的清理與反省，提煉出有價值的線索，通過對斷裂的追問、反思和研究而發現建立「當代文學六十年」研究之「整體性」的可能性〔註 1〕。正是在這一「共識」的基礎上，賀桂梅充分肯定了程光煒 80 年代作為「方法」的思路，不僅是一種「『今日之我』與『昨日之我』乃至文學記憶與知識批判、歷史體驗與現實感知之間的對話」，同時還為不同研究路徑之間的對話提供「方法」：「不同研究思路間的關係理解為主體間的關係」，使得「80 年代」成為 60 年整體視野中的新的交流平臺〔註 2〕。這種「方法論」意識其實暗示著一種學術抱負，即「不僅僅是對於 80 年代文學的一般性的學術研究，而是通過『歷史化』的方法，為當代文學學科提供具有『範式性』的問題和思路，並通過集中的研究把這些問題和思路『固定』，從而為中國當代文學研究的『學科化』打下學理化的基礎」〔註 3〕。

「重返八十年代」帶有強烈的問題意識。正如加藤三由紀在評述程光煒、李楊、王堯等人關於八十年代文學研究時特別指出，「對中國八十年代的關心包含在當下的問題意識中」〔註 4〕。程光煒對當代文學進行了全面掃描，認為當下的問題有三個方面較為突出，一是當代文學研究呈現的批評化狀態。「當代文學已有近六十年的歷史，已經是現代文學存在時間的兩倍。它是否要『永

〔註 1〕程光煒：《研究的共識》，《文藝爭鳴》，2010 年第 1 期。
〔註 2〕賀桂梅：《80 年代作為「方法」》，《文藝爭鳴》，2010 年第 1 期。
〔註 3〕楊慶祥：《「80 年代文學研究」的方法論意義》，《文藝爭鳴》，2010 年第 1 期。
〔註 4〕加藤三由紀：《重讀八十年代文學——以「重返八十年代文學現場」為根據》，《當代作家評論》，孫放遠譯，2010 年第 1 期。

遠』停留在『批評』狀態，而沒有自己的『歷史化』的任務？〔註5〕」通過對
20 世紀 80 年代的文學史的掃描，程光煒發現這個時期的文學史大多是「通過
『文論化』（也即『批評化』）的研究方式建立起來的」，「一大批『文學批評
家』，成為了事實上的『文學史家』，他們的觀點、主張、設想和結論，『理所
當然』地成為了當代文學史研究成果和結論」。文學史「並沒有發揮『過濾』
文學創作、批評和雜誌等『現場因素』的職能」，而對批評家感性化的文學感
受採取了完全認同的態度，從而造成了當代文學研究中的「批評化」思維。第
二個問題是「認同式」研究的情況嚴重。這種「認同式」研究又分兩種，一種
是大學課堂上的講授和研究都「無意識」地受「歷史結論的強有力控制」而產
生的「認同」，一種是對別人研究方法的「認同式」研究。無論哪一種「認同」，
顯然都會導致研究的雷同與無效，缺少研究者的個人性。三是現代文學「本質
論──中心說」的學科思維「板結化」對當代文學研究的影響。當代文學學科
問題的研究，是在以「90 年代語境」和「現代文學研究」為參照和討論對象的
基礎上進行的，因此當代文學能否通過一個被預設的「五四」和「魯迅」來完
成是很大的問題，尤其是當代文學學科該如何面對和理解它漫長歷史中的「社
會主義經驗」顯然是其必須面對的問題。正是針對當代文學學科研究中存在的
問題，程光煒審慎地提出「討論式」研究，即不光以文學的「歷史」為對象，
還以「已有成果」為對象；警惕對研究者的立場做「本質化」設定，強調自足
的話語方式，同時注重不同研究者「百花齊放」的狀態〔註6〕。

　　正是由於對歷史敘述權威的思考，再加上受到海登・懷特《後現代歷史敘
事學》的影響，有感於其中歷史是可以被敘述的理論，而萌發出「我們為什麼
不自己來做這個『敘述者』？」的想法，並受到了李楊的積極回應。於是 2005
年開始，在中國人民大學帶著博士生開始「重返八十年代」，做當代文學史的
清理工作。2006 年和李楊一起開闢「重返八十年代」的專欄，嘗試通過將八
十年代歷史化和知識化，以「挖掘在八十年代知識建構過程中被遺失、壓抑或
被扭曲的一些元素，重視被遺忘或被改寫的知識和思想──通過重新理解八
十年代的文學與政治的關係，解讀當下中國的文學與政治的關係，進而思考文
學的位置和意義。〔註7〕」

〔註 5〕程光煒：《當代文學學科的「歷史化」》，《文藝研究》，2008 年第 4 期。
〔註 6〕程光煒：《當代文學學科的「歷史化」》，《文藝研究》，2008 年第 4 期。
〔註 7〕程光煒，李楊：《重返八十年代：主持人的話》，《當代作家評論》，2006 第 2 期。

　　因此，主張「八十年代文學」研究的「歷史化」和「非本質化」是其「重返」的重要觀點。在具體操作過程中，程光煒提倡借助福柯的知識譜系學對研究對象給予「歷史化」的清理，「我的 80 年代文學研究首先是從自我知識的清理開始，接著下來，當然會涉及到我們這代人思想和知識的清理。〔註8〕」通過清理「回到歷史的複雜性裏面去」〔註9〕。他所提出的「歷史化」，是一種強調以研究者個體歷史經驗、文化記憶和創傷性經歷為立足點，再加進「個人理解」並能充分尊重作家和作品的歷史狀態的一種非常具體化的工作〔註10〕。正是在這種歷史化的意識下，他認識到「現代文學」的文學史意識是在「80 年代」形成的，「對於王富仁、錢理群、趙園等締造了『現代文學』文學史意識的一代學界『新人』而言，『80 年代』既是他們『告別』的年代，又是其『新生』的年代」，正是這種「告別」與「新生」的影響，他們要拒絕「左翼文學建構中國現代文學史的歷史邏輯」，「用 80 年代所理解的『五四傳統』（主要是它『反封建』和『個性解放』的那部分內容）來敘述另一個新的中國現代文學史」。並由此發現「最近幾年出版的許多各類當代文學史和研究著作中，都明顯貫穿了『現代文學』這種處理『當代』歷史問題的思路和方法」〔註11〕。所以，程光煒做出的清理看似是對歷史知識的清理，實際上是要發現歷史被建構的邏輯，尤其是處於一個樞紐位置的「80 年代」是如何被建構並影響了其前後歷史的建構。「80 年代的文學史」是「精英文學（或說『純文學』）對其他文學樣態的『話語霸權』。〔註12〕」今天對「80 年代」的再建構則又受到各種利益關係的驅使，如通過對有關 80 年代的暢銷書《八十年代訪談錄》在生產過程中的多種複雜關係的剝離，發現「這本因『反省歷史』而名世的書籍，正在以『出國名人』精神和知識的優越感、『歷史回敘』中的『自我精英化』、『歷史親歷者』的無意識助銷、插圖與特權階層子弟的秘密互動等複雜成分，強行進入今天關於 80 年代的敘事」〔註13〕。

〔註 8〕楊曉帆，虞金星：《當代文學研究的「歷史化」研討會紀錄》，《文藝爭鳴》，2010年第 1 期。

〔註 9〕何晶，李虹霖，王笑：《程光煒重返八十年代　尋找精神來路》，《羊城晚報》，2013 年 7 月 8 日

〔註10〕程光煒：《當代文學的「歷史化」》，北京大學出版社，2011 年版。

〔註11〕程光煒：《歷史重釋與「當代」文學》，《文藝爭鳴》，2007 年第 7 期。

〔註12〕程光煒：《文學講稿：80 年代作為方法》，北京大學出版社，2009 年版，第 102頁。

〔註13〕程光煒：《當代文學的「歷史化」》，北京大學出版社，2011 年版，第 18 頁。

正是因為以往研究對「80 年代」的選擇性建構，促使程光煒從歷史場域的角度重新認識時代所內蘊的各種問題，因此以「文學社會學」的方式展開對文學的研究成為「重返」的重要途徑。1980 年代的現代化想像不僅造成與「十七年」的當代史之間根源性的矛盾和衝突，導致人與歷史的脫節，而且造成在關注自我、個人和欲望這些「部分風景」時對「全部風景」視而不見的後果〔註14〕。其強調的「全部風景」正是作為歷史場域的「文學社會學」，即「作家是在讀者、大眾和市場的意義上才得以成立」的事實。強調「深入到『歷史』之中的觀察、討論和分析」，是「一種典型的『歷史分析』的研究方法」。其目的是「暫時迴避或重複普遍通行的『作家作品研究』，擺脫『文學進化論』的單一歷史考察線索，讓 80 年代文學重新與賦予了它歷史複雜性的『當代史』深情擁抱，讓『文學』重新回到『歷史』這個籮筐中去。〔註15〕」這個歷史籮筐顯然是既包含創作與評論，還包括雜誌編輯、事件、論爭、生產方式和文學制度等多種因素。於是，王安憶、韓少功、路遙、賈平凹、莫言等 80 年代以來重要的文學作家及文學現象都被放置到「歷史」之中，給予重新的審視，開展一種「史家批評」的實踐。

程光煒以歷史敘事的自覺倡導「重返八十年代文學」，這不僅是一種觀點的提出，更是一種文學研究的實踐，是文學理念的顯現，與他對當代文學學科存在的諸多問題緊密相關。他期望以八十年代為基點，重新梳理八十年代存在的多種問題。程光煒有一種宏大的視野與眼光，他以「知識考古學」、文學社會學的方法激活個體生命體驗，以「哲學的歷史學家」的視野和黑格爾式的「辯證法思維」全方位地審視當代文學的歷史。其理論的提出都源於現實問題的發現及解決方法的探索。如文學史研究的「批評化」問題、對當前研究界存在的「認同式研究」的不滿，對「有距離的研究」的期望，對「本質論歷史敘述」的質疑以及對「討論式研究」的倡導，都顯示了他對當代文學學科理論化建制的自覺。當「重返八十年代」作為方法真正切入當代文學之後，並從「文學史哲學」、「文學史的社會學」、「被生產的文學史」三個方面來全面審視「當代文學」的學科時，「程光煒及其人大弟子以『80 年代文學』為出發點的當代文學

〔註14〕張帆：《歷史與當代性的相互克服和激發──「1980：場域和歷史關聯」學術研討會綜述》，《探索與爭鳴》，2010 年第 5 期。

〔註15〕程光煒：《當代文學的「歷史化」》，北京大學出版社，2011 年版，第 112～113 頁。

研究已經遠遠超過其預期」〔註16〕，甚至「建構起了某種可以稱之為『文學史哲學』的問題視野和理論方法」〔註17〕。這種理論方法以一套相對完整的話語完成了對當代文學的整合，「80 年代作為方法」不僅完成了對「80 年代」的系統梳理，還延伸到了對「十七年文學」、「文革文學」、90 年代文學乃至激活現代文學學科的研究之中，在「大歷史」的視野中最終建立起當代文學的整體性，甚至從文學闡釋的層面對現當代文學整個學科的建構完成了某些理論創造。

二、作為學術運動的一種「重返」

綜觀近十幾年來由程光煒開啟的「重返八十年代」學術活動，其影響力及訴求早已不是一種簡單的個人學術行為，而變成一種綜合的文化學術運動。具體說來就是通過研討會的召開將話題廣泛地提出來，通過在重要刊物上發表文章開設專欄，到各大高校講學以及出版系列叢書等方式，將研究的成果給予推廣，最後通過「課堂」「工作坊」等形式調動並影響青年學人，並使得研究形成一種「範式」。由此，以學者為中心，通過課堂、講座、研討會等形式，聯動學術刊物及出版社形成了一種不容小覷的「重返」「運動」。

2005 年，當程光煒在學校為博士生開設「重返八十年代」的課程時，他還主編出版了一套與中國現當代文學的發生發展緊密相關的叢書，包括《大眾傳媒與中國現當代文學》《文人集團與中國現當代文學》《都市文化與中國現當代文學》，程光煒以《文化研究：中國現當代文學史的多樣觀察》為題撰寫文章作為叢書的序言，述說中國現當代文學的發展與社會文化之間的各種關係，尤其注重大眾媒介、文人集團、都市文化對中國現當代文學的影響，如教授、作家「不單投身到媒介的生產當中，同時也用這種特殊方式組織了中國『現代』文學的生產過程。〔註 18〕」正是基於對上述各種文化因素的認知，程光煒在「重返八十年代」的過程中，充分利用了各種文化關係參與「重返八十年代」的生產過程。也是在這一年，程光煒作為《文藝研究》特約主持批評專欄文章，在一、三、五期分別發表了《重評「傷痕文學」》《重評「尋根文學」》《重評「先

〔註16〕錢文亮：《當代文學學科：從「批評」到「研究」——關於程光煒與其人大弟子的當代文學史研究》，《當代作家評論》，2017 年第 2 期。

〔註17〕楊慶祥：《「80 年代」不僅作為「方法」——程光煒的文學史哲學》，《文藝爭鳴》，2011 年第 12 期。

〔註18〕程光煒主編：《文人集團與中國現當代文學》，人民文學出版社，2005 年版，第 4 頁。

鋒文學」》，帶著鮮明的問題意識對既有的文學史提出質疑，為「重返八十年代」學術運動做好歷史的熱場工作，並於 2006 年與李楊一起在《當代作家評論》上開闢「重返八十年代」專欄。為對 80 年代一些著名的叢書、話題和概念做一些清理，還在四川的《當代文壇》上開設了「知識──權力與 80 年代」的專欄。由此，導師帶弟子的課堂、研討會的召集及學術雜誌的聯動，都使「重返」以學術運動的形式進行做好了準備。

　　為更好地推行當代文學研究的「歷史化」，程光煒通過雜誌專欄及研討會的開展促進這一理念的深入。研討會雖然不能算作嚴格意義上的「文人集團」，但卻同樣可以「既呈現出文學多樣化發展的態勢」，又「收藏著各種文學論爭、文人姿態、生存氛圍、文學觀念、審美意識和創作手法的一個巨大的『話語場』。」而對於這樣的「文人集團」，如果借助劉納對「五四」社團權力的認知，似乎能更清楚地看到當前的「研討會」與學術「專欄」（專題）共同作用所產生的聚合力效應。劉納說「作為個中人，郭沫若道出了『五四』新文化運動以來影響著文學進程的　個重要事實。幾乎每一位新文學人物都屬於某個『圈子』，而空頭的圈子幾乎是沒有意義和意思的──它只能通過刊物產生影響力。同時，如果圈子中的主要人物抱有造就『統一中心』的目標，這目標也只能借助刊物來實現。〔註 19〕」2009 年 10 月 24～25 日，程光煒和姚丹在北京主持召開「當代文學研究的『歷史化』研討會」，此次研討會是一個非常小型的研討會，但研討會上問題的提出與討論更像開啟「重返八十年代」學術運動的一次「策劃」，其主要人物及運作模式成為後期運動深入開展的重要模式。本次參與的學者有洪子城、賀桂梅、蔡翔、羅崗、倪文尖、楊慶祥，此外還有《上海文化》的主編吳亮，北京大學出版社的張雅秋博士。這次研討會上，與會學者就重返 80 年代文學的問題與方法、左翼化與十七年文學研究、文學史研究的「歷史化」等議題展開討論。研討會的第二年，《文藝爭鳴》《文藝研究》等學術雜誌連續推出了系列相關論文，如《文藝爭鳴》於 2010 年第 1 期除了發表《當代文學研究的「歷史化」研討會紀要》以及美國聖地亞哥加州大學張英進的論文《歷史整體性的消失與重構──中西方文學史的編撰與現當代中國文學》，還同時發表了系列「史論」：賀桂梅的《80 年代作為「方法」》，楊慶祥的《「80 年代文學研究」的方法論意義》，姚丹的《80 年代怎樣

〔註 19〕程光煒主編：《文人集團與中國現當代文學》，人民文學出版社，2005 年版，第 5～6 頁。

成為方法？》，以及程光煒的《研究的共識》。「研究的共識」從某種程度上恰恰是「文人集團」之「統一中心」的某種變相呈現。所以當《文藝爭鳴》同年第 5 期再次發表系列論文時，程光煒和欒梅健在「主持人的話」中都禁不住感歎「近百年來中國文學史論」的專欄再次成為「『八十年代文學研究』的專場」〔註20〕，此次除發表了《方法、視野與可能性——「1980：場域和歷史關聯」學術研討會綜述》，還發表了黃平的《從「勞動」到「奮鬥」——「勵志型」讀法、改革文學與〈平凡的世界〉》，程光煒的《80 年代文學批評的「分層化」問題》，吳聖剛的《80 年代的文學批評——以〈文學評論〉為中心》。同年，《文藝研究》第 2 期發表了洪子誠的《「作為方法」的「八十年代」》，楊慶祥的《在「大歷史」中建構「文學史」——關於「重返八十年代文學」》，賀桂梅的《打開六十年代的「原點」：重返八十年代文學》，羅崗的《在「縫合」與「斷裂」之間——兩種文學史敘述與「重返八十年代」》，王堯的《衝突、妥協與選擇——關於「八十年代文學」複雜性的思考》。從研討會參與者到論文發表者之高度重合，似乎可以看出某種「文人集團」在本次「重返」運動中的運作性。

經過研討會觀念的提出到刊物上論文的發表，「重返八十年代」以及「八十年代」「作為方法」成為一種「共識」。為將該「共識」給予深入的推進與實踐。2010 年上海大學當代文學研究中心和紐約大學中國研究中心在上海大學聯合舉辦「1980：場域和歷史關聯」學術研討會。研討會上程光煒、賀桂梅、羅崗、張旭東、李海霞等分別以《新時期文學的「起源性」問題》《知識社會學和整體視野中的 1980 年代文化》《告別「理論時代」：從「資產階級法權」到「人道主義與異化問題」——對「1980 年代」轉型的一種分析》《重讀〈芙蓉鎮〉》《從「勞動者」到「打工者」》為題發言。同年，程光煒和楊慶祥自《長城》第一期共同主持「文本與歷史」欄目，以二十世紀八十年代的敘事文本為對象，通過文本細讀來分析文本自身如何與文學的之外的場域發生關係，歷史如何進入文本並對文本的「生成」、傳播、經典化產生影響，而文本又如何建構歷史。這一欄目的訴求和「1980：場域和歷史關聯」的研討會形成一種呼應，引導了對 1980 年代文學與歷史的關係的研究。2011 年 6 月 11～12 日，由程光煒主持工作的中國人民大學文學院文藝思潮研究所與美國哥倫比亞大學東亞系在京聯合舉辦「路遙與八十年代文學的展開」國際學術研討會，《文藝爭鳴》雜誌主編張未民同時參加會議，會議以 80 年代文學中的典型個案路

〔註20〕程光煒，欒梅健：《主持人的話》，《文藝爭鳴》，2010 年第 5 期。

遙為例，展開對「八十年代文學」的整體開掘，完成一種由點及面的深入探討。2011 年 10 月，中國人民大學再次召開張煒《你在高原》作品研討會。對於研討會的作用，有學者認為「通過這種渠道形成創作和批評的良性互動，從而直接介入到當代文學生產、傳播和經典化的過程中」〔註 21〕。2011 年，程光煒、楊慶祥、白亮在《長城》主持「編輯與八十年代文學」欄目。2012 年 7 月 9～10 日，中國人民大學文藝思潮研究所與美國哈佛大學東亞系共同舉辦中國當代文學史國際論壇「小說的讀法」主題研討會，試圖通過「細讀與歷史」相結合的方法，從虛構的文本裏面展現對文本以外各種不同生命層次的關切。伴隨著 2011 年研討會的召開，2012 年程光煒開始借助學術刊物完成「學術」的「生產」，程光煒分別在《文藝爭鳴》《當代作家評論》《小說評論》主持「當代文學六十年」、「細讀與歷史」、「七十年代小說研究」專欄，如果說研討會是觀念的碰撞，那麼專欄則是觀念的落實與傳播，「是想把議論多年但始沒付諸實施的文學史研究，最終通過這個欄目來落實」〔註 22〕。除了研討會和雜誌的互動，刊物也往往從學術熱點中來進一步將話題延展。如《當代作家評論》於 2010 年第 3 期推出「程光煒研究專輯」系列論文，以程光煒在「1980：場域和歷史關聯」學術研討會上的發言題目為中心，形成一種輻射效應；《文藝爭鳴》於 2011 年第 12 期特別發表了一組關於「評論家·程光煒論」的文章，再次將程光煒及其實踐的學術話題更廣泛地推展開來。由此，「重返八十年代」的方法、意義及訴求得到深入的闡發和評論。此時我們似乎能看到程光煒的「平淡生涯」（同期發表了程光煒的《感言：平淡生涯》）並不平淡，由其引領的「重返」研究儼然在學界掀起了一股運動的風潮。如果說新文化運動時期，「陳獨秀等人不光把雜誌當作與社會『對話』的工具，還以它為中介，『以運動的方式突進文學事業』」〔註 23〕使「文學革命」出奇地順利的話，程光煒同樣汲取了這一高明的策略，將雜誌作為中介，「以運動的方式突進」，以「集團作戰」的思路推進「思想／文學運動」。

　　在這一學術運動中，除了研討會組成的暫時的「文人集團」，還有以「課堂」的形式組成的師生關係，而這種關係則在某種程度上更能顯示「文人集團」的聚合性。在「重返」運動中，程光煒充分發揮課堂的作用，使其觀念思

〔註 21〕魏華瑩：《程光煒學術年譜》，《東吳學術》，2016 年第 4 期。
〔註 22〕魏華瑩：《程光煒學術年譜》，《東吳學術》，2016 年第 4 期。
〔註 23〕程光煒主編：《大眾媒介與中國現當代文學》，人民文學出版社，2005 年版，第 9 頁。

想通過「課堂」得以更廣泛地傳播與實踐。關於課堂的影響力的論述，程光煒在分析現代文學時同樣引述了劉納的觀點，特別提到郭沫若接受武昌師範大學的聘書聽從友人勸說的一句話：「要在中國文化界樹立一勢力，有入教育界的必要。中國人是封建思想的結晶，只要正式地上過你一點鐘的課便結下了師生關係，他便要擁戴你，稱你為導師，而自稱為弟子。」郭沫若評論說「他這番話，倒的確也道破了一部分的真實。」〔註24〕雖然在當代中國的師生關係與現代文學時期相比，有很多的變化，但在整個文化傳統並沒有發生根本的變化，導師對學生的影響力往往成為學生思考的起點，這從楊慶祥的學術實踐可見一斑。「重返八十年代文學」的過程中，有一個特別值得注意的現象就是程光煒在該學術運動中對學生的有意提拔，這種提拔一度被業界學人稱為是「教父般的引導和關愛」。這種提拔不是單獨針對某個人，而是盡力地發展更多的人，就如張燕玲所說的，「以至從 2006 年至今，《南方文壇》和我便不斷得益於他們『重返八十年代』及近年『九十年代』的系列研究，他的團隊堅持地支持了我」〔註25〕。程光煒對新人的提拔不止是導師對學生的提攜，更是對年輕學者學術引入的努力，正如程光煒在人大為博士生開設「重返 80 年代」的討論課，其目的「想調整單純『課堂講授』的生硬形式，讓博士生直接參與到研究 80 年代文學的工作中來」〔註26〕。是作為「50 後」學者對「80 後」的尊重與鼓勵。程光煒自 2005 年至 2010 年間在中國人民大學文學院開設「重返八十年代」的博士生課程，期望「帶出幾個學生來」，同時在《海南師大學報》開設「人大課堂與八十年代文學」專欄。最後該課堂的內容精華以《文學史的潛力——人大課堂與八十年代文學》出版，都充分彰顯了程光煒對「課堂」影響力的追求。除了人大的課堂，程光煒在「重返」運動中還借助了「流動的課堂」來擴展課堂影響力。據其在《文學史二十講》的《後記》所披露的，先後在全國 26 所大學講述自己「有關中國當代文學史研究問題的基本想法」〔註27〕，這 26 所大學中還沒有包括兩次前往澳門大學的訪學，如 2010 年 9 月至 12 月，擔任澳門大學中文系客座教授期間，擔任「中國現當代文學專題」、「八十年

〔註24〕程光煒主編：《文人集團與中國現當代文學》，人民文學出版社，2005 年版，第 6 頁。

〔註25〕楊慶祥，金理，黃平：《以文學為志業——「80 後學人」三人談》，廣西師範大學出版社，2016 年版，第 3 頁。

〔註26〕程光煒：《文學講稿：80 年代作為方法》，北京大學出版社，2009 年版，第 1 頁。

〔註27〕程光煒：《文學史二十講》，東方出版中心，2016 年版。

代的文學與批評」兩門課。可以說程光煒的這些演講都成為一種「流動的課堂」，為更廣泛地推廣他的研究思想及方法，增強「重返」運動效力做了較充分的準備。

除了研討會、雜誌、課堂等途徑來推動「重返」運動，程光煒還頗為注重圖書的策劃。如先後策劃了「八十年代研究叢書」、「當代文學史研究叢書」，都顯示出一定的學術抱負。正如程光煒的學生楊慶祥對「八十年代研究叢書」的定位，「不僅彙集了當代文學研究界老中青三代學者對『八十年代文學』的不同思考」，更重要的是，「這套叢書以其鮮明的『方法論』意識暗示了它的學術抱負：不僅僅是對於 80 年代文學的一般性的學術研究，而是通過『歷史化』的方法，為當代文學學科提供具有『範式性』的問題和思路」，以期為「中國當代文學研究的『學科化』打下學理化的基礎」〔註28〕。程光煒更是期望通過「當代文學史研究叢書」，在當代史觀樹立一種「社會共識」，堅持「本叢書主張當代文學史的『歷史化』」、「不收文學評論集，而專以文學史研究為特色」〔註29〕，由此「重返八十年代」就自然地「作為方法」被廣泛地應用到當代文學「歷史化」的研究當中。

通過文學書籍的出版，使得有限的「課堂」與「工作坊」成為一種超時空的存在，以其鮮活性傳達著個體經驗的交流，在某種程度上個人的觀點性就因大家觀點的集合，形成一種理念和觀念性的東西。正是因為對研討會、課堂、刊物等資源的最大化利用，使得「重返八十年代」的研究成為一場頗有影響的學術運動。

三、重返的意義與局限

姚斯認為 60 年代以來的德國文學史研究之衰敗歸根於研究方法上的失誤，並由此提出「文學史研究的真正內容」應該是「文學作品的存在史」。從這個意義上講，程光煒以「文學社會學」的方式「重返八十年代」，讓「文學」重新回到「歷史」籠筐中的期望正是從研究方法上激發文學史活力的努力。「回到文學史的問題來看，當我們評述一種文學現象時，這個現象被提出來加以關注，本身就可能是基於現實的考慮。」〔註30〕當當代文學很多學者注重文

〔註28〕楊慶祥：《「80 年代文學研究」的方法論意義》，《文藝爭鳴》，2010 年第 1 期。
〔註29〕程光煒：《當代文學的「歷史化」》，北京大學出版社，2011 年版，第 2 頁。
〔註30〕張榮翼，李松：《文學史哲學》，武漢大學出版社，2014 年版，第 26 頁。

學批評，不注重歷史化，未能從理論上深入考察文學史與文學批評，以及文學史對當代文學學科建制的重要性，現當代文學學科研究都趨於固化之時，程光煒「重返八十年代」的學術追求無論從方法還是理念上都展現了文學史家的自覺、文學理論的訴求以及對當下問題的回應。程光煒在「重返」的過程中，著力推進「當代文學的『歷史化』」，盡力從文學場域的角度發現複雜多面的文學史，從歷史的敘述權力角度激活文學史的敘述，並通過文學課堂、工作坊等方式鼓勵青年學人發出自己的聲音等一系列的學術活動，來推動當代文學研究的深入，為當代文學形成範式的研究以及當代文學的學科建制做出的相當的努力，極大地拓展了研究的視野和思路。其堅持對文學開展「文學社會學」的場域研究的思路，借助哲學思辨的方法，對自我知識清理的自覺及自我研究的自省，都使「八十年代」這個「時間」「空間化」的學術思路為當下文學史甚至思想史研究提供了重要參照。當然，在充分肯定「重返八十年代」「重返」之意義的同時，又必須看到當其作為一種學術運動的形式，在「重返」過程中對「八十年代」的某種理想化，對文學「歷史化」過分的倚重等帶來的「重返」局限。

關於當代文學的建構，很多學者意識到必須改變原有的時空觀念，才能「對固有的文學史格局作出新的調整」，「在建構真正具備有機統一性的整體的當代中國文學史的意義上」「接受 90 年代向當代文學史提出的這一新的挑戰和亟待突破的理論課題」〔註31〕。程光煒「重返八十年代」的意圖正是要發掘一個跨越時間和空間的「整體性」文學史，並看到這種「整體性」中隱含的差異及縫隙，以及由此形成的複調話語系統〔註32〕。經過文學研究者一系列的「重返」活動，「八十年代」已不再是「一體化」的「新時期」文學，而是一個多種話語力量並重的「歷史性」的文學場域，「八十年代文學」的原生態在某種程度上得以揭示。「『重返八十年代』的意義就在於，它將使許多我們曾經認為不言自明的觀念、感受和記憶都在一種陌生化的過程中呈現出別樣的新面貌。它將拆解那些我們藉以透視整個當代文學六十年歷史的觀念制度，並使我們看到歷史與現實更多的側面和新的闡釋與想像空間。」〔註33〕正是帶著這

〔註31〕於可訓：《當代文學建構與闡釋》，武漢大學出版社，2005 年版，第 70 頁。
〔註32〕楊慶祥：《「80 年代文學研究」的方法論意義》，《文藝爭鳴》，2010 年第 1 期。
〔註33〕賀桂梅：《打開六十年的「原點」：重返八十年代文學》，《文藝研究》，2010 年第 2 期。

樣的價值趨向,「80 年代文學」就超出了研究對象本身,而是以「80 年代文學」作為一個「認識裝置」,調整已經固化的文學觀念和批評觀念,重新構造以往的文學作品譜系和作家譜系。使得「80 年代」不再是一個時間的概念,更是一個空間的概念,不是簡單的時間維度上的整體性,更是空間意義上的整體性。所以,「80 年代文學」只是一個起點,其激活的是前後「不同的文學階段之間的連續、斷裂、對抗、對話等等複雜的關係網絡」〔註 34〕。正是在這個意義上,「重返八十年代文學」激活了整個「八十年代」的廣闊時空空間,還激發了一種持續性的時代的個體經驗。尤其是當前的青年學人,特別容易「無意識」地受文學史教材和大學課堂等「歷史結論的強有力控制」而產生「認同式」的研究。所以程光煒在人大開設的「重返八十年代」的討論課以及由李陀、劉禾及程光煒在人大開設的「小說國際工作坊」,都以形式上的活潑,會風上的潑辣,表達著一種理念的訴求:「我們並不想限制敢言的博士生們十分坦率的發言,李老師好像也鼓勵年輕有為的學生們改變一下文學批評界的風氣」。參與者們不將主講人‧老師們的意見視為清規戒律,而是毫不客氣地反駁、問疑,正是這種沒有「權威」的氛圍,「反倒進一步鼓勵了學生的大膽妄為」,使得青年學生對文學的探討出現一種「十分難得的民主、寬容、暢所欲言的會場氣氛」〔註 35〕。這就為打破「教材」權威,清理「認同式」研究,激發青年學人研究塑造了較為良好的生態環境。

　　然而,「重返」雖然在方法和理念上都顯示了其學術抱負,但是其像學術運動一樣的「重返」則不免顯示出運動的理想性及有限性來。

　　「重返」之理想性表現在對「八十年代」的某種理想化及「重返」行動之理想化。當研究者「歷史化」地對「八十年代」的歷史給予清理並對歷史經驗進行剝離時,其實都會不自覺地帶有「歷史回敘」、「文學想像」的成分,讓研究對象以「原生態」的姿態與研究者對話,本身就是一種理想。正如程光煒從「文學敘事的權力」角度對現代文學給以分析時所說的,「『文學史』實際是『知識／權力』的一次成功的合謀,是一次再分配的結果。所以,從表面上看,文學史是時代背景、流派、作家和作品等現象的純客觀的陳述,它是要向讀者講述一個文學史發生與發展的歷史;但實際上,它是借助對這些材料和資

〔註 34〕楊慶祥:《「80 年代文學研究」的方法論意義》,《文藝爭鳴》,2010 年第 1 期。
〔註 35〕李陀,程光煒編:《放寬小說的視界——當代小說國際工作坊》,北京大學出版社,2016 年版,第 2 頁。

源的重新整合，也就是說借助『重新敘述』來實現自己文學敘事的合理性的。〔註36〕」在「重返」的過程中，倡導者對參與者的影響、運動理念的過度依賴都使得程光煒們的「重返」某種程度上成為另一種權力敘述。如程光煒在論述「新時期文學的起源性問題」時所指出的，「所謂新時期文學的起源性問題，指的就是，80 年代的『現代化想像』與『十七年』的當代史之間由於某些根源性矛盾和衝突所引起的一系列問題」。因此，在分析了社會模式層面及文學層面的原因後，他特別提出「依我的理解，最為重要的文學家，都應該去處理『歷史題材』，如對我們今天生活仍然影響巨大的『建國』、『土改』、『反右』、『大躍進』、『文革』、『改革開放』等等。文學只有抓住這些根本的問題，才能說是一種歷史分析，沒有歷史分析的文學注定不是真正反映社會生活的文學。」〔註37〕「只有……才……」如此堅決而不容置疑的語氣，顯然已陷入另一種「知識／權力」的框架之中。程光煒作為整個「重返」運動的精神倡導者及引導者，他的這種文學社會學思維直接影響了他的追隨者，如面對「80後」的文學問題，楊慶祥幾乎用著與導師一致的語氣說「我想強調的一點是，無論是任何代際，任何地區，逃離社會歷史都只能是一種自欺欺人。」〔註38〕如果再結合韋勒克關於文學史敘述過程中所論述的，「在文學史中，簡直就沒有完全屬於中性『事實』的材料」，材料的取捨不僅顯示著價值的判斷，即便是「在確定一個年份或一個書名時都表現了某種已經形成的判斷」〔註39〕。正如程光煒在描述八十年代的時候，會不自覺地描述為「我們經歷了一個非常好的時代」，我們那代人「是最富有理想主義的一代人」〔註40〕。這種作為歷史親歷者與那段歷史的「糾纏不清」都顯示了其作為「旁觀者」與「親歷者」之間的兩難與曖昧，所以即便程光煒特別注重「重返」過程中要有「歷史的眼光」、「歷史的同情」，其重返的限度顯然都受到影響。

　　當「重返八十年代」像一次學術運動一樣，試圖完成對 80 年代知識的清理時，由於參與者身份的差異，其視野往往差異極大，正如孫郁對「80 後」

〔註36〕程光煒：《文學史研究的興起》，福建教育出版社，2008 年版，第 41 頁。

〔註37〕程光煒：《當代文學的「歷史化」》，北京大學出版社，2011 年版，第 69 頁。

〔註38〕楊慶祥，金理，黃平：《以文學為志業──「80 後學人」三人談》，廣西師範大學出版社，2016 年版，第 206 頁。

〔註39〕（美）勒內·韋勒克，奧斯汀·沃倫：《文學理論》，劉象愚等譯，浙江人民出版社，2017 年版，第 33 頁。

〔註40〕何晶，李虹霖，王笑：《程光煒重返八十年代　尋找精神來路》，《羊城晚報》，2013 年 7 月 8 日。

的認知，他發現楊慶祥這些批評家和韓寒、郭敬明不在一個語境裏，「同一個時期成長的青年，其差異性顯而易見」〔註41〕一樣。所以「重返八十年代」，在某種程度上依然是程光煒們理論訴求上的「重返」，在現實中很難實現。尤其是程光煒帶領的弟子們，他們對 80 年代的概念，很大程度上依賴老師的講述而形成，「他們在我追憶性的講課中也進入那種歷史情境裏，好像也在經歷我個人曾經有過的社會生活。那個年代，幾乎使我們產生了大致相同的歷史境遇感。〔註42〕」師生之間產生的大致相同的歷史境遇感，說白了不過是程光煒看到或感知到的 80 年代而已。所在「重返」的過程中，年輕學者普遍出現一種過於倚重老師提倡的「文學社會學」的方法解讀文學作品的現象，而造成文本的無意識遺失。如博士生趙天成明確表示自己是在程光煒和楊慶祥的指導下非常明確從歷史的長度中來分析作家，但在具體處理的過程中，其對文本的定位和分析顯然受到「十七年文學」與新時期文學相關聯觀念的影響，他沒有注意到《生死疲勞》在複雜的歷史現實處境中作家對歷史的書寫，而是憑藉「一些細微的地方」的「精妙的聯繫」，頗為先入為主地說：「我看《生死疲勞》的重心還是在處理合作化問題。我的觀點是《生死疲勞》是對《創業史》的一次重寫，也是一次反寫」〔註43〕。這種定論性的表述在青年學者那裏並不罕見，並引起了相當的注意，這從倪文尖對黃平、孫郁對楊慶祥的善意提示中可見一斑。倪老師以亦師亦友的身份對青年學者黃平近年來的學術批評給予高度的肯定，但倪文尖依然在黃平極為出色的文本細讀中看到了某種擔憂：「這個例子雖有些特殊，卻更深刻地表明，你的文本細讀總難免是從某個整體的觀念出發來細摳文本，而很少真正地緣自文本細節的『洞見』，來照亮一個被遮蔽的命題乃至世界，從而開啟全新的問題域以及可能性」。其實，倪文尖並不是固執地糾纏於一個細節，而是他在這個細節中感知到 80 年代文學以至歷史的重返之路又將如何的深層問題。正如其直白地說出的「或者說得簡單一點把，你的這種文本細讀，是不是某種主題先行？」倪文尖在信的最後表示「我那些不滿足和不滿意，彷彿還真不是對你一個人說，確乎更多的，是寫給我自己」，實則算得上是這次「學術運動」中較為審

〔註41〕楊慶祥，金理，黃平：《以文學為志業——「80 後學人」三人談》，廣西師範大學出版社，2016 年版，第 193 頁。
〔註42〕程光煒：《文學史二十講》，東方出版中心，2016 年版，第 402 頁。
〔註43〕李陀，程光煒編：《放寬小說的視野——當代小說國際工作坊》，北京大學出版社，2016 年版，第 201 頁。

慎的反省〔註44〕。與倪文尖對黃平的善意提醒相似，孫郁對楊慶祥批評殘雪的觀點也保留了個人意見，「不過我自己的認識與其略微相左」，並對其文學社會學的批評觀點提出質疑：「面對這樣的文本，以社會學的和整體性的思想衡量之，大概存在偏差」。因為「殘雪要顛覆的，恰是整體的社會感受，尋找的是個人」，這與中國 50 年代到 70 年代這段特殊的歷史緊密相關。〔註45〕。正如孫郁在楊慶祥的「任何逃離社會歷史都只能是一種自欺欺人」的表述中看到了歷史的影子——茅盾、馮雪峰都提到過小資產階級的內在矛盾性並不無憂慮地提出「我個人覺得，在提出回到社會的時候，個性主義的保持對每個人而言，都是不能不珍視的存在」〔註46〕。由此可以看出，對「重返」的過度理想化，使得個體在「文學社會學」的視野中被再次「異化」，文學最終要處理的問題不再是通過歷史化來完成它的敘述，而更像是歷史借助文學完成它自身的邏輯。這一邏輯的形成，正是「重返」過程中理想化的一個表徵。

此外，「重返」雖然在方法上力求「歷史化」「社會學」，但具體操作中對一個作家的認知及歷史書寫顯然缺乏足夠的耐力及更廣闊的視野。如在「工作坊」中討論莫言的創作時，對莫言《生死疲勞》中所寫的「鬼」、「怪」提出批評，認為「他是在裝神弄鬼，而不是說他真的覺得那些『鬼』或者『怪』有它本體的存在意義或價值，他對它們的描寫是有鮮明的政治或是現實指涉的」時，顯然就沒有注意到「鬼」、「怪」等在莫言整個創作資源中的存在價值，正如阿城在《鬼怪與莫言小說》中對莫言說鬼怪的評價，「莫言也是山東人，說和寫鬼怪，當代中國一絕，在他的家鄉高密，鬼怪就是當地世俗構成……我聽莫言講鬼怪，格調情懷是唐以前的，語言卻是現在的，心裏喜歡，明白他是大才」〔註47〕。甚至當程光煒老師說「假如莫言《生死疲勞》裏面的人有通過這些東西獲得一種拯救，那就能打動人了」時，顯然忽視了《蛙》中姑姑正是借助著月光娃娃精神上得以解脫的事實。所以當楊慶祥得出莫言對自己家鄉的書寫流於「名與實」，「整套的敘事其實是『語言狂歡的天地』，但他背後的東

〔註44〕楊慶祥，金理，黃平：《以文學為志業——「80 後學人」三人談》，廣西師範大學出版社，2016 年版，第 215～217 頁。

〔註45〕楊慶祥、金理、黃平：《以文學為志業——「80 後學人」三人談》，廣西師範大學出版社，2016 年版，第 198 頁。

〔註46〕楊慶祥、金理、黃平：《以文學為志業——「80 後學人」三人談》，廣西師範大學出版社，2016 年版，第 206 頁。

〔註47〕楊揚編：《莫言研究資料》，天津人民出版社，2005 年版，第 439 頁。

西其實是空的」的結論時〔註48〕，顯然就失去了同情地、「歷史化」地看問題的立場。

　　其實，對於「一代的」統一聯合體的認知，並不能簡單地將之歸結為一些重要的「歷史題材」，因為「某『一代的』統一聯合體似乎是由以下這樣的社會和歷史事實形成的，即只有在某一特定年齡上的一批人才能在同一個敏感的年齡時期內經驗到如法國革命或兩次世界大戰這樣重要的事件。但這只不過是一個有力的社會影響的情況而已。」因為「文學變化是一個複雜的過程，它隨著場合的變遷而千變萬化。這種變化，部分是由於內在原因，由文學既定規範的枯竭和對變化的渴望所引起，但部分也是由於外在的原因，由社會的、理智的和其他的文化變化所引起。〔註49〕」因此，「歷史化」地分析文學現象時，過度地依賴時代的歷史，「重返」的有效性就值得懷疑。「重返」中出現的這一問題，倡導者們也都不同程度地意識到了，如程光煒說如果說這幾年的研究有什麼問題，我認為可能有時候會闡釋過度，或者在充分釋放、呈現和擴大『社會周邊』情況的過程中，作品文本原有的容量被明顯擠壓而趨向減縮」〔註50〕。蔡翔表示，「面對一個問題，說了那麼多歷史化，但最後還是要走向一個本體論的建構要求」，羅崗說「某種意義上是反文學史、對文學史提出質疑，但最後還是要回到文學史，只不過是在一個新的意義下」〔註51〕。顯然，如何更好地研究當代文學，書寫當代文學史，依然有待進一步的探索。正如韋勒克所說的「文學史有它的過去，也有它的將來，用不著為此感到遺憾，將來不能也不應該僅僅是填補從較老的方法裏所發現的系統中的空白。我們必須精心制定一個新的文學史理想和使這一理想可能得以實現的新方法」〔註52〕。「重返八十年代」作為「方法」的「重返」，其方法及理論意義不容忽視，但是在「重返」思路下開創的「文學社會學」及「文學史哲學」等學術理論，能否成為一種理論範式給予廣泛地推廣，依然值得做進一步的探討。

〔註48〕李陀、程光煒編：《放寬小說的視野──當代小說國際工作坊》〔M〕，北京：
　　　　北京大學出版社，2016：217。
〔註49〕（美）勒內・韋勒克，奧斯汀・沃倫：《文學理論》，劉象愚等譯，浙江人民出
　　　　版社，2017年版，第266頁。
〔註50〕程光煒：《當代文學的「歷史化」》，北京大學出版社，2011年版，第226頁。
〔註51〕楊曉帆，虞金星：《當代文學研究的「歷史化」研討會紀錄》，《文藝爭鳴》，
　　　　2010年第1期。
〔註52〕（美）勒內・韋勒克，奧斯汀・沃倫：《文學理論》，劉象愚等譯，浙江人民出
　　　　版社，2017年版，第267頁。

中國現代文學的「運動者」——李怡「民國文學機制」學術運作與方法運思淺談

常　琳*

　　作為一段歷史，或者說作為一種現象，中國現代文學史的敘述範式，伴隨著中國現代文學發展的百年歷史，歷經了「命名」的幾重變化，由「新文學」到「近代／現代／當代文學」再到「二十世紀中國文學」，每一種命名的背後都蘊涵著學界的重新認識與深入反思，其對中國文學研究的價值和意義毋庸置疑。然而，任何一種敘述範式的存在，總是文學發展的階段性總結和歷史發展的理論性折射，有其推動文學發展的正向力量，也有其研究視野的片面局限，經由學界的批評或肯定走向新的發展。對於中國現代文學的這一命名發展，李怡先生認為：「這三種概念都不完全是對中國文學自身的時空存在的描繪，概括的並非近現代以來中國具體的國家與社會環境。也就是說，我們文學真實、具體的生存基礎並沒有得到更準確的描述。也正因為如此，它們的學術意義也都一直伴隨著連續不斷的爭議，值得我們反思、追問和完善。」〔註1〕基於對文學本有生存環境的重視和肯定，「民國文學」概念應運而生，這一概念的提出得到了學界強烈的響應，它一方面形成了學界定義和認知中國文學新的標準和範疇，並在這一標準和範疇引領下發掘出更豐富的文學作品和更多元的文學現象；另一方面，其回歸文學以及文學生存空間解讀文學作品和文學現象的研究視角，在學界形成了一場不小的文學研究「運動」，為中國文學

---

* 常琳，女，博士，湖南農業大學人文與外語學院副教授，主要研究方向：中國現代文學。

〔註1〕李怡：《中國現代文學史的敘述範式》，《中國社會科學》，2012 第 2 期。

發展的宏大歷史記錄下恢弘的一筆。

一、碰撞中的前進：民國研究視野的學界發展

　　繼李怡提出「民國文學」概念之後，各種類型的民國文學研究如雨後春筍破土而出。本文首先試對「民國文學」概念在學界的發生和發展過程進行簡單的梳理：中國大陸最早的「民國文學」的設想源自陳福康1997年的提出（他於1997年11月20日在《文學報》發表文章《應該「退休」的學科名稱》，提出用「民國文學」來取代「近代」「現代」說法，後來該文收入《民國文壇探隱》，上海書店1999年出版），而最早的理論倡導則是2001年張福貴在學術討論會上提出。2001年9月，張福貴先生在學術研討會上首次提出「中華民國文學」概念，想以此替代「中國現代文學」這一命名。「民國文學」以時間為線索，包容這一時間概念內發生的一切文學事件，以此還原文學的多樣性和豐富性，真正目的在於還原文學史寫作的客觀性、真實性和完整性。這一「民國視野」的研究範式在學術界引起了不同凡響，不少學者紛紛撰文表達其學術思考。如張福貴《革命史體系與現代文學史寫作的邏輯缺失》（《吉林大學學報（社科版），2006年第5期》），丁帆《給新文學史重新斷代的理由——關於「民國文學」構想及其它的幾點補充意見》（《中國現代文學研究叢刊》，2011年第3期），李怡《「民國文學史」框架與「大後方文學」》（《重慶師範大學學報》，2009年第1期），《從歷史命名的辯正到文化機制的發掘——我們怎樣討論中國現代文學的「民國」意義》（《文藝爭鳴》，2011年第7期），賈振勇《追復歷史與自然原生態的「民國機制」——「民國文學史觀」的一種文學史哲學論證》（《文藝爭鳴》，2012年第3期），王學東《「民國文學」的理論維度及其文學史編寫》（《中國現代文學研究叢刊》，2011年第4期），秦弓《現代文學的歷史還原與民國史視角》（《湖南社會科學》，2010年第9期）。羅執廷《「民國文學」及相關概念的學術論衡》（《蘭州學刊》，2012年第6期）對此概念的提出表示反對，楊丹丹則在探討基礎上完成《新世紀「民國文學」研究述評》，對於「民國文學」概念的熱烈討論做了階段性的總結。

　　在多聲部的探討中，丁帆的「民國文學風範說」，張中良的「民國史視角」，張福貴的「中華民國文學命名說」和李怡提出的「民國文學機制」尤為突出，代表了「民國文學」學界討論的幾種代表性聲音，學界對於中國文學命名的關注一方面是學人還原文學史本來面目，還原歷史本有屬性的學術觀念所致，另

一方面也是學人「超越傳統學術規範，實現學術自覺的體現」〔註2〕。本文擬於梳理中對其進行比較性的分析和闡述，釐清「民國文學」的方向性事實。

1.丁帆：民國文學風範說。丁帆所指的「民國文學風範」指的是「五四新文學傳統，特指五四前後包括俗文學在內的『人的文學』內涵」。〔註3〕「只有當作家主體的觀照視角不再被政治視角同化、過濾和扭曲，只有當他以一個正常的『人』去認真地體驗歷史與生活的哀痛與歡笑時，他才能看見一個真正的鄉土世界，才能深刻地理解幾千年來鄉民們的生存狀態與情感追求，才能再現出感人至深的鄉土人性。這就是新文學精神內核所在，這才是真正的『民國文學風範』。」〔註4〕「民國文學風範」強調作家觀照視角的個人主體性，強調作家觀照生活的體驗性，摒棄政治視角的遮蔽，以「人」的視野和體驗去感受生活，這才是文學的精神主旨所在。作者以臺灣文學，尤其是臺灣鄉土文學在1949 年以後的生存狀態為實證，在政治化強迫或干預的社會現實下仍然保留鄉土詩性的創作，保留其本真的民間立場，而這種民間化的鄉土恰恰是他們對抗政治化鄉土的立足點，從其創作風格堅守和創作理念呈現充分證明，20 世紀50 年代的臺灣雖然政治形態上的民國不在，但是民國文學風範依存。

2.張中良：民國史視角。「民國史視角」觀點的提出針對的是「現代文學的歷史還原」問題。更確切地說，「是要繼續清理新民主主義革命史觀對文學史現象的遮蔽和誤解」。〔註5〕還原文學發生的社會原場，重視生存空間對於文學產生的歷史意義。還原文學發生的社會原場，還原文學發展的歷史背景，重視文學產生的歷史環境。「民國史視角」的價值在於正視民國在中國現代文學史上的積極作用，有利於全面把握整個中國現代文學史，正視民國為中國現代文學發生提供的生存空間，有利於真切把握中國現代文學的「發生」問題，正視文學在歷史大背景環境中的發生和發展，有利於拓展文學的研究範疇和研究視角。其弊端一在於其「歷史還原」主要是政治意義上的還原，具有一定的片面性和局限性；二在於在「民國史視角」下試圖發掘的文學史「盲點」，其對於中國現代文學發展的影響還有待探討和商榷。這些漏洞或盲點的存在，

〔註2〕張福貴：《從「現代文學」到「民國文學」──再談中國現代文學的命名問題》，《文藝爭鳴》，2011 年第 7 期。

〔註3〕丁帆：《「民國文學風範」的再思考》，《文藝爭鳴》，2011 年第 7 期。

〔註4〕丁帆：《「民國文學風範」的再思考》，《文藝爭鳴》，2011 年第 7 期。

〔註5〕周維東：《中國現代文學研究中的「民國視野」述評》，《文藝爭鳴》，2012 年第 5 期。

恰為後人的進一步探索提供了各種可能。

3.張福貴：「中華民國文學」命名說。以「中華民國文學」命名，作者闡述理由如下：第一、作為一種時間概念，它「具有多元的屬性，而相對減少了文學史命名中的意識形態色彩和先入為主的價值觀。」〔註6〕「現代文學」中「現代」這一概念「在某種程度上先天的排除了社會進程和文學發展中多元性和多樣性的存在」〔註7〕，在內涵意義上過於單一，而且其保有的意識形態屬性明顯，在一定程度上會遮蔽歷史和文化的本真面目。「時間概念」屬於中性概念，僅劃分出歷史進程中的時空邊界，本身並不承載主觀意識和價值評判，具有對歷史事實和文化現象最包容性的完整呈現性。第二、以歷史斷代時間作為文學史的命名標準，具有歷史慣性，也具有最持久的生命力。「民國文學」命名是承接中國古代文學以朝代命名的規律和習慣。同時，「現代」「當代」只是當下時代範疇下的劃分，若將其放置於漫長的中國文學發展史，未來不斷更新的時間界限將帶來文學史時間邏輯上的混亂。第三、「時間概念的自然屬性使文學史寫作的個性化提供了更廣闊的空間。」〔註8〕第四、『民國文學』的命名合乎中國文學的本質屬性，具有文學的時代特徵。」〔註9〕中國文學的本質屬性應該是按照文學自身發展規律進行，不受政治制度的影響和約束，而是文學與政治同步發生的文學狀態。

4.李怡：民國文學機制。李怡在《「民國文學」與「民國機制」三個追問》一文中，將「對於民國時期文學值得挖掘和剖析的『民國性』」稱之為「文學的民國機制」；在《中國現代文學史敘述範式之反思》（《中國社會科學》，2012年第2期）一文中，將「民國機制」概括為「在具體的國家歷史情態中考察中國文學的民國特性」。「民國機制」是「體制考察與人的精神剖析」的兩相結合，「尋找外在的社會文化體制與人的內部精神追求的歷史作用」，〔註10〕最終目的是為了闡發現代文學的創造機能。而「民國文學機制」是指「從清王朝覆滅

〔註 6〕張福貴：《從「現代文學」到「民國文學」——再談中國現代文學的命名問題》，《文藝爭鳴》，2011 年第 7 期。

〔註 7〕張福貴：《從「現代文學」到「民國文學」——再談中國現代文學的命名問題》，《文藝爭鳴》，2011 年第 7 期。

〔註 8〕張福貴：《從「現代文學」到「民國文學」——再談中國現代文學的命名問題》，《文藝爭鳴》，2011 年第 7 期。

〔註 9〕張福貴：《從「現代文學」到「民國文學」——再談中國現代文學的命名問題》，《文藝爭鳴》，2011 年第 7 期。

〔註10〕李怡、周維東：《文學的「民國機制」答問》，《文藝爭鳴》，2012 年第 3 期。

開始，在新的社會體制下，逐步形成的，推動社會文化與文學發展的諸種社會力量的綜合，這裡有社會政治的結構性因素，有民國經濟方式的保證與限制，也有民國社會的文化環境的圍合，甚至還包括與民國社會所形成的獨特的精神導向，它們共同作用，彼此配合，決定了中國現代文學的特徵，包括它的優長，也牽連著它的局限和問題。」〔註11〕「民國文學機制」包含兩個方面的內容：「一是對『民國』各種社會文化制度、生存方式之於文學的『結構性力量』的考察、分析，二是對現代作家之於種種社會格局的精神互動現象的挖掘。」〔註12〕

李怡的「民國文學機制」研究視角，試圖在汲取20世紀80年代的「文化視角」研究、20世紀90年代的「文化研究」以及馬克思主義社會歷史批評等各種研究方法的優勢基礎上，實現學術上的幾重超越：一是「通過充分返回民國歷史現場、潛入歷史細節實現對各種外來理論『異質關注』的超越」。〔註13〕拂去西方理論、文化概念等外在覆蓋，著眼於文學本身的審美和價值，著眼於文學發生本身的歷史原場，揭示文學發生和發展的「中國特色」。二是「通過充分返回中國作家的精神世界、發掘其創造機能，實現對文學的『外部研究』的超越，努力將『文學之內』與『文學之外』充分結合起來」。〔註14〕文學現象的發生和文學作品的產生既源於作家主體的創作，亦源於社會環境的影響，作家在社會環境的推動或抑制中進行創作表達，社會環境影響作家的主觀情感接受並將其投射於文字敘述中，個體與環境的相互影響互相結合形成時代的文化空間，構成社會歷史文化印跡。

關於「民國文學」研究的學界理論都試圖將文學放置在「大歷史」的視野中進行研究，但其關於歷史的切入點不盡相同。以「民國史」為視角的研究更重在強調「民國史」與中國史學界存在的不同，「其政治去弊的意義大於這種歷史本身的意義」。〔註15〕然而，「民國」並沒有成為歷史的主體。與之相比，李怡「民國文學機制」將「民國」視為歷史的主體，重在發現民國歷史和中國

〔註11〕 李怡：《民國機制：中國現代文學的一種闡釋框架》，《廣東社會科學》，2010年第6期。
〔註12〕 李怡、周維東：《文學的「民國機制」答問》，《文藝爭鳴》，2012年第3期。
〔註13〕 李怡：《「民國文學」與「民國機制」三個追問》，《理論學刊》，2013年第5期。
〔註14〕 李怡：《「民國文學」與「民國機制」三個追問》，《理論學刊》，2013年第5期。
〔註15〕 周維東：《中國現代文學研究中的「民國視野」述評》，《文藝爭鳴》，2012年第5期。

現代文學之間的聯繫，「它認識到了『民國』與『中國現代』的同構關係，從而使中國現代文學恢復了歷史的主體；它意識到文學與社會的豐富聯繫，從而擴大了認識文學的視野。」〔註16〕

二、「民國文學機制」的主要觀點及其理論影響

文學的「民國機制」是「體制考察與人的精神剖析」的兩相結合，「尋找外在的社會文化體制與人的內部精神追求的歷史作用」。〔註17〕它是一種內外結合、動靜相融的研究，既有對社會制度、社會環境的客觀考察，也有對作家與時代環境、社會制度等的互動關係影響研究，是社會體制考察和作家精神闡釋的互動結合，最終目的是為了闡發現代文學的創造機能，為中國現代文學研究提供新的研究視野和研究啟示。

（一）「感受」與「體驗」：從文化客觀滲透到個體主觀選擇

外來文化，更確切地是指經由中國知識分子帶來的日本以及英美文化，其在中國的傳播和影響，從學界最開始定義的「中外文化交流」轉化為 20 世紀 80 年代中期提出的「影響研究」（曾小逸：《走向世界文學——中國現代作家與外國文學》，湖南人民出版社 1985 年版），而李怡先生在此基礎上提出了「感受」和「體驗」的觀點，著重強調個體的主體性，以及在體驗過程中的主觀能動性，是對之前「影響研究」和「中外文化交流」的發展與進步。

「中外文化交流」著重文化本身呈現的整體特徵以及對中國社會和中國文化的外在影響，「影響研究」是 20 世紀 80 年代中國文學批評界普遍使用的文學研究模式，這種研究模式為：借用一系列西方思潮術語對於中國的文藝現象進行解釋，強調中國文學在與世界思潮的重合中獲得「先進性」和「合法性」，強調中國文學的價值就在於對於西方文化成果和學術成果的介紹和引入，更強調中國作家在對西方思想和觀念的運用中獲得成就和進步。顯然，「影響研究」過度強調了中國文化對於西方文化的比附意義，也忽視了在文化的互相影響作用中人本身的主體性與創造性。當然，這種對於西方文化單一的認可和肯定，掩蓋了中國文學本有的內在本質。因此，客觀看待西方文學對於中國文學的作用和影響，重新評判西方文學中國化後的內涵與本質是

〔註16〕周維東：《中國現代文學研究中的「民國視野」述評》，《文藝爭鳴》，2012 年第 5 期。

〔註17〕李怡、周維東：《文學的「民國機制」答問》，《文藝爭鳴》，2012 年第 3 期。

中國文學研究該有的思維範式和研究路徑。「留心他們所承受的外來文學資源，更要注意這些資源如何最終調動其內在創造性的全過程，這也就是異域的人生體驗與異域的文學資源相互動的過程。」〔註18〕「影響研究」更重視主體的主觀接受和文化對個體的滲透影響；李怡先生在此之上提出了「體驗」這一概念，重視人的主體性，重視體驗者的主觀精神活動。「體驗」著重創造主體本身的精神體驗、心理過程、自我選擇以及過濾表達，其中更注重知識分子主體的個體特質、精神獨立和主觀創造。此種研究視野的轉變，一方面我們看到學界研究由文化外圍走向個體內裏的沉澱與進步；另一方面基於學界之前一貫的以「文化交流」為切入點的整體評判，對於中國文化和中國文學發展進程的外來影響研究，我們有必要進行重新判別和知識定位，在歷史事實和主觀評判之間進行果斷抉擇，以一種客觀中正的視角還原中國文化和中國文學本身。

在強調文化於個體的「體驗」視角時，李怡先生更重視個體本有的歷史經驗於體驗的重要性，強調個體生命成長和思想意識形成的「歷時性」時間意識對於個體思想塑造的意義，它超越了當下異域環境和外來文化於個體的影響和滲透，「共時性」的空間更多的為個體思想變化提供外在環境和文化資源。「『日本體驗』的背景是中國文化與中國文學的生長過程，裏挾著它的歷史潮流絕不是單純的中外交流，而是中國文學自我發展的內在訴求——也可以這樣說，在中國留日學生『日本體驗』的內核是深刻的『中國體驗』——探討『日本體驗』問題也就成為了一個釐清中國新文化與新文學的現代體驗以及現代性追求的問題。」〔註19〕在對於文化和文學的認知和解讀中，一脫外圍的有距離觀望，遠離他者的理論套用和間接轉達，而是著重強調個體的「感受」與「體驗」，「李怡的意義在於不僅提供了一個新的進入文學研究的大門，而且意在喚醒我們生命體驗的意識及其用於文學研究的能力」，「他開闢了以體驗為關鍵詞的新的學術領域，並在一定意義上，建立起了一種研究的範式，而且是相當成功的具有真正的學術研究方法價值的範式。」〔註20〕

〔註18〕李怡、顏同林、周維東：《被召喚的傳統：百年中國文學新傳統的形成》，中國社會科學出版社，2009 年版，第 84 頁。
〔註19〕李怡：《日本體驗與中國現代文學的發生》，北京大學出版社，2009 年版，第 13 頁。
〔註20〕何錫章、劉暢：《評李怡〈日本體驗與中國現代文學的發生〉》，《文學評論》，2010 年第 4 期。

從「體驗」這一強調文化主體和創作主體自身生命體驗和情感接受的視角出發，李怡首先將其用之於探討中國知識分子對於日本社會和日本文化的辨別和接受，並強調在這一辨別和接受中個體本有傳統知識因素的影響成分。繼而，從體驗異域到體驗本土和體驗自我，「從異域體驗的自我冥合到所謂先進思潮的不斷輸入，中國現代作家的日本體驗方式開始發生了某種重要的變化，這一變化最終造成了中國現代文學的複雜格局。」〔註21〕也催生出中國文學新的文學理念和新的發展。以「感受」和「體驗」為主體認知方式的文學研究方法，李怡用之於日本體驗對中國文學的影響，也用之於魯迅研究，更推而廣之為學界認知和解讀中國文學的一種範式，在回歸文學本身之餘，強調主體內在的精神感受，正如李怡自己的闡述：「是不是可以這樣認為，與中國現代文學的『空間』體驗基點相適應，我們的中國現代文學研究的每一次真正的創新，其實並不來自於時間意義的新潮理論的輸入，而恰恰是我們能夠平心靜氣地返回『原點』，努力進入更多的中國現代作家的『體驗空間』，去認識和理解他們各種各樣的實際的人生感受。」〔註22〕

（二）「規範」與「深度」：文獻史料和文化思想的互動交融

20 世紀 80 年代，學術研究以思想理論掩蓋了文獻史料，對於思想推進的渴望掩蓋了對歷史應有的關注；20 世紀 90 年代，學界提倡研究的「學術規範」，否定「以論代史」的研究方式，此種研究方式成為當下學術研究方法的重要方向指引，也就是說，當下學術語境中對文獻史料的推崇其實是對 20 世紀 90 年代以來「學術規範」的一種延續承襲。李怡先生認為，「如何最大程度地排除我們『先驗』的思想理論，最大限度地『返回歷史的現場』，放棄個人思想的『主觀』，回到完全由文獻史料建構起來的『客觀』」〔註23〕才是當下「規範」「健康」的學術風氣。然而，20 世紀 90 年代以來，在尊重文獻史料的同時卻對思想理論進行了否定，形成文獻史料與思想理論相悖的學界認知。「如何在文獻史料的發現中發掘出思想的深度而不僅僅是所謂的學術『規範』的建立，同時，如何讓思想的推進保持與豐富的史料相互協調而不僅僅是『冷

〔註21〕 李怡：《日本體驗與中國現代文學的發生》，北京大學出版社，2009 年版，第 162 頁。

〔註22〕 李怡：《現代性：批判的批判——中國現代文學研究的核心問題》，人民文學出版社，2006 年版，第 62 頁。

〔註23〕 李怡：《發現現代中國文學史料的意義與限度》，《現代中國文化與文學》，2017 年第 1 期。

飯』的『新炒』」。〔註24〕文獻史料和文化思想的互動交融，這是當下學術界應該有的正確的研究範式，李怡提出的「民國文學機制」正是這一互動交融的範式呈現。

「民國文學機制」包括兩個有機的組成部分，一是文學之外的機制，也就是文學置身於社會歷史語境中與各種社會環境因素之間的關聯性；一是文學內部的精神機制，也就是凝結在文學語言現象之中的理念和思想，將內外機制相互結合，也就是將「歷史情境的整合」和「語言整合」進行有機結合，這是「民國文學機制」所尊崇的學術研究方向。「歷史情境整合」強調對於文獻史料的搜集與整理，「語言整合」源自文學思想的挖掘與提煉，既強調史料的真實與規範，也強調思想的深刻與獨特，這是「民國文學機制」研究的特點。

縱觀中國現代文學的學界研究機制，歷經了「現代化」「本土化」的發展過程，「現代化」嘗試用西方理論對現代文學現象進行闡釋，這種模式瞬間拓展了中國文學的解讀空間，但同時也陷入西方理論惟一價值判斷的主觀和強行狀態，有悖文學本有的發展規律；作為對於「現代性」研究視野的反思，「本土化」研究理念應運而生，「本土化」關注中國文學自身的發展狀態，在「全球化」視野下尋求中國現代文學自有的獨特的闡釋空間，彌補了「全球化」對文化多元化和多樣性的忽視，然而，研究者獨特體驗和感受的缺失，研究對象多樣化和豐富性認知的缺失，也成為「本土化」理念難以逾越的研究障礙。「民國文學機制」以一種規避「現代化」和「本土化」理念缺陷的姿態在中國現代文學學界被提出，回歸文學發生的原生歷史現場，還原文學創作過程的豐富性是其理論主導，因此，文學與其他社會要素之間的聯繫，被概念遮蔽的歷史事實都得以清晰呈現，文獻史料與文化思想的互動交融在此得以實現。

（三）「時間」與「空間」：文學史的命名與文學史觀的反思

「文學理論家將文學理解為一種『關係』的存在，任何文學只是相對存在的，其實這也是文學作為『空間』存在的內涵。就中國現代文學來說，它也是一種關係的存在，在這個空間中文學與政治、經濟、法律等事物，文學的流派與流派、思潮與思潮之間，都構成了一種特殊的空間關係。對這種關係的研究，就是對文學和文學史的研究。就這個層面而言，用『民國』來結構文學史，就

〔註24〕李怡：《發現現代中國文學史料的意義與限度》，《現代中國文化與文學》，2017年第1期。

不僅僅是命名問題，而是基於文學史研究中的問題，形成的對於民國時期文學研究的新視野和新方法。」〔註25〕的確，「民國文學」既是一個時間概念，以時間為線索進行的文學史觀界定，更是一種文學視野的拓展與延伸，在文學的空間中將文學以及與文學有關的敘述和評介都納入研究範疇，拓展了文學的空間，站在一個還原的歷史現場去全面解讀文學，淡化了文學與政治之間的關係，也挖掘與重釋了部分被歷史遮蓋的文學作家和文學作品。

李怡提出的「作為方法的民國」就是要尊重民國歷史現象自身的完整性、豐富性、複雜性，提倡文學研究的歷史化態度。這種研究方法一是為中國文學研究乃至學術研究設立一個具體的「時間軸」。以往「現代化」「現代性」的概念劃分，其實掩蓋了不同歷史階段文學在生產方式、傳播方式以及作家所處的社會環境、寫作環境以及社會制度等方面的差異化；「現代」和「當代」的舊有文學階段劃分，也決然隔斷了不同歷史時期文學之間必然的歷史聯繫。「作為方法的民國」就是將文學問題放置到具體的時間維度中去進行思考，找尋它們彼此之間真正的歷史聯繫。二是將中國文學研究乃至學術研究落實到具體的「空間場景」。創作主體所處的不同的生存地域，文學現象產生的具體的生活場景，都衍生出不一樣的文化思想，用大一統的概念或預設性的判斷對其進行斷然劃分，期間充滿了太多研究者的主觀性，背離文學本有的生長和形成姿態。以充分詳實的歷史資料作為基礎，回歸文學發生的原生現場，擺脫比附性的主觀論證，重新解讀文學細節，重新理解文學現象，還原文學作為社會文化現象組成部分的本真面目。

當然，「作為方法的民國」研究，其最大的價值在於在文學史研究中加入了「空間」維度。「空間維度」指將中國現代文學置於「民國空間」中去認知、理解和研究，對於中國現代文學的獨立性存在和研究起到極為重要的作用。一方面，對於注重時間延續性的中國現代文學研究是一種超越。過於注重時間延續性的文學研究勢必導致對於歷史現象認知的模糊與遮蔽，缺失對於歷史發展的宏觀全盤認知把控。另一方面，有利於形成對於中國現代文學獨立性的認知，擺脫中國古典文學和西方現代文學的輻射性認知影響，挖掘中國現代文學的獨特性。「空間維度」將中國現代文學置身於文學發生的時代原場進行反觀和闡釋，注重其與社會其他因素之間的相互影響和促進關係，如政治、經濟、

〔註25〕周維東：《民國文學：文學史的「空間」轉向》，山東文藝出版社，2015年版，第192～193頁。

法律、出版等等，它在提供給讀者一種全盤的觀照視野的同時，也建構起一種發展的辨析視野，如同質的文學技巧和表達類型因為異質的社會空間環境而產生變化，提供給讀者闡釋的視野維度。進一步而言，「民國空間維度」在重視文學發生的「物質空間」的同時，也重視空間主體人的「精神空間」，並且重視在「物質空間」和「精神空間」的維度中「人」的意識和能動性，在一定程度上重構了中國現代文學空間闡釋的文化框架。

相較而言，「中國現代文學」這一學界概念設定則是偏於「時間」視角的文學史研究方法，不同的文學現象以先後順序秩序井然地被放置於現代文學的歷史發生過程中，這種按照時間發展順序梳理文學現象發生的思維模式，一方面有出於階段劃分需求而自設的稍顯強行的時間界限，文學出於劃分需求被概念化；另一方面忽略了部分其他文學的存在闡述，如近代文學、通俗文學、舊體文學等等。當然，我們不可全盤否定如此進行概念設定的價值與意義，依學界提出的「民國視野」所設定的研究方法，即回歸文學發生的歷史原場進行分析和闡述。中國現代文學概念的提出始於 1949 年中國現代文學學科的剛剛建立，以時間為序將歷史打通並進行清晰梳理是歷史原場對其提出的要求，也是意識形態建構的歷史任務的完成方式，是中國現代文學建立之初的需求選擇。依列斐伏爾的「差異空間」理論，差異化的個體存在和文學現象才構成文學現象多元性和豐富性的真實存在，因此，中國文學在歷史長河中的不斷發展前進，在文學創作和文學現象發生的變更中，尋求歷史發展中不斷變化的原場需求，文學研究視野和文學研究方法的不斷與時變更也是一種必然，而李怡以「空間視野」和「空間維度」為方法的新的「民國文學」研究方式的出現，是對已有文學研究史觀的反思成果，顯然是推進文學研究發展的必然需求。

三、「民國文學機制」的學術運作與方法運思

李怡的「民國文學機制」研究在行動上無形之中將之變成了一場不小的學術運動，作為這場運動的主推手，他一是依此為核心動力，積聚了大批同道學人展開討論，在討論中繼續推進學術觀點的延伸與發展；二是借助新媒體對其討論觀點和學術看法進行推廣，在影響力上促進了其學術觀點的發展；三是借助這一學術觀點的探討和研究，推出大批新人，他們憑藉嚴謹的學術思辨能力和高漲的學術熱情在中國現代文學的研究陣地成為中堅力量。因此，「民國文學機制」作為一種學術運作，它推動了中國現代文學的整體前進；而作為一種

方法運思，它呈現出超越中國現代文學研究的更大的思想價值。

（一）學術運作：核心理論的推廣模式及其學界影響

2007 年 6 月，李怡先生提出「西川會館」的設想，旨在以「西川」為名集聚同道之人進行讀書和學術交流活動，以此為契機，以「西川」為名的系列學術活動如火如荼展開，「望江讀書會」和「西川讀書會」就是其有代表性的活動。兩種不同類型的讀書會已經形成了固定的時間、成型的模式，吸引了大批中國現當代文學領域的學生和學者加入討論，互相交流中催生出不少思想與觀點的火花碰撞，潛移默化中促進了學界的發展，也催生了更多的學界新人。在此基礎上，「西川論壇」應運而生。如今，「西川論壇」的影響群體不計其數，其影響輻射力也從國內走向國外，對中國現代文學研究起到重要的推進作用。論壇除以研討會方式展開理論碰撞外，還自辦報紙和電子期刊，開專欄，將理論思想以文字的形式積極公開，西川論壇通訊、《西川論壇》（後改名為《西川評論》）、《西川會館》、公眾號「西川風」、公眾號「西川烽火」都是其研討理論公之於眾的公眾平臺，除了進行多渠道的理論傳播，研討會的輻射地域也在逐漸拓展，雲南、北京、新疆、山西、日本都曾主辦過「西川論壇」研討會，其影響力和輻射力與日俱增。正如臺灣政治大學民國歷史文化與文學研究中心對於「西川論壇」的報導所言：「西川讀書會已經成為大陸現代文學研究界的生力軍。」

近年來，「西川論壇」也取得諸多優秀成果。論文方面，李怡及其「西川論壇」同人學者在國內期刊雜誌上發表了大量相關文章，圍繞民國經濟機制與文學、民國法律機制與文學、民國政治機制與文學、民國機制與國民革命時期的文學等等展開討論，根據中國學術期刊網搜索到的數據初步統計，相關 CSSCI 論文達到 500 餘篇，給中國現代文學研究帶來全新的視野和有力的突破；專著方面，李怡整合了民國文學研究領域的相關資源，主編了一系列民國文化和民國文學研究叢書，如臺灣花木蘭文化出版社的「民國文化與文學研究文叢」，山東文藝出版社的「民國歷史文化與中國現代文學研究叢書」、花城出版社的「民國文學史論叢書」，據不完全統計，目前已有相關專著數量達到 100 餘本。這些學術成果毫無疑問都是「西川」同人們近期努力的結果，在中國現代文學研究領域起到標杆性的引導作用，形成一股強大的推動力量。

除此以外，「西川論壇」還為學界培養了大批的學術新人，從「西川論壇」成立發展到今天，共培育了 40 多名青年學者，將近 20 名教授、副教授和博士

生，顏同林、周維東、張武軍、李哲等人都是在李怡先生的指導和「西川論壇」影響下成長的學界新人，他們圍繞「民國文學機制」展開研究，以此為理論出發點但又不限於此點，極大地拓展了「民國文學機制」的研究視野和涉及領域。如顏同林在「民國機制」下重新認識「現代中國文學主體的生長機制」「揭示中國現代文學發生發展的本土規律」的研究方法引導下，將研究視野著眼於國際版權法律與翻譯文學，對民國時期翻譯文學的「主體的生長機制」和「本土規律」進行了史料搜集與重歸歷史原場的認知和判斷。細究民國時期因中國不加入國際版權同盟，從而獲得了自由翻譯和印製西方書籍的權利這一歷史背景，尋求到民國時期翻譯文學自由多元發展的歷史原因，為民國時期翻譯文學和創作文學並行前行的文學現象尋求到社會制度佐證，也窺視到民國文學與世界文學保持同步而共生關係的文學真相。〔註26〕周維東從時間、空間和人三個層面，對「民國」的文學史意義進行了探討。從空間視角來看，「民國空間」和中國現代文學的「現代空間」處於平行結構，所包含的歷史內容存在差異。「『民國空間』所要揭示的是一種政權形式為文學提供的生存空間，『現代空間』則是現代文學在一定時空內創造出的精神空間。」〔註27〕「民國」空間概念的提出對於中國現代文學研究的意義，「首先，它可以幫助我們將歷史對象認識固定在一定的時空內，避免『前史』思維對歷史對象的人為變形和歪曲；其次，它將民國時期的文學視為一個獨立的空間存在，在方法論上克服了『中西二元對立思維』的思維『瓶頸』；最後，民國空間中涉及到國家體制與文學發展複雜關係的重要內容，本身也是『現代』的重要內涵之一，對這些現象的揭示也是對『現代』的深刻揭示。」〔註28〕

（二）方法運思：「民國作為方法」的超越現代文學研究的思想價值

「民國文學機制」這一提法的學術影響，「在推動中國現代文化與文學健康穩定發展的過程之中，『民國機制』至少有三個方面的具體體現：作為知識分子的一種生存空間的基本保障，作為現代知識文化傳播渠道的基本保障以及作為精神創造、精神對話的基本文化氛圍。」〔註29〕作為方法的「民國機

〔註26〕顏同林：《「民國機制」與翻譯文學的興盛》，《山東社會科學》，2016年第6期。

〔註27〕周維東：《「民國」的文學史意義》，《社會科學輯刊》，2013年第1期。

〔註28〕周維東：《「民國」的文學史意義》，《社會科學輯刊》，2013年第1期。

〔註29〕李怡：《「五四」與現代文學「民國機制」的形成》，《鄭州大學學報》，2009年第4期。

制」在文學研究的方法論上至少有三個方面的意義：「一是倡導我們的現代文學學術研究應該進一步回到民國歷史的現場，而不是抽象空洞的『現代』，即便是中國作家的『現代』理念，也有必要在我們自己的歷史語境中獲得具體的內容」；「二是史料考證與思想研究相互深入結合」；三是「將外部研究（體制考察）與內部研究（精神闡釋）結合起來，以『機制』的框架深入把握推動文學發展的『綜合性力量』」。〔註30〕

　　作為一個動態結構的「民國文學機制」，較之「現代文學」的敘述模式，其所涉及的歷史質素、由之構成的歷史結構要更為複雜立體，對於突破「現代」在中國語境中的限定也有積極作用。〔註31〕從「現代文學」的意義概念回到「民國文學」的時間概念不失為新的思路。在「民國文學」「返回歷史現場」的倡議下，「民國文學機制」更加關注作家生存空間、作品傳播機制及作家精神空間的保障，為「如何返回歷史現場」提供了更為可行的操作路徑，從而為現代文學的研究提供了研究態度、方法、內容及旨歸上的啟示，為現代文學期刊研究獲得更加寬廣的視野。

　　尤為可貴的是，「民國文學機制」作為一種研究視角和研究方法，已經在學界得以應用，如李直飛的《「民國文學機制」與現代文學期刊研究的視野拓展——以〈小說月報〉研究為例》，（《江漢學術》，2016年第2期）。「將『民國文學機制』引入到《小說月報》研究，從對當前存在問題的回應，到研究態度、方法、內容的再次定位，都顯示出比既有研究框架更為寬廣的視野，使得《小說月報》的研究不再僅僅停留在表面的『概念』、『意識』之爭，向著更具有生命力的深處進發。《小說月報》的研究如此，其他文學期刊的研究也是如此。」顯然，「民國文學機制」在研究態度、研究方法、研究內容以及研究旨歸上的創新與拓展，更加關注文學產生的社會空間、作品傳播的社會機制以及作家創作的精神空間的研究思路，已經為中國文學研究提供了更為清晰的研究路徑，也促進了學界關於中國文學的重新闡釋，一個更新和更闊的中國文學真實原生場景全面展開。

　　同時，必須要指出的是，當「民國文學機制」形成一股學術衝擊力在學界得到響應和發展的同時，也有不少質疑的聲音同步產生，如趙學勇《對「民國

〔註30〕李怡、周維東：《文學的「民國機制」答問》，《文藝爭鳴》，2012年第3期。
〔註31〕姚丹：《以「民國經驗」激活「民國機制」——中國現代文學史研究新的可能性》，《文藝爭鳴》，2012年第11期。

文學」研究視角的反思》（《中國社會科學報》，2013 年 11 月 1 日）、韓琛《「民國機制」與「延安道路」——中國現代文學史研究的範式衝突》（《文學評論》，2013 年 6 期）、郜元寶《「民國文學」，還是「『民國的敵人』的文學」？》（《文藝爭鳴，2015 年第 8 期》）等，持不同觀點的學者以其學術客觀性理性應對他人不同的觀點表達，在或肯定或批駁中包容共生，這是學界本有的學術狀態，也是「民國文學機制」觀點得以繼續闡釋發展的一種必然姿態。

肆、君子型

比較的方法與歷史的視野
——論張中良教授的民國文學史研究

晏　潔*

　　「文學史的權力」使某些作家和某些作品成為「凸顯或壓抑的對象」，而這些選擇性的操作「同當代意識形態彼此呼應．相互纏繞」，另　方面文學史「通過教育，又成為普遍的共識和集體的記憶」〔註1〕。因此可以說文學史的編寫是對曾經發生過的文學歷史現象的裁剪，以及對文學歷史意象的形塑。自從歷史的車輪進入當代以來，特別是在新時期之前，中國現代文學史的敘述就在各個時期的多次重新書寫中得到逐漸規範並不斷強化，達到了雖然著者和版本不盡相同，但被選入各個現代文學史的作家、作品，乃至於評價都大體一致的效果。

　　從這個角度來說，中國現代文學史更多體現的是「史」的意義與功能，是「歷史的文學」而非「文學的歷史」，以符合主流意識形態的歷史敘事框架對文學現象、作家作品進行篩選、過濾，勢必造成有意的遮蔽或遺忘，以至於長期以來，多個版本的中國現代文學史呈現出脈絡簡單清晰和敘述統一性的整體特點。但事實上，中國現代歷史的波瀾壯闊、複雜多變使積極參與和表現社會歷史變革的現代文學在發展過程中也異彩紛呈，多重文學現象同時在場，多種文學觀念衝突交鋒，因此中國現代文學史的豐富性、複調性應該是不言而喻的。能夠在學界早已習以為常、異口同聲的中國現代文學史研究中發出另類的

---

* 晏潔，文學博士，海南師範大學學報編輯部副研究員，主要從事中國現當代文學研究。

〔註 1〕戴燕：《文學史的權力》，北京大學出版社 2002 年版，第 9～11 頁。

聲音，以實事求是的科學態度去重新發現那些被刻意忽略的文學現象和文學創作，不僅需要開闊公正的歷史視野，還需要具備客觀獨立的學術精神。而張中良教授的民國文學研究正是這種歷史視野與學術精神相結合的典範。張中良教授自 20 世紀九十年代初進入學界以來，學術研究碩果累累，自成體系，而民國文學史研究只是其中的組成部分，但由於民國文學史的研究關係到整個中國現代文學史的結構性拓展，重塑現代文學的歷史意象，因此也是近年來張中良教授相當重視並致力於推進的。而實際上，雖然張中良教授在 2006 年明確提出以「民國史視角」[註2]考察現代文學，但從其學術軌跡來看，「民國史視角」的提出並非偶然或突然，而是其學術研究長期積累的必然成果。因為張中良教授的現代文學研究一直與其開闊的歷史視野緊密相連，其文學視野也就能及一般學者所不能及，其現代文學研究對象早已超越一般現代文學史所涉及的範圍，將現代文學史從時間與空間維度加以拓展，應該說這是「民國史視角」理論形成之前的研究實踐。隨著「民國史視角」以及「民國文學史」概念的正式確立，張中良教授的文學研究成為一個具有豐富實踐與理論建構的完整體系。以下試將從以下三個方面對張中良教授的現代文學史研究體系進行論述：一是用比較的方法對五四新文學的再發掘；二是民國史視角下的現代文學研究；三是回到歷史原場，重述抗戰正面戰場文學史。

一、比較視角下的五四新文學研究

　　五四新文學作為思想啟蒙運動的重要組成部分，拉開了中國現代文學史的序幕。一直以來，絕大多數的中國現代文學史著作對於五四新文學的敘述內容基本集中在文學革命、白話文運動與少數幾位重要作家作品上，當然這些確實也是五四新文學具有代表性的重要內容，但是各版本幾乎雷同的敘述內容，使現代文學史的閱讀者或學習者對五四新文學的瞭解局限在上述範圍之內，無法對五四新文學進行全局地認知與把握。文學史長期處於的這種「省略」狀態甚至於使許多現當代文學研究者久而久之也形成了相應的較為狹窄的「五四」新文學意象，以至於五四新文學研究在不斷地向縱深發展的同時，其外沿卻在縮小，研究重點逐漸集中和減少，失去了五四新文學史的整體性與豐富性。因此研究者是否具有開闊的全局性視野將是拓寬「五四」新文學史的廣度與重建五四新文學史意象的關鍵所在，而張中良教授正是這樣一位研究者。張

〔註 2〕參見秦弓：《從民國史的視角看魯迅》，《廣東社會科學》2006 年第 4 期。

中良教授的「五四」新文學研究從一開始就採用了不同於一般文學史研究的方法與視角，曾經留學日本的學術背景，使其能夠站在中國現當代文學史傳統場域之外的角度，對其進行整體性與全方位的考察和研究，主要體現在張中良教授用比較的方法對五四新文學中「人的文學」以及翻譯文學的研究，從而拓寬了五四新文學史的研究外沿，同時也延伸了研究深度。

　　首先來看張中良教授對中日「人的文學」的比較研究。五四新文學除了提倡生動活潑的白話文學，提倡個性解放的「人的文學」也是其重要的組成部分，但是一直以來，學界對於五四「人的文學」的研究起點基本都是周作人那篇著名的《人的文學》，而對於「人的文學」之所以形成一種思潮的前因後果卻不甚了了。張中良教授在對日本現代文學進行充分研究的基礎上，意識到「人的文學」在日本和中國兩國相繼興起應該有著深層的文化內涵，因此他用比較的方法將中日「人的文學」進行並置研究，以「填補宏觀研究專著方面的空白，為清理五四新文學的來龍去脈並進行建立儒教文化圈近代文學嬗變的研究框架做一點貢獻」，同時張中良教授以更為宏大的視野提出梳理中日兩國「人的文學」的發生、發展過程，是為了「向今人提醒：人的解放是一個跨世紀的偉業，⋯⋯歸根結底，人類社會的目標在於人自身的自由而全面的發展」。〔註3〕基於這個目的，張中良教授自然而然地將「人的文學」的關注重點從學界一般關注「人的文學」中的「文學」成就，轉移到了「人」這一主體上，「五四『人的文學』不是單槍匹馬、突兀而至的。它伴隨著中國近代以來『人』的覺醒而萌芽、生長以至成熟的」〔註4〕，從而將「人的文學」的討論從 1918 年周作人《人的文學》上溯至 1902 年梁啟超《論小說與群治之關係》的發表。張中良教授認為，「梁啟超對於近代中國『人』的覺醒的重要貢獻，在於他對個性問題予以高度重視，並在其可能的範圍裏做了較為系統的論述，給近代救亡圖存開闢了一條新的思路，給後人留下了寶貴的思想資料，在通往五四『人的文學』高峰的坎坷道路上矗立了一座方向標和里程碑」〔註5〕。正是由於「人的文學」萌芽期對於「人」這一理論問題的充分探討，而要將這些理論探討用

〔註3〕秦弓：《覺醒與掙扎：20 世紀初中日「人的文學」的比較》，東方出版社 1995
　　　　年版，第 1 頁。
〔註4〕秦弓：《覺醒與掙扎：20 世紀初中日「人的文學」的比較》，東方出版社 1995
　　　　年版，第 19 頁。
〔註5〕秦弓：《覺醒與掙扎：20 世紀初中日「人的文學」的比較》，東方出版社 1995
　　　　年版，第 21 頁。

一種更加容易被普通民眾所接受的方式闡釋，這就將「人」順利引向了文學場域。周作人《人的文學》的發表將「人」與「文學」結合在一起，開宗明義的提出了新文學即是「人的文學」，使「人」這一抽象概念從理論層面落實到了文學創作層面，張中良教授指出這正是「『人』的覺醒由思想界而文學界，雖然還處於萌芽狀態，但畢竟預示了中國文學終於衝出封建之道的牢籠，走向一個嶄新的『人的文學』的時代」〔註6〕。

通過張中良教授對中日「人的文學」的整個過程的考察比較，可以看到日本「人的文學」的先期發生與發展，使之成為了五四「人的文學」的理論創作資源和重要的學習借鑒對象。因此，中日「人的文學」之間既有難得的共性，即「從文學走向來說，像日本與中國近現代文學這樣相似的，至少在19世紀以來的世界文學史上很難找到第二對」。〔註7〕然而又由於兩國社會文化發展和歷史語境的差異性，使兩者之間又有著各自不同的歷程和特點，例如日本「人的文學」進程中豐富的譯介作品、循序漸進的發展節奏和平淡深厚的美學風格，五四「人的文學」與其相比較，就顯示出這一文學進程中較為貧乏的譯介資源、匆忙急促的發展節奏，以及粗獷雄渾的美學風格。正是由於有了日本「人的文學」的對比，從而擺脫了學界對五四「人的文學」的單一性研究視角，在這樣的對比考察之下，五四「人的文學」整體呈現出更加開闊的視野，更加清晰的輪廓，以及更加理性的學術評價。張中良教授將五四「人的文學」置於比較的研究格局中，必然使其突破了一般文學史的敘述空間，更為重要的是，通過對五四「人的文學」的比較研究，張中良教授進一步注意到了外國文學的譯介對五四新文學所起到的推動作用。在《「泰戈爾熱」——五四時期翻譯文學研究之一》和《易卜生熱——五四時期翻譯文學研究之二》兩篇論文中，張中良教授從個案研究的角度分別考察了泰戈爾和易卜生的作品究竟為何能夠被五四新文學所接受並廣泛傳播，成為文學和社會熱點。就「泰戈爾熱」現象而言，張中良教授認為除了因為泰戈爾在1913年獲得諾貝爾文學獎，其文學成就得到西方世界以及學習西方的日本文壇的肯定之外，「更為深刻的原因還是在於五四前後中國有著自身的內在需求，即中國的社會文化現狀同泰戈爾

〔註6〕 秦弓：《覺醒與掙扎：20世紀初中日「人的文學」的比較》，東方出版社1995年版，第23頁。

〔註7〕 秦弓：《覺醒與掙扎：20世紀初中日「人的文學」的比較》，東方出版社1995年版，第117頁。

的契合」，五四新文學從泰戈爾的作品中吸取了關於個性解放、人性解放和人道主義等啟蒙思想資源，另外泰戈爾的文學作品有著豐富的文體形式，也對新文學產生了影響，因此可以說「五四文壇對泰戈爾的熱情譯介，還有文體建設的動因」〔註8〕。與「泰戈爾熱」主要是在新文學創作方面產生影響有所區別，「易卜生熱」更多的是五四啟蒙精英利用其話劇作品的譯介與推廣，去闡釋和宣傳掙脫傳統禮教束縛的個性解放思想，特別是其劇作《玩偶之家》中的娜拉，更是「成為女性解放與個性解放的一個共名，給現代文學乃至現代文明建設以深遠影響」〔註9〕。

張中良教授借由泰戈爾和易卜生的個案考察，進而將研究觸角延伸至五四新文學時期及其現代文學史中的翻譯文學，使一直以來被各種現代文學史所忽略的翻譯文學浮現出較為清晰的輪廓，並對其文學史地位進行了重新的評價。張中良教授認為翻譯文學研究實際上是一個非常值得重視的領域，因為不僅在五四新文學時期，其身影還貫穿於整個中國現代文學史，在各個歷史時期都有其獨特的貢獻，「翻譯文學的巨人成就不僅僅在於翻譯文學自身，更在於它以特殊身份參與了中國現代文學的建構，對文學乃至整個社會的現代化進程產生了難以估量的效應」〔註10〕。另一方面，回到五四新文學發生的原場，也可以看到當時諸多啟蒙知識分子，例如茅盾、鄭振鐸等注意到了翻譯文學對於中國文學的有益價值，而他們也在翻譯文學的理論提倡與譯介方量做了大量工作，使「翻譯在跨文化交流與現代啟蒙中的確發揮了重要作用」〔註11〕。雖然早在思想啟蒙時期，「新文學前驅者們」就認為「翻譯文學是中國新文學的一個組成部分」〔註12〕，也就是說翻譯文學理應進入中國現代文學史的敘述之中。但令人遺憾的是，自20世紀五十年代以來翻譯文學在中國現代文學史一直處於模糊的缺席狀態，張中良教授認為造成這種狀況的深層原因在於：「一是學科初創期，正值中華人民共和國剛剛誕生，政治上強調獨立自主，反

〔註8〕　秦弓：《泰戈爾熱——五四時期翻譯文學研究之一》，《中國社會科學院研究生院學報》2002年第4期。
〔註9〕　秦弓：《易卜生熱——五四時期翻譯文學研究之二》，《中國社會科學院研究生院學報》2003年第4期。
〔註10〕　秦弓：《「五四」時期翻譯文學的價值體認及其效應》，《天津社會科學》2005年第4期。
〔註11〕　秦弓：《論翻譯文學在現代文學史上的地位》，《文學評論》2007年第2期。
〔註12〕　秦弓：《「五四」時期翻譯文學的價值體認及其效應》，《天津社會科學》2005年第4期。

封鎖的同時容易走向封閉保守，……有意無意地迴避外國文學的影響，忽略翻譯文學的價值。初創時的認知模式一旦形成，便沿襲為學科慣性。二是翻譯文學的屬性問題一直是個懸案，外國文學界認為翻譯文學已經不是原本意義上的外國文學，中國文學也從『血緣』上予以排斥，這樣就把翻譯文學推到邊緣的位置。」〔註13〕基於對翻譯文學的深入研究，張中良教授提出學界應該以理性的學術態度對翻譯文學給予足夠的重視，使其在中國現代文學史的書寫中佔有一席之地，「以恢復其應有的歷史地位」〔註14〕。

　　除了五四新文學中的翻譯文學研究，張中良教授還將比較文學的方法應用於魯迅研究。作為五四新文學里程碑式的作家，一直以來，魯迅研究都是中國現代文學研究中經久不衰的熱點，而學界大多數的研究一般集中在魯迅作品的文本解讀、魯迅本人的思想研究。張中良教授卻另闢蹊徑，從魯迅與國外作家、作品的對話去理解魯迅，這無疑是對已成範式的魯迅研究方法的必要補充，也更加豐富了魯迅研究成果。1995 年，張中良教授翻譯出版了日本學者丸尾常喜的論著《「人」與「鬼」的糾葛——魯迅小說論析》，這種他者文化語境中的魯迅研究為國內魯迅研究打開了一扇新的窗口，也為跨文化的魯迅比較研究提供了可能性。張中良教授也注意到了日本作家作品與魯迅創作之間的微妙互動，在魯迅和日本作家有島武郎的比較研究中，張中良教授指出兩者之間在「人性觀、個性觀與文學觀、作品意蘊與文體風格、精神歷程與人格結構諸方面，他們有頗多相似之處以至於深深地契合」〔註15〕。通過有島武郎的作品及其思想反觀魯迅，就會發現前者對後者的文學創作產生了一定的影響，如《阿末的死》與《祝福》，《一個女人》與《傷逝》之間有著內在共通之處。在魯迅與另一位日本著名作家芥川龍之介的比較研究中，張中良教授則指出，「魯迅是中國最早翻譯芥川龍之介的譯者」，其「在人性審視、生存思考與歷史趣味、冷峻幽默等方面與芥川龍之介的息息相通，在他的翻譯與創作中留下了清晰的印痕」〔註16〕。例如《孔乙己》和《毛利先生》，日本學者藤井省三

〔註13〕秦弓：《論翻譯文學在現代文學史上的地位》，《文學評論》2007 年第 2 期。

〔註14〕秦弓：《二十世紀中國翻譯史　五四時期卷》，百花文藝出版社，2009 年，第 42 頁。

〔註15〕秦弓：《魯迅與有島武郎——以「愛」為中心》，《魯迅研究月刊》2004 年第 11 期。

〔註16〕張中良：《魯迅與芥川龍之介在小說世界的遇合》，《西南民族大學學報》（人文社會科學版）2014 年第 5 期。

所提出的「《孔乙己》是魯迅第一篇成熟的作品，之所以成熟，與受到芥川龍之介的《毛利先生》的影響有關」〔註17〕，而張中良教授則從魯迅創作《孔乙己》時間的可能性、人物與情境的相似性方面對藤井省三的猜測做了進一步的論證。可以看到，張中良教授根據他對日本現代文學的深入瞭解，以比較文學的方法對魯迅作品及其思想進行的考察，得到了異於現當代文學常規研究的成果，不僅開闊了魯迅研究的外沿，也為魯迅研究提供了新的視野和研究途徑，有助於學界更加清晰地理解魯迅作品與思想內涵。

　　綜上所述，張中良教授以比較的方法對五四新文學進行重新考察，從中日「人的文學」的對比研究開始，逐漸擴大到翻譯文學研究的廣度與深度，同時還有魯迅的比較文學研究。在張中良教授的這些研究成果中，我們可以看到，五四翻譯文學的發生與發展與社會歷史變革、文化思潮湧動有著緊密的聯繫，同時翻譯文學也對新文學，其中包括對魯迅思想和創作的影響，乃至於中國現代文學建構進程中的創作思想、題材和文體等方面產生了重要作用。毫無疑問，張中良教授將比較的方法應用於現代文學研究，特別是五四新文學研究，是對原有研究版圖的有效拓寬，也提醒中國現代文學史研究應該以多元化的研究理論與方法，來打破既定的學科慣性和學科框架，只有這樣才能不斷地更新學科體系，使學術成果不斷推陳出新，而這樣的中國現代文學史研究也才能保有持續的創新與生命力。

二、歷史視野下的民國文學史研究

　　文學史，顧名思義就是文學的歷史，《辭海》對其有詳細而完整的釋義：「文藝學研究範疇之一。以文學發展的過程和歷史為研究對象。文學史總是在一定的文藝理論觀點的指引下，闡述各個國家和民族的文學起源，某些文學類型、形式、思潮、流派、風格和語言傳統產生、演變、發展、衰落並被其他文學類型、形式、思潮、流派、風格和語言傳統所取代的歷史，以及文學內容、原型、母題變化的歷史，尋求它們前後承傳和沿革的規律，揭示文學的發展演變的自身原因及其與時代社會發展之間的內在關係，對各個歷史時期的重要作家和作品作出準確的評價，闡明他們在文學史上的地位和影響，描述文學作品作為一種審美的動態結構在不同時代的接受史，以及作品的淵源和相互的

〔註17〕張中良：《魯迅與芥川龍之介在小說世界的遇合》，《西南民族大學學報》（人文社會科學版）2014 年第 5 期。

關係。根據所涉及的方面，一般分為通史、斷代史和專題史幾種」〔註18〕。從這個釋義來看，文學史的內容應該是複雜與豐富的，承擔著敘述文學發展歷史規律的任務，最為重要的一點是文學史必須在「一定的文藝理論觀點」所規定的框架之內書寫，這就意味著能夠進入文學史的作家、作品和文學觀點，肯定是經過選擇的。而這種「一定的文藝理論觀點」具有時代性，同時也是某一特定時代的文學史書寫者接受和認同，並將此作為一種標準或尺度，體現在文學史敘述的每個角落。而張中良教授早在20世紀九十年代初就意識到文學史的當代性這一特點，在一篇與其他兩位學者共同署名發表的論文中明確「每一時代的歷史著作都只能是該時代的產物，現代文學史亦然」〔註19〕。文學史的當代性無疑是客觀存在的，但是如果將當代已成固定模式的「歷史公論」當作評價文學的唯一標準，容易對文學史的寫作產生消極影響。例如「八十年代前後產生的一批中國現代文學史著作，幾乎形成千部一腔的情況」，因此，張中良教授等強調現代文學史寫作在已成範式的「公論」「定論」之外，還應該具有「主觀性」和「獨創性」，「富於獨創性的見解越豐富多樣，則在相互撞擊的基礎上愈能形成較為科學的『定論』、『公論』」。〔註20〕在此之外，張中良教授等還提倡由於現代文學史的多重面相仍待探尋，因此呼喚更多「子系統的文學史」，如「斷代史」「美學類型史」「社團文學史」「文學思潮史」「地域文學史」〔註21〕等。而張中良教授近年來致力於民國文學史概念的倡導，正是基於其歷史視野基礎上對現代文學史「主觀性」和「獨創性」寫作觀點的推進和踐行。

長期以來，中國現代文學史的寫作偏重於對「史」的闡釋，「因為這一學科建立的重要動機，就是為新民主主義革命的必然性與合理性提供佐證」，在這一基本原則指導之下，即使在新時期以後，「新民主主義史視角對文學史研究與敘述仍有很大影響」〔註22〕。新民主主義史視角本身沒有問題，它確實是研究二十世紀中國史的一個學術視角，但這並不代表它就是唯一的視角。歷史

〔註18〕夏徵農、陳至立主編：《辭海：第六版彩圖本》，上海辭書出版社2009年版，第2384頁。

〔註19〕張華、張中良、劉應爭：《我們的意見——答「文學史觀討論」提綱》，《中國現代文學研究叢刊》1991年第4期。

〔註20〕張華、張中良、劉應爭：《我們的意見——答「文學史觀討論」提綱》，《中國現代文學研究叢刊》1991年第4期。

〔註21〕張華、張中良、劉應爭：《我們的意見——答「文學史觀討論」提綱》，《中國現代文學研究叢刊》1991年第4期。

〔註22〕秦弓：《現代文學的歷史還原與民國史視角》，《湖南社會科學》2010年第1期。

本身的複雜性不言而喻，如果僅從一個視角來考察，那麼無疑會使其單一化，從而使歷史研究失去更多的可能性。中國現代史一般是指 1911 年辛亥革命至 1949 年中華人民共和國成立這段時間所發生的歷史事件、歷史現象的總和。而現代文學史是依附於近代史的，如果以新民主主義史視角來書寫這一段歷史，那麼自然而然地就會過濾掉諸多與新民主主義視角不符的歷史事件、歷史現象，文學史也就會如此，最終將一部眾聲喧嘩的複調交響曲簡化為一部單聲部的樂曲。另一方面，在新民主主義視野中的中國現代史，民國只有政治性這一種性質，代表的是由國民黨作為執政黨的政府，可以說是「民國」這一概念與民國政府合二為一的。對民國政府持本質性否定的基本史觀，導致對「民國」這一歷史時期也相應地整體性否定。但事實上，「民國」與其他所有時代一樣，不僅是一個政治實體，還是由經濟、文化等多個部分組成的複合體，我們批判其政治黑暗的同時，也並不妨礙我們對其他組成部分進行客觀化與學術化的研究。同樣的，就現代文學史而言，我們也可以嘗試在新民主主義視角之外，尋求更為廣闊的視野對其進行理性、完整的考察，接近歷史原場，真正瞭解現代文學史發生、發展的整體面貌。

　　2006 年，張中良教授率先提出應該以「歷史還原」的方法重構包括魯迅研究、現代文學史研究在內的「民主主義革命史、新民主主義革命史、近現代史、思想史、文化史」等「民國史」，而具體到現代文學史，張中良教授則認為「民國作為一種歷史形態，對中國現代文學的發生發展起到了十分重要的作用」〔註23〕。隨後，李怡教授在 2009 年對張中良教授等提出的將「民國」作為一種文學史斷代的時間概念，或研究框架的想法做出了積極回應，系統提出了「民國文學史框架」〔註24〕和「民國機制」〔註25〕。前兩者分別是緣於中國古代對歷史敘事中進行斷代書寫的傳統方法和著眼於現代文學賴以發生、發展的社會生態背景，後者則是出於尊重歷史。同時李怡教授強調這種「『民國機制』並不屬於民國政權的專制獨裁者，而是根植於近代以來

〔註23〕　秦弓：《從民國史的視角看魯迅》，《廣東社會科學》2006 年第 4 期。

〔註24〕　參見李怡：《「民國文學史」框架與「大後方文學」》，《重慶師範大學學報》（社會科學版）2009 年第 1 期。

〔註25〕　「五四遺產中被人們有意無意遺忘掉的而在如今最需要我們正視和總結的東西便是一種能夠促進現代中國社會與文化健康穩定發展的堅實的力量，因為與民國之後若干的社會體制因素的密切結合，我們不妨將這種堅實的結合了社會體制的東西稱做『民國機制』」。參見李怡：《「五四」與現代文學「民國機制」的形成》，《鄭州大學學報》（哲學社會科學版）2009 年第 4 期。

成長起來的現代知識分子群體」〔註26〕，其後更進一步表明「將民國作為方法」〔註27〕對現代文學重新進行全方位、多角度的理性研究。隨著張中良教授等學者對民國史視角或民國文學史的不斷深入研究和推進，這一新的現代文學史研究方法得到了學界的逐漸認同，特別是張中良教授近年來對這個學術創新點進行了大量細緻深入的研究，產生了豐富的學術成果，使現代文學史研究有了新的突破，主要體現在以下兩個方面：一是民國史視角下的現代文學史研究；二是民國史視野中的魯迅研究。

首先來看第一個方面，即民國史視角下的現代文學史研究。需要明確的是，如果要在這一視角下進行中國現代文學史的研究，必須面對的首要問題就是如何理解「民國」及其「民國史」。眾所周知，新民主主義革命取得勝利的標誌是在全國範圍內徹底推翻以國民黨為執政黨的民國政府，因此正如張中良教授所言，無論是學界，還是社會普遍認知，都將民國簡單等同於「一個敗亡的政府」〔註28〕。從這個否定性的認知起點出發，民國歷史難以得到客觀與理性的研究。張中良教授認為學術研究應該本著還原歷史的基本學術精神，拋棄單一的意識形態價值判斷，重回原場，以求真的學術態度重新去認識歷史的民國和民國的歷史。在歷史視野的觀照之下，民國不再是一個單向度的政治性的概念，而是一個真實存在的「國家實體」和「歷史過程」，而民國文學就是在這個國家實體與歷史過程中，即在「民國的背景下誕生、成長」，必然「打上了深刻的民國烙印」〔註29〕。因此，從歷史維度來看，民國史可以、並且完全能夠成為研究現代文學史的一個學術視角。與早前已被學界接受的各種現代文學史概念相比，例如「20世紀文學」「百年中國文學」等籠統並消解不同時代特點的概念相比，民國史視角下的現代文學史，或者直接稱之為民國文學史的命名，顯然更接近歷史本真，在時間分期上也有確切的斷代，也更具歷史感，張中良教授指出：「現代文學界提出民國文學概念，並非通常意義上的趕時髦，而是歷史意識復蘇的表徵」〔註30〕。值得注意的是，雖然民國文學史與

〔註26〕 李怡：《民國機制：中國現代文學的一種闡釋框架》，《廣東社會科學》2010年第6期。

〔註27〕 參見李怡：《作為方法的民國》，《文學評論》2014年第1期。

〔註28〕 張中良：《民國文學史概念合法性及其歷史依據》，《西北師大學報》（社會科學版）2014年第2期。

〔註29〕 張中良：《民國文學史概念合法性及其歷史依據》，《西北師大學報》（社會科學版）2014年第2期。

〔註30〕 張中良：《民國文學歷史化的必要與空間》，《文藝爭鳴》2016年第6期。

一般意義上的現代文學史有著時間分期上的重合，但是這並不意味著前者就會完全覆蓋或替代後者，張中良教授強調民國史視角只是現代文學史研究多元視角中的其中一個，而民國文學史只是「一個蘊含生機的學術空間」，「將20世紀上半葉的文學史敘述僅由民國文學史來承擔，那樣既無必要，也不可能」〔註31〕，因此通過民國文學史是通過民國史視角對現代文學史的再敘述，與其他各種系統的文學史一起建構起多角度的、完整龐雜的、整體性的中國文學史。

通過民國史視角的考察，張中良教授發現民國本身及民國文學呈現出更加豐富與複雜的面相，使諸多被遮蔽或被刻意忽略的歷史本真和文學角落被重新發現，從而使現代文學史有了重塑的可能性。例如，一般現代文學史對於反映辛亥革命的作品的挑選和評價都偏重於批判性，而忽視當時文壇對這一歷史事件的真實反響。張中良教授對辛亥革命文學作品的研究不局限於小說這一單一文體，而是「從大歷史打通近現代，以大文學觀察新文學、傳統詩詞、通俗小說、民間曲藝、地方戲曲，甚至一些具有文學色彩的歷史文本，……就會發現大批表現辛亥革命的作品，像滿天星斗一樣閃爍著熠熠光輝」〔註32〕，從郭沫若、郁達夫、胡適等新文學作家們的自傳、回憶錄到當時的歌詞、劇作等各種文體的作品，既有表現辛亥革命志士捨身為國、視死如歸的英雄大義，也有為武昌起義成功而熱情謳歌的，也有著力描寫辛亥革命前後社會的波譎雲詭、動盪不安。正是在這些未能在現代文學史上留下痕跡的作品中，張中良教授發現「歷史在這裡，呈現出接近於原生相的豐富性，也就是說，沒有為教科書式的揭示必然性而忽略偶然性的事件」〔註33〕。民國文學史中的辛亥革命不再僅僅是為了說明某種政治理念的正確性而被簡單否定的一段客觀存在的歷史或文學歷程，其中既注意到了各位作家、各類文體的作品中展現和肯定的辛亥革命開創性歷史功績，也保留了表現辛亥革命之後種種遺憾和教訓的各類作品。

因此，對於現代文學史來說，應該不以功利性價值判斷來取捨作品，而是儘量以回歸歷史原場的學術態度去「還原現代文學的真實面貌、歷史脈絡與豐富內涵」〔註34〕。張中良教授從這一角度重新考察民國文學，發現其展現出異

〔註31〕張中良：《民國文學史概念合法性及其歷史依據》，《西北師大學報》（社會科學版）2014年第2期。
〔註32〕張中良：《民族國家概念與民國文學》，花城出版社2014年版，第36頁。
〔註33〕張中良：《民族國家概念與民國文學》，花城出版社2014年版，第44頁。
〔註34〕張中良：《民族國家概念與民國文學》，花城出版社2014年版，第55頁。

於原有文學意象的多重面相。從民國文學的生態環境來看，不可否認的是民國的建立確實開啟了中國社會的現代化進程，文學在傳統與現代的社會轉型時期得到了長足的發展，文學社團、文學期刊、承載各種思想觀點的文學作品層出不窮；得益於稿酬制度的保障，作家生活和創作時間得到了保障；民國教育的發展使女作家不斷湧現，逐漸成為一個不可忽視的創作群體。從民國文學生態系統來看，除了一般文學史所強調和突出的左翼文學之外，還應該看到其他各類作品的多元並生，「矛盾衝突、相互依存、或有融通的文學形態」，「新與舊、雅與俗、激進與守成、市民文學與鄉土文學、左翼與自由主義、民主主義、民族主義、文人文學與民間文學、左翼文學的正統與另類、延安文學的正統與另類、創作與翻譯、大陸文學與海外華文文學等」〔註35〕異彩紛呈的民國文學畫卷。

再來看第二個方面，即民國史視角下的魯迅研究。除了用比較文學的方法拓寬了魯迅研究的廣度之外，張中良教授還以民國史視角為研究方法進一步挖掘了魯迅研究的深度。一直以來，魯迅在現代文學史中基本上都是以堅定的思想啟蒙者、嫉惡如仇的民國批判者形象被定義和固化，很難對其有更進一步的理解和認知，也使魯迅研究難以突破。當張中良教授將魯迅置於民國史視角的研究框架中，回到魯迅作品本身，就會發現魯迅及其作品並非對傳統或民國只有否定性批判這一種態度，而是有更加豐富和深刻的內涵。例如魯迅對於傳統文化的態度。從表面上看，在魯迅的作品中確實非常容易得出他對傳統的激烈批判的結論，如眾所周知的《狂人日記》中，經由狂人之口所喊出的中國歷史「滿本都寫著兩個字『吃人』！」〔註36〕被當時知識界廣泛接受與認同，成為新文化運動振聾發聵的第一聲吶喊。但是我們並不能偏執地以點代面，將其看作是魯迅對傳統文化的整體性評價，應本著客觀全面地學術態度，看到魯迅在其他作品中對傳統文化也持有肯定和讚賞的一面。張中良教授指出魯迅的成長背景實際早已決定了其「耳濡目染之中所受中國文化浸淫甚深，對中國文化的自豪與鍾愛已經融入他的精神血脈」，因此魯迅「既是負面傳統的批判者、澄清者，又是珍貴遺產的眷戀者、發揚光大者」〔註37〕。從魯迅日記中所記載

〔註35〕 張中良：《民族國家概念與民國文學》，花城出版社 2014 年版，第 62 頁。
〔註36〕 魯迅：《狂人日記》，《魯迅全集》第 1 卷，人民文學出版社 2005 年版，第 447 頁。
〔註37〕 張中良：《魯迅筆下的「中國」歧義》，《華中師範大學學報》（人文社會科學版）2014 年第 4 期。

的每年均花費重金購入古書善本的習慣，還有其作品《社戲》《五猖會》《從百草園到三味書屋》《無常》，根據古代故事所創作的故事新編系列，乃至於在生命最後時刻所寫的《女弔》，張中良教授在談到《女弔》時，就認為魯迅在作品中所表現出來的對女弔復仇精神的讚賞，顯示出魯迅思想中深厚的傳統文化底蘊。

在思想啟蒙者身份之外，魯迅在雜文中更多地是以民國否定者、黑暗政治的反抗者形象被現代文學史所定格。這是因為「在以往的魯迅研究中，中華民國等同於民國政府，魯迅與中華民國的關係被視為絕對對立的關係」[註38]，那麼在民國史視角觀照之下，其生平橫跨晚清與民國兩個不同時代的魯迅，對於後者究竟有著怎麼的理性評價與人生體驗呢？與早已失去生命力的晚清政府相比，新生的民國無疑是進步與充滿活力的。雖然民國其後的種種現象並未如之前所願的那樣擺脫落後成為強國，但共和民國畢竟取代了在《〈吶喊〉自序》中被比喻為「鐵屋子」的舊時代，魯迅「為這一革命的成果而欣喜，對民國的民主共和制予以肯定」[註39]。張中良教授細緻地注意到魯迅在自己作品中選擇紀年的方式，因為「中國自古有奉正朔的傳統，使用一種紀年方式標誌豐對一種政權的認同與服從」，而魯迅無論是以中華民國多少年來表示時間標記，或者刻意以民國紀年「強調自身的民國立場」，或者以「用於特殊文體，經示典雅、莊重」，還是私人書信往來，「都表明了魯迅對民國的認同」[註40]。如果說紀年方式的選擇是魯迅對民國認同的一種間接表示，那麼在魯迅作品中則有從正反兩方面表達了對民國的肯定態度。首先來看正面的肯定。張中良教授指出，在《藥》中用「夏瑜」和「古□亭口」隱喻秋瑾以及紹興軒亭口以示紀念，在夏瑜墳頭平空添上的紅白相間的花環；在魯迅所作的懷念師友約二十篇文章中，紀念孫中山的就有五篇之多；魯迅對革命先驅章太炎以高度評價，稱其為「革命之志，終不屈撓者，並世無第二人：這才是先哲的精神，後生的楷範」[註41]；魯迅積極參與「民國初創時期的文化工作，如國徽、國歌的擬定」，「投入了許多熱情與精力」，所有這一切都表現出魯迅作為一個「親歷近代革命歷程，領受過友人為革命犧

[註38] 張中良：《魯迅世界的多重民國影像》，《甘肅社會科學》2014 年第 4 期。
[註39] 張中良：《魯迅世界的多重民國影像》，《甘肅社會科學》2014 年第 4 期。
[註40] 張中良：《魯迅世界的多重民國影像》，《甘肅社會科學》2014 年第 4 期。
[註41] 魯迅：《關於太炎先生二三事》，《魯迅全集》第 6 卷，人民文學出版社 2005 年版，第 567 頁。

牲之巨大悲愴」的文學家、思想家對「反清革命志士與民國創建者，始終懷有的感激與崇敬之心」〔註42〕。再來看負面的批評。魯迅在多篇雜文中對民國以來種種亂象也予以相當激烈的批判，從表面上來看這很容易讓讀者誤解魯迅是在否定民國的結論，但如果深入到魯迅思想深處，就會發現正如張中良教授所指出的那樣，魯迅的這些批判性言論並非「否定中華民國的合法性與實存性，而是對專制遺緒猶存、國民性痼疾難愈、社會弊端叢生的民國現狀表示憤懣，迫切地希望正本清源，建設無愧於烈士的真正民國」〔註43〕，正是深知民國建立的來之不易，也正是出於對民國寄予希望，魯迅才會不斷地通過自己的雜文來針砭時弊，希圖使這個滿目瘡痍的民國能夠成為他內心「民主、自由、富強、文明」的理想民國。

再從魯迅的人生經歷來看其與民國的真實關係，而這一點往往是學界所忽視的。張中良教授不以預設的意識形態立場，而是以歷史求真的態度，重新還原魯迅的生活經歷，指出魯迅早在民國成立之初即應蔡元培之邀，進入政府教育部任職，時間長達十四年，而這份任職也使魯迅有了穩定的生活來源，為文學創作提供了物質條件。任職期間，魯迅與教育總長章士釗打官司勝訴，正是有賴於民國法律的實行。客觀來說，儘管民國在經濟、政治、文化等各方面的建設與發展乏善可陳，但不得不說民國確實也為魯迅的文學創作、社會活動提供了發表空間與經濟保障。

張中良教授從民國史角度所做的魯迅研究，突破了現代文學史框架中對於魯迅已成定論的研究與評價。大多數現代文學史往往架空了魯迅的物質生存空間，在形而上的層面對魯迅的作品及思想進行符合主流意識形態的解讀和評價，使文學史中的魯迅形象與作品意象越來越概念化，難以將魯迅研究深入或延展下去。張中良教授提出的民國史視角無疑為已高度固化的魯迅研究提供了一個新的可能性，更為重要的是這一視角能夠讓魯迅研究重返當時歷史語境之中，從而避免長期以來形成的以概念重複演繹魯迅本人及作品的模式，「使魯迅從各種主觀色彩強烈的政治闡釋中走出來回到魯迅自身」〔註44〕。張中良教授從民國史視角所做的魯迅研究，呈現出一個生動與真實、平實與獨

〔註42〕張中良：《魯迅世界的多重民國影像》，《甘肅社會科學》2014年第4期。
〔註43〕張中良：《魯迅世界的多重民國影像》，《甘肅社會科學》2014年第4期。
〔註44〕張中良：《走近魯迅：由崇拜到對話》，社會科學文獻出版社2017年版，第5頁。

特的魯迅，不僅有著複雜跌宕的個體人生經歷，也有豐富多義的思想構成，既
是思想啟蒙的參與者，也是文化傳統理性的認同者，既是民國清醒的批判者，
也是民國理想的贊同者。毫無疑問，民國史視角下的魯迅研究顯然有著更加深
入和開闊的學術空間，能夠使魯迅研究煥發出新的活力。

　　綜上所述，我們看到，張中良教授近年來所進行的包括民國史視角下魯迅
研究在內的民國文學史研究，對於現代文學史研究有著重要意義：一是研究視
角的多元化，應該說民國史視角的提出對於現代文學史寫作來起到了具有建
設性的引導作用，因為這意味著現代文學史的考察角度除了新民主主義革命
視角之外，還可以有其他的可能性，而不同視角下的現代文學史可以構成眾聲
喧嘩的文學史對話格局，本身也符合現代文學複調多元的歷史原貌；二是框架
的拓展，由於原來單一視角的局限，使現代文學史的框架也長期固定不變，偶
有點滴擴充，但效果並不明顯。而張中良教授提出的民國史視角是研究視角的
整體性的轉換，從而使現代文學史框架相應地獲得了重新建構。

三、民國文學史範疇內的抗戰文學

　　在中國現代史中，如果從 1931 年九一八事變爆發開始計算，到 1945 年
以中國取得抗戰勝利而結束，抗日戰爭持續了十四年之久，占民國時期（共 37
年）近一半時間，因此抗日戰爭是民國歷史，也是二十世紀中國歷史不可或缺
的組成部分，有著重要的歷史地位與歷史意義。然而由於抗日戰爭時期，中國
處於多方力量相互博弈的狀況之中，儘管在七七事變之後全民族抗戰，但國共
之間既有合作，也有對峙，抗日戰場也分為民國政府主導的正面戰場和中國共
產黨領導的敵後戰場。客觀而言，無論是正面戰場還是敵後戰場，都有著缺一
不可的重要性，「抗日戰爭是在長達 5000 公里的正面戰場與幅員 130 餘萬平
方公里的敵後戰場進行的。兩個戰場彼此需要，相互配合，協同作戰，才最終
贏得了抗日戰爭的偉大勝利」〔註45〕。令人遺憾的是，由於存在將民國政府等
同於民國的歷史觀，同時對民國政府持有的否定性歷史定位，使正面戰場長期
以來未能得到應有的重視和理性評價，在關於抗日戰爭的歷史著作中，書寫者
往往刻意忽略正面戰場或者直接簡化正面戰場，這種缺失使抗戰歷史未能得
到全面和完整的敘述，也就不能得到客觀與公正的評價。與主流意識形態對抗

〔註45〕張中良：《抗戰文學與正面戰場》，社會科學文獻出版社 2014 年版，第 4～5
　　　　頁。

戰歷史中正面戰場的書寫相適應，抗戰文學，特別是諸多表現正面戰場的文學
作品未能浮出歷史地表，在文學史中處於缺席的狀態。

在張中良教授所提出的民國史視角觀照之下，對民國政治、經濟與社會文
化，乃至於整個歷史進程產生了重大影響的抗戰重新得到全面、深入的認識，
而與此相應的是，在民國文學研究領域，以抗戰為創作背景和題材的抗戰文學
在民國文學史中的地位也被清晰地凸顯，而這種重要性的顯現與現代文學史中
對抗戰文學的簡單敘述形成了鮮明對照。張中良教授認為，應該具有歷史主義
立場，以客觀的學術態度與全面的學術視野，對抗戰文學進行重新的研究與評
價，主要體現在以下三個方面：一是對三十年代民族主義文學〔註46〕思潮的再
釐清；二是對抗戰文學中正面戰場文學的挖掘和研究；三是抗戰文學個案研究。

首先來看張中良教授以宏觀歷史性的全局視野對備受爭議的民族主義文
學思潮的重新評價。長期以來，由於左翼文學對中國新民主主義革命的巨大貢
獻，因此新民主主義革命視角下的現代文學史對於各種文學現象的臧否評價
都主要是以左翼文學的標準為標準。在這種現代文學史批評架構之下，在 20
世紀三十年代被左翼文學界挾抨擊、帶有民國政府官方色彩的「民族主義文藝
運動」也就成為文學史被批判的對象。張中良教授認為這種帶有強烈主觀意識
形態色彩的評價對民族主義文學思潮並不客觀，仍然還是需要重返歷史原場，
真正瞭解這一文學思潮的來龍去脈，才能對此進行摒棄偏見的理性評價。張中
良教授指出，事實上，雖然「民族主義文藝運動」口號的提出有官方背景，但
卻有其歷史必然。當時中國處於內外交困的情況之中，特別是日本對中國的侵
略野心已經逐漸昭然，中華民族確實已到了最危險的時候。此時官方提出「民
族主義文藝運動」向文藝界、向全社會宣傳救亡圖存是必然的，也是應該的。
並且冷靜來看參與這一運動的成員並非全部都有官方色彩，其中「文化人比官
方人物更多」，「更多的還要說是文藝青年」，從成員構成來看，「如果說少數人
帶有維護當局統治的明確意圖的話，那麼，多數人則更傾向於救亡圖存的指
歸」〔註47〕。然而民族主義文學不僅沒有得到全體文學界的承認，還受到了左
翼文學界的激烈批判，張中良教授指出雙方衝突並非「意氣之爭」，而是「三

〔註46〕民族主義文學思潮的出現早於抗戰文學的發生，由於中日關係的不斷惡化及
　　　　至九一八事變之後，抗日情緒高漲，民族主義文學興起並發展，匯入抗戰文學
　　　　的洪流當中，故將張中良教授對民族主義文學的討論放置在抗戰文學研究中。
〔註47〕張中良：《論 1930 年代民族主義文學思潮》，《中國現代文學研究叢刊》2013
　　　　年第 9 期。

民主義與共產主義的衝突」「國家之間的衝突」「中央與地方的衝突」〔註48〕這三個方面內在原因所致。儘管左翼文學與民族主義文學之間有如此複雜與難以彌合的分歧矛盾，但是當九一八事變發生之後，「民族主義文學並未消逝，反而因為民族危機迫在眉睫而擴大了影響」，在民族矛盾上升為中國社會的主要矛盾之際，曾對民族主義文學批判、抵制的左翼文學也將階級話語融入民族話語之中，實現了從「個體的參與再到整體的行動」〔註49〕的巨大轉變。同時，民族主義文學更成為當時大多數愛國作家的共同選擇，創作了除小說以外，話劇、詩作、歌曲等各種文體的民族主義文學作品。通過張中良教授在宏觀歷史框架之中對 20 世紀三十年代民族主義文學論爭的釐清，可以看到在左翼文學視角之外的民族主義文學有著值得肯定的一面，民族主義文學「寄託著國人對國家與民族命運的關注，體現出救亡圖存的時代精神，前承中華民族歷史悠久的愛國傳統，後啟波瀾壯闊的抗戰文學大潮」〔註50〕，因此學界應該給民族主義文學足夠的重視，現代文學史寫作也應該給予民族主義文學應有的文學史地位，只有這樣才能真正展現現代文學史的歷史原貌。

　　再來看第二方面，即張中良教授對於抗戰文學中正面戰場文學的挖掘與研究。長久以來的現代文學史由於歷史觀的局限，對正面戰場文學的敘述幾乎是缺失的，即使偶有提及，也基本是片面的，未有深入細緻、公正理性的考察和研究。早在 2011 年，張中良教授就明確提出「應還原正面戰場文學的歷史面貌」。與敵後戰場一樣，正面戰場也經歷了殘酷而慘烈的戰爭，也付出巨大的犧牲，無論站在何種政治立場，都不應該忽視或者否認正面戰場的抗日誌士們為抗戰勝利所做出的貢獻，客觀來說正面戰場「是戰線最長、時間最久、抵抗最為頑強、戰績最為輝煌的戰場」〔註51〕，因此有必要「盡力回到歷史現場，還原正面戰場文學的歷史真相」〔註52〕。事實上，與正面戰場的戰況一樣，其文學成果也是豐富的，通過張中良教授的梳理，可以看到在抗戰期間，各種報刊雜誌紛紛刊登表現正面戰場的文學作品，而後結集出版，數量眾多。

〔註48〕　張中良：《論 1930 年代民族主義文學思潮》，《中國現代文學研究叢刊》2013
　　　　　年第 9 期。
〔註49〕　張中良：《論 1930 年代民族主義文學思潮》，《中國現代文學研究叢刊》2013
　　　　　年第 9 期。
〔註50〕　張中良：《論 1930 年代民族主義文學思潮》，《中國現代文學研究叢刊》2013
　　　　　年第 9 期。
〔註51〕　張中良：《抗戰文學與正面戰場》，社會科學文獻出版社 2014 年版，第 81 頁。
〔註52〕　張中良：《應還原正面戰場文學的歷史面貌》，《理論學刊》2011 年第 2 期。

其中能夠真實描寫戰況、直接表現戰爭場面的報告文學的成就尤為突出，另外「舊體詩詞、新詩、小說、曲藝、話劇、電影等體裁也都密切關注前線動態，從戰火硝煙中汲取題材」〔註53〕。這些正面戰場文學作品對於反映抗戰史實有著獨特的價值，從文學的角度如實地表現出正面戰場戰鬥的慘烈，同時也承載著作家對戰爭與人性的哲學思考，另一方面也對正面戰場上出現的「軍紀廢弛」「軍閥作風」「指揮失誤」「政略滯後」問題進行了揭露與批評。通過張中良教授對正面戰場文學的深入挖掘，可以看到正面戰場文學不僅是抗戰文學，也是民國文學史不可或缺的重要組成部分，更是現代文學史亟需填補的空白。正面戰場文學的整理與研究還有較大的學術空間，學界對正面戰場文學的研究也需要更多的重視與更大的投入。正如張中良教授所評價的那樣，在正面戰場文學長期缺失、遠離抗戰的當下，正面戰場文學彷彿使我們「進入了深邃的時空隧道，在重溫歷史場景的同時，也能夠超越歷史，領悟到關於戰爭與生命、歷史與人性、社會與文化的哲學覃思」〔註54〕。

第三方面，即抗戰文學的個案研究。如果說張中良教授對敵後戰場文學的再評價與正面戰場的發掘是抗戰文學宏觀研究的話，那麼對抗戰文學作家及單個歷史事件的研究則屬於微觀研究，從更加細緻的角度深入到抗戰文學內部。全國性的抗戰影響著生活在這一歷史階段的每一個中國人，與普通人不同的是，許多愛國作家不僅是抗戰的親歷者，更是戰爭的參與者和記錄者，這段戰爭經歷於他們個人經歷來說，改變了他們的人生道路與思想，從創作來說，留下了他們親歷戰爭的抗戰文學作品。但是在一般現代文學史中，這些作家的抗戰經歷與抗戰作品，特別是表現正面戰場的作品卻常被忽略，這不能不說是歷史與文學史的裁剪。例如丘東平，大多數現代文學史並沒有注意到這位作家，即使偶有提到，也是淺嘗輒止，但是如果將其放置在抗戰文學框架中，他就是應該特別予以關注的作家，因為「丘東平是為數不多的有過戰地體驗的戰士作家，更是作家中屈指可數的在戰場上英勇捐軀的烈士」〔註55〕。這樣的與眾不同的抗戰經歷決定了丘東平的抗戰文學作品的獨特性，張中良教授對其的作品進行了詳細解讀並給予高度評價，「丘東平以其戰場壯舉向世人昭示中國作家與民族、與祖國同呼吸共命運，在刻畫民族嶄新形象的同時，也把自己

〔註53〕 張中良：《抗戰文學與正面戰場》，社會科學文獻出版社2014年版，第57頁。
〔註54〕 張中良：《抗戰文學與正面戰場》，社會科學文獻出版社2014年版，第80頁。
〔註55〕 張中良：《抗戰文學與正面戰場》，社會科學文獻出版社2014年版，第169頁。

深深地嵌入其中」〔註56〕。再例如著名詩人臧克家，與丘東平的默默無聞相比，前者是現代文學史上無法繞行的詩人，然而其正面抗戰的經歷與作品卻未被現代文學史所接納，那些描寫正面戰場的作品「不僅沒有再版的可能，而且被作者乃至文學史刻意迴避；一些留有明顯的正面戰場痕跡的作品，不僅在選本中，像避開地雷一樣小心翼翼地篩掉，而且在作者自述創作生涯時也不見蹤影」〔註57〕。張中良教授重新梳理了臧克家在正面戰場中的經歷與作品，並認為這些經歷與作品是「一筆珍貴的歷史遺產，深入研究與正確評價，不僅關乎對這位作家的全面把握，而且關係到填補中國現代文學史抗戰文學敘述的空白，更是關係到民族記憶與民族良知的恢復與重建」〔註58〕。

除了對作家正面戰場經歷及作品的個案研究之外，張中良教授還創新性地對表現抗戰正面戰場歷史大事件的文學作品進行了研究，從文學作品創作的原場抵達歷史真實。例如張中良教授對正面戰場文學中的武漢會戰、崑崙關戰役、衡陽保衛戰和滇緬公路進行了逐一的分析與論述，不僅關注到了當時描寫這些大事件的各種文體的作品，同時還與歷史文本相結合，從文學的角度重現了正面戰場這些重要戰役的戰況。同為真實，與歷史敘事不同的是，張中良教授從個體創作的微觀層面補充了歷史的宏大敘事所未能顧及之處，還展現了這些歷史大事件的參與者的真情實感，不僅是對歷史細節的生動再現，更是對處於歷史洪流中個體生命的真切關注，體現了張中良教授抗戰文學研究的歷史視野與人文關懷。

通過以上論述，可以發現張中良教授在民國文學史框架之下所做的抗戰文學，特別是正面戰場文學的重新梳理與研究，不僅是對民國文學史研究的突出貢獻，也是對現代文學史的結構性補充，填補了長久以來對抗戰文學敘述的空白。更為重要的是，張中良教授開拓了現代文學史的研究視野與研究框架，抗戰文學研究成果的呈現，使學界看到了抗戰文學及現代文學史研究多元視角並存的可行性。

結語

中國現代文學史這一學科自建立到目前，其發展已經相當成熟完備，且已

〔註56〕張中良：《抗戰文學與正面戰場》，社會科學文獻出版社 2014 年版，第 185 頁。
〔註57〕張中良：《抗戰文學與正面戰場》，社會科學文獻出版社 2014 年版，第 192 頁。
〔註58〕張中良：《抗戰文學與正面戰場》，社會科學文獻出版社 2014 年版，第 209 頁。

形成相對固定的模式與研究框架，不僅影響了其學習者與閱讀者對中國現代文學整體意象的形成，也深刻影響了中國現代文學史的研究者。既定的研究模式與敘述框架形塑了中國現代文學研究者的研究意識，使大多數研究者以中國現代文學史的敘述視角為研究視角，從而只能在中國現代文學史的範疇內尋找研究點，始終徘徊其中，難以突破。張中良教授站在歷史主義立場，以還原歷史為核心理念，以重返歷史發生與文學創作原場的學術意識，超越現代文學史原有的單一視角，提出民國史視角下的現代文學史研究，採用兼容並包的研究方法，如比較的方法考察五四新文學與外國文學、翻譯文學之間的關係，使前者與世界文學進行對話，拓寬了五四新文學研究的外沿；以開闊的歷史視野、實事求是的求真精神，將歷史敘事與文學敘事相結合，為民國文學史的建構做出了獨特貢獻，同時也將現代文學史的研究推進到了一個新的高度與深度；在尊重文本、回歸常識的基礎上進行的民國史視角下的魯迅研究，摒棄了現代文學史對魯迅的概念化解讀，真正回到魯迅創作的歷史語境，呈現出有著豐富矛盾的思想內涵的真實魯迅；以整體性的文學視野，將小說、報告文學、報刊、詩歌、曲藝等各種文體納入研究範圍，深入挖掘了被歷史塵埃所掩蓋的文學遺跡，再現盪氣迴腸的抗戰歷史，同時也使抗戰文學研究有了較為清晰的輪廓和充實的內容。張中良教授所做的民國文學史研究有著明確的歷史與現實的意義，正如他自己所言，「小則是要呈現真實的民國文學史風貌及其複雜動因，豐富人們的歷史認知，大則是要普及實事求是的歷史主義精神，以期少走彎路，避開邪路，堵死回頭路，朝著經濟、政治、文化、社會、生態文明的目標穩步前進」〔註59〕。

〔註59〕張中良：《民國文學史概念合法性及其歷史依據》，《西北師大學報》（社會科學版）2014 年第 2 期。